山河素履

牛旭斌＝著

敦煌文艺出版社

图书在版编目（ＣＩＰ）数据

山河素履 / 牛旭斌著 . -- 兰州 : 敦煌文艺出版社，
2021.11
ISBN 978-7-5468-2111-5

Ⅰ . ①山… Ⅱ . ①牛… Ⅲ . ①散文集－中国－当代
Ⅳ . ① I267

中国版本图书馆 CIP 数据核字 (2021) 第 238446 号

山河素履

牛旭斌　著

责任编辑：侯君莉
封面设计：李关栋
版式设计：马吉庆
封面题签：李华增

敦煌文艺出版社出版、发行
地址：（730030）兰州市城关区曹家巷 1 号新闻出版大厦 23 楼
邮箱：dunhuangwenyi1958@163.com
0931-8159371（编辑部）　　0931-8773112（发行部）

天津旭丰源印刷有限公司印刷
开本 880 毫米×1230 毫米　1/32　印张 10.25　插页 2　字数 270 千
2022 年 6 月第 1 版　　2022 年 6 月第 1 次印刷
印数：1~5 000 册

ISBN 978-7-5468-2111-5
定价：48.00 元

写作之上
——《山河素履》序

张琳

　　从2016年牛旭斌出版散文集《风起离乡》以来，其间，5年的时光从脚步、从文字、从一蔬一饭当中流逝了。现在，他的新散文集《山河素履》要出版了。这本新的集子依旧以它文字的精妙吸引了我，一如他的《风起离乡》。

　　牛旭斌有一颗诗人的心。他生性敏感，天然就能从他生长的故乡领悟到他目光驻足过的那些山川、草木、人、事、物的形貌特点和神韵，同时还具有以自己的心性对它们赋予神采和意蕴的能力，由物象而生发的情感和哲思，处处闪现、迸发，非常迷人。他又对文字有着细腻敏锐的感受力和精准体贴的表现力，这就使得他的散文有声音、有颜色、有光泽、有觉知，有着音乐般的节奏和旋律，语言质朴又斯文，典雅又深情。简言之，有很强的文学性，很容易令读者沉浸于他以文字所营造出的意境。

《风起离乡》与《山河素履》，仅从书名上就能捕捉到这前后两部散文集在内容上的一些区别。《风起离乡》的脚印还完全踩在故乡的土地上，作者反复地咏叹着他对故乡夏家垆的偏爱与情感。因为爱得深切，所以才有了那遍走于字里行间的迷茫和温润。相较前一部，《山河素履》的脚步已从故乡及至故乡之外，目光拂过了较为广阔的领域，叙述的调子也从容了不少。但我整体读下来仍有似曾相识的感觉——似曾相识于《风起离乡》。默想其中原因，觉察到新书所收作品只是在地理版图上有了扩展，却仍固守着一个思维方式和叙事方式，叙写不同的人、事与物。而我因为一直赞赏牛旭斌的散文，自然而然心里就预设了更高的标准，想要看到一本令人耳目一新的作品集。

散文创作中需要扩大的应不只是地理版图，更需要扩大心理版图。不同的视角和思路，即使写同一个人、同一个物、同一件事，即使写那些迫于命运的人，气象就不同了，境界也就不一样了。心理版图的拓展，需要寻找一个突破口，这个突破口可能由生活阅历产生，但也可以通过阅读、思考和领悟抵达，让作品得到一个飞跃和提升，由此带来作者心理和生活状态上的飞跃，才是最终目标。

"离开故乡，便再回不到过去的时间。世事漫流，只有童年不让人失望。"这是作者写在篇首的第一句话，只这一句话，就让我们大体看见了作者心上的底色。"只有童年不让人失望"，牛旭斌在作品里叙写的，确实更多的是他在故乡的童年记忆，字里行间看得见他对故乡的深情与厚谊，他在不断地歌咏，但是再听听，就会觉察到，他的这种歌咏里是带着悲情的——故乡如今已不再是他记忆中的模样，这样的意绪在整个集子中随处闪现。

是什么让牛旭斌觉得"只有童年不让人失望"呢？其中当有着为外人所不知晓的缘由。有时我会揣度一下他的生活和工作状态，约略推测得出他的波折与困顿。但不管怎样，挫折原本就是人生的一部分，唯愿他能生活得轻松而愉快。显而易见，生活中承载着善美与希望的人、事、物随时随地在铺开，也许只是人的心境不同，看到的就呈现出了不同。更何况他已经拥有了不让他失望的童年这只金苹果，并带着故乡的营养，在源源不断地滋养他，"幸运的人一生都在被童年治愈；不幸的人一生都在治愈童年"。仅此，牛旭斌已经是幸运的，其实他有足够的理由歌咏与感谢。

牛旭斌带着一点点偏执。但正是这样的人，内心会有着更多的真诚，譬如对故土投以敬重的赞颂，对世道进行虔诚的矫正。他用眼睛和心为故乡画了一幅画，并且将它定格，然后经年地举着这幅画来打量故乡。他又说，"独坐西风，与凉薄的命运和解，人终将投降故土，往日的长等慢待，也终将如逝水流远"。命运其实不薄凉，每个人的成长和生活经历，他人并不知晓，没有感同身受，也就没有理由对此轻易揣测和开口评说。但是单就故乡和文学赠予他的，已经是暖和而丰厚的了。虽然他用文字说着"与命运和解"，但从语境上看得出，这似乎并没有真正和解，却仿佛听见他无奈的叹息。

这种隔着时光的回望和由此而起的执念，几乎羁绊住了他的飞翔。也许这是他生性中就带着的气质？故乡的太阳也没把这些晒掉。因为敏锐，所以对生活有了细腻的体会和格外的领悟，又有了这些文字，有了文字带来的福利。但也许因为先天的敏感没有在后天得以升格，没有被放置于更高更广的时空里，同时他又把自己套住了。

牛旭斌散文的文字之美，文学感受力之强，表达力之强，我不担心，倒是多多少少有点忧心他文字之外的境况。毕竟，我们写作是为了让自己的状态更好，也是为了让世间更好。

时代向前，故乡肯定不会一直是记忆中的模样。变化是世界的常态，学会接纳变化是我们的人生功课。不破不立，让我们寻找那个突破口，当瞭望到无边的天光时，世事的变化就会在心里呈现出另外一种模样，我们就会看到变化之美，看到新气象之美。让修炼再艰难一些，让格局再大一些，文章自然就会更精彩一些，生活也会更自如一些。通过属于自己坚守的路径，在疼痛或愉悦中完成匡扶与自洽，与自己、他人，及世界达成真正的和解，应在写作之上。

写在前面

—— 不过是岁月给故乡的宽慰

离开后村，便再回不到过去的时间。世事漫漫，只有童年可追忆。

回到山野，常常为找不见的山杏、水桃而难过。逆子的我，将这本新书，献给离乡追故土的人，献给我的山河乡土与亲友故人，献给在平凡世界辛苦奔波的所有人。

这仍旧是画地为牢中砌垒的纸上"夏家垮"，大多数文字去过远方，写于黑夜，算是在人来人往中对困顿的一种拯救。生我养我的"后村""小川"与"成县"，简单得只有六个笔画，却山河带砺，让我魂牵梦萦。

天涯路长，同程的人多半途而散，烧纸、叫魂、念经也唤不回来。我努力用文字辨识川野万物，守候人间烟火，记住隐痛与挚爱，散佚与琐细，以回望替物是人非的故乡立传。然后紧追慢赶，在日落前返回北风长啸的后村，一直比太阳起得早的父亲，仍旧荷锄辛劳，还有人驾牛车唱小曲，掌灯照亮泥泞。

我心疼地目睹父老乡亲凭青壮之躯去茫茫城海，腰佝骨缩后落叶归根，回到空寂的乡村。花草在野，生生不息。灯火世间，放不下心头升着明月的老家土院。当日薄西山或星辰入云，那些陪伴我和一路相逢过的人，让我笑过也流泪过，他们的好，如干净的初雪。

独坐听风，与凉薄的人世和解，我终将回归故土，往日的长等慢待，如小河流远。

素履坐忘，生活把一支吸饱墨水的笔赐给我，允许我续录小楼插满的故乡正在裂变的消逝与生长。

空山中，草比人高，人面不知何处去；旧水畔，人比房少，重逢已是他乡人。自当扎进这文学之河，就知道故乡未卜，十多年来伏案的溯与渡，未曾弃息，却无时不心心念念山河的养育，风土的淳美，这所有的追寻与回首，不过是打开尘封于乡魂的秘方，来宽慰和治愈。

放不下的还有旷野与四季。我徒劳无功地极力挽回，仍旧无力描述乡情的缱绻与芊绵，更不能道尽乡土的沉浮。时迁岁替，弯弯曲曲的小路终有尽头，山河遇春风将醒绿而明丽。

土山飘蓬的西秦岭，风起云聚，清算我的辜负，横竖撇捺重写在纸上的字，接引我再往回走。

牛旭斌

目　录

第一辑　故乡无愁

依山而居的人，房前是良田与流水，身后是青山与鸟语，炊烟袅袅，乡音萦萦，他们细火慢煨，把一寸寸岁月过成了茶香弥弥。

第二辑　此心未歇

黄昏的炊烟，让暮寒的后村多了些热活。村口坡路上，跑来牛群羊群，还有驮着农具收成的牛车，背着青草柴火的人们，赶着牛羊紧脚回家。

第三辑　逝水流长

绵延的群岭阻挡着山里人的脚步，满地的野草差不多都是药。在没有几条像样的大路能够带人出山的故乡，潜藏和孕育着无穷又奇妙的花花草草。

第四辑　梁山点灯

路不好走的时候，就想起夏家塆的小路，那旷野上细细盘盘的碎路，能带我走出迷途。

后记   每个人挑走一担山河

第一辑 NO.1

故乡无愁

一条河载着两岸的时光越流越远。我看见云在水中走、从不停下来等待。上岸时河声轰鸣，回头瞧河边那个牧羊人和他的羊群，正被高阳醍醐灌顶。

满山玉米长着爱

在陇南深山里，玉米是常见的庄稼。

少年时喜欢念书，缘于书上把满坡"番麦"叫"玉米"，把满地"土土面"叫"绵绵土"，把椿树上的"花花媳妇"叫"斑衣蜡蝉"。同样，带着书中该把沟沟岔岔叫啥的好奇，我从小是个问题少年，然后如一株卑微的番麦，努力成活，找寻另外叫"玉米"的人生。

到了中秋，玉米缨由嫩变焦，玉米棒子怀上身孕。籽粒饱满的玉米，撑开须端苞衣，露出一颗颗金灿灿的珍珠。

在秸秆齐头高的叶腋，玉米斜着犄角生长。乡亲们拉牛车背背篼采收，顺树向下掰，纺锤状的胖玉米就掰在手中，再反手丢进背篼。收一片玉米，堆一座山。

晌午时分，坐在田野吃干粮，父亲砍掉一片玉米树，让我们豁亮地坐在谷堆上。母亲高兴，先挑选个大籽饱的剥去苞衣，三五下，便拧成串辫儿。

齐镶金牙的玉米棒子笑口全开时，"金风"就来了。

好消息先被风知。它从山那边吹来，又经过地畔，吹散父亲满背的汗水，又驱散我周身的困倦。

当一秋玉米剥完上架，户户人家的树梢檐下，像飞流着金色的瀑布。

黄昏时分，伙伴们啃着插在筷头的煮玉米，欢聚在院头玩耍，驾牛车，玩木头传电。听到嘭的响声后，大家不约而同，回家端一碗晒得干响的玉米，抱上柴棒，带上两角零钱，越沟翻坎，小跑到欢乐的打麦场。

满金迫不及待，抢着搅爆米花机，我搅鼓风机。当压力时间表走过4分钟后，抓起烧红的爆米花机，对准蒙布的背篓打开，嘭一声，伙伴们钻入一团热气里，争抢喷漏的玉米花。手慢的孩子，这时最多只能拾几颗爆不开花的"哑哑"。

玩耍让我们全然忘记天黑，祖母喊着回家。我坐到灶旁，用干燥黄亮的麦草烧锅，开水沸腾，祖母手中金黄细碎的玉米面，随着满锅不停地搅动抖抖落落，文火慢煮，越搅越滑，便是一锅午饭。然后小锅生火，炒洋芋丝、青椒蒜片、蒜苗辣豆豉，再用葱花炝酸菜，便是山里人最热腾腾的饭食。

识字不多时夜郎自大，啃着生长不良的玉米甜秆，给不识字的母亲讲："地里长的番麦应该叫玉米。玉米名字多好听，番麦土气死了。"父亲给我讲："山里人的物件叫番叫洋的有十多种。"父亲又问书中还有什么？我答不上。父亲说："书中自有千钟粟，书中还有黄金屋。"

走向社会后，父亲的话得到应验，我才恍悟啥是天高地厚。那觉得土气的"番"，来路是"洋"。"番麦"在当时算比麦子多产的谷物，对于那个饥馑年代，是番麦面养活了父辈。背着番麦面馍馍，哥哥姐姐顺利地读完了小学。

出于对粮食的恩情，那些年，我常常在打完猪草，爬上一览周庄的高山，在晚霞铺照的黄昏里，注视新出苗的庄稼，寻找禾苗的"禾"字，究竟源自哪种作物？又在一片露水的晨曦中，把对"米"字"麦"字的象形写法，与庄稼比对。

直到有一年等来秋收，雨过天晴。我围着火堆烧玉米，用掐指甲印的办法，判断老嫩生熟，看见山坡上的番麦，一株株像起舞的"禾"字，它们头戴天花，两袖舒展，翠裙垂落。这一重大发现，像哥伦布发现了新大陆，让我窃喜不已。

笔挺的番麦树列成队，一株株个高身单，一行行摩肩接踵，根须抓紧泥土，迎风沙沙作响。青如甘蔗的番麦树，腋藏着无数"胖小孩"。一片片成熟的番麦林，犹如成千上万个身负褓褓的母亲。它们的造化，从子叶初生自幼苗栉风受寒，经受雨打日晒，从抽天花到挂双苞，半年光阴才能完成一粒孕育几百粒的繁衍。

推广地膜玉米的头年，父亲不懂先覆膜再点播，而将种子粪土先播进地，然后覆膜。待地气回热，种子发芽玉米苗透出土时，全家人上地放苗。父母寸步不离等出苗，抓紧把新生的幼苗透出地膜、扶稳，如同扶我们一走路时就教着站端正。

4月里，玉米一天一个样，夜里能听到拔节声。40多天后，玉米已高过我的个头。如果连遇雨水和太阳，就迅速壮实。修长如臂的叶子临风摇摆，雨珠轻打着它。也有风吹进玉米林，唰唰作响，如人穿行，又如万虫集会的鸣声。

7月，玉米吐缨，成群的獾出没。它们入夜毁坏庄稼，十分猖狂。林畔山坡，走动着放烟看秋的人。我们用蒿草麦衣生火，以明明灭灭的烟光，驱赶獾群。

夜深时分，全寨小伙牵挂着叫玉米的姑娘。她舍亲别故离乡后，小伙子们常梦见她。他们放心不下她的美丽与善良，她净如泉水的明眸，白如望月的脸庞，直爽如小鹿的脾气，光滑如凝脂的肌肤，芳香如青草的纯朴，异乡不刁难她吧？

在远方的她，收到最多的惦念来自心上人高粱哥哥。他们之间早有期许，但高粱哥哥家庄稼多。玉米寄来的挂号信，边封上的图案红蓝相间，是坐飞机来的。

她来的第一封信是"想你，当初不该离开你"，第二封信是"我们好好努力，你种田我打工，春节时你就来提亲"，第三封信是"你把满篷的番麦都卖了，备好踩门钱，就提亲"，第四封信是"这里风景真美，大海边上就是沙滩"，第五封信是"你赶快放下牛犁来看我，这城里的月亮又圆又大"，第六封信是"我这月加薪，多挣 3000 元钱，这是我们一季番麦的收入"，第七封信是"城里人脾气大，我一起的桃儿，又因为顾客不高兴被扣了工资"，第八封信是"你要注意身体，发白雨时跑到崖窟躲躲"，第九封信是"我又换主人了，主人们经常不在家，偌大的别墅，我常感到害怕"，第十封信是"我想回来，你说你要用深耕浅种，拿全身汗水让我过上好生活，你还说要生一双儿女满地跑"。

所有玉米在努力生长。包括那些最终没能授粉结实的地畔玉米，它们靠坎而土薄，缺水不保墒。尽管它们先天营养不良，秸秆矮矬，甚至等到秋后都长不出像样的玉米来，但对于我们乏味的童年，这种红叶红茎不挂苞的玉米秆，嚼起来特甜，是山里娃的甘蔗。牛放到坡上后，牛铃声越走越远。我们在那湾梯田的玉米林中找甜秆儿，找到一抱子后，我们坐在石头上，一节节嚼，聪明的蚂蚁闻味爬来，搬运着碎渣。

这些长成秕谷的败禾，是田土有心疼爱我们的馈赠。当木偶戏唱祷五谷丰登时，玉米棒子挂满架，又堆满窗台旮旯儿，一家家黄金满院。炊烟升起时，隔着坎，母亲喊："他二娘，吃嫩番麦咧！"村村巷巷，飘着番麦煮熟的甜香。

孩子们睡在晒场上，用玉米棒子当积木，盖楼房。傍晚，庙梁上吼起秦腔，写着风调雨顺的金黄色旗子，在月下把后村映衬得处处金亮。

一河岁月了无影，满山玉米长着爱。土地按时给农人交出沉甸甸的作业。晾干的玉米苞衣，编成草垫等生活器物；玉米须收集入药；剥净的棒子垒成柴火墙；秸秆作青贮饲料，或者越冬时用来烧炕、当围墙。这是自然不吝赐予劳作者福利。

燕子南飞，天气骤凉。开拖拉机的人开上了汽车，送亲的队伍坐进车里。鞭炮响起，敲锣打鼓，鸟群在玉米架上叫成一片，飞在头顶引路。一长排车队，穿林越野驶过街道，又翻过丰泉山朝城里奔去。

一梁玉米与出嫁的姑娘道别。几篇玉米置办的嫁妆，压满箱底……

几年前，带儿子上街，他说："我们用微波炉爆米花吧，奶油味。"我心有欠缺地摸着他的头，说："多遗憾呀，你没能体验过围着黑葫芦爆米花机的那种开心。"又觉得他比之于我散养的童年，没能好好喊过笑过，更没有好好撒过野。

那纺绳麻的场院上哄抢玉米花的欢腾，是少伴寡味的城市缺失的童趣。

拼命种番麦的人，土地一定容他改变。人稠楼立的后村，玉米换过了许多品种。我不停地追故乡，找我望不到头的青纱帐。

一个有杜甫的峡谷

东河与南河如两股绳，拧成一条向草堂奔去的青泥河。唐朝的时候，水这样流淌，公元 2018 年的秋阳里，河水还这样流淌。

这里既有大河对小河的吞噬，也有小河对大河的投靠。顺流而下，跟随这条成县人叫作"东河"的季节性河流，在她作别县城的地方，就叫飞龙峡。

峡口不远的地方，孕奇蓄秀，横亘着崇山峻岭。

千年的长风，还在挽留大河漫卷的波澜。过峡口二里地，有陇南水文局观测站，监听着四时的水深水浅，再往下游有电厂的拦水坝。剩余的河水，清喧喧地向深谷奔去。然后再减速，流经公元 759 年杜甫在成县的家。

他当年搭茅草屋住在山脚。现在这里是一座纪念祠堂，开放的旅游景区。

一堵红墙的包围里，有杜甫当时购置和建造不起的建筑，气宇轩昂，却足以证明同谷及其后世晚学，对杜甫的那份景仰与敬重。

祠堂在峡西岸上，滔滔的河流高高的公路，平行经过它身旁。绿树翠竹掩映的祠园在天地清和中，静穆不语，却有万语千言，净心不染，却带万念不息。

祠内的草木瓦石，在风霜中分明保存有一种心系苍生的文脉，灵光四射，但杜甫熟知的那些地名，换来换去。比如，河流一过杜公桥，东河就叫作青泥河。亭亭凤凰台，今天叫凤凰山、鲁公山，大云寺叫睡佛寺。峡谷过了草堂叫长丰河。

如果有一天杜甫回来，站在明明就是家的峡口前，用同谷方言打听"峡里咋走"？他找不到赞上公僧，找不到狙公牧童，本来老眼昏花，加上一踏上同谷之地就控制不住老泪纵横，他辨认不出凤凰村的路。游人给他当向导，查导航，他摆手，摇头，不信。

历史的洪流中推送过千年的一叶扁舟，在今天的河面上漂着衰叶。河流向下游奔去，谷越来越深，水越来越急，滩越来越险，本来只有一条涉水的弯路，逢山谷逼仄山冈如削的地方，还得涉水而行。赶夜路的马帮，不小心就摔下悬崖，他们一般会缰绳拴着缰绳，结伴而行。先坐在峡口唱山歌，抽旱烟，直唱得月光模糊糊了，月亮升过了凤凰山，再给马添些夜草，呷口小酒，哼着山歌起身出发："月亮出来模糊糊哎模糊糊，郎摸黑路姐担忧，郎摸黑路郎有胆，郎有水磨刮金板。"

杜甫也没少走这夜路。他去县衙打探消息，进城置办生活，求医问药，拄杖去大云寺访友，采橡栗挖黄独，都走的是这条冰天雪地的小路，他对峡口的山山坡坡、沟沟岔岔，在没有月光的黑地里，对地形和路标烂熟于心。

风在峡口变大。弱不禁风的是河畔的柳树，"昔我往矣，杨柳依依"，仿佛在等一个人。生于水岸、坡涧丛丛簇簇的雪白芦花，掩映在山峡两肩茂密的梢林中，随风荡漾，草和叶柔柔软软，掀起细浪；树和藤，不动声色。

风从山上变野。野生的橡树，一片接着一片，连到能摸到天空的山顶。一片片黄叶脱离树梢，山风斜着吹，让灌木的枯条枝丫抽打山坡；山风横着吹，让身旁荒草落叶亲吻着土坎；山风顺坡吹，满野翻腾着一片金色的汪洋。

风在峡口停留。逆流来看，峡谷像一个平置在山谷间的漏斗，风沙被过滤，时间被过滤，万物顷刻间静下来，美起来，就连路过草堂的寻常女子，经阳光那么一照，也顿时显得有了如花似月的容颜，温良端庄的样子，仿若待嫁的新娘，办完娘家的喜酒，梳妆打扮后第一次走在山上踏秋，不断地回眸。

风对路人说话。重峦断裂的山谷是地球的磨眼，太阳掉进西天时已经筋疲力尽，而闭眼去夜里歇息。人也有累的时候，天黑了就该睡觉。一个人忙完应当履行的天职，干完命运赋予的事情，就应该早早回家，赶在日头落山后进门，那漫长又深沉的夜晚才是最甜蜜的时刻。月亮偷偷照着峡谷时，人脱去了跑世场的外衣，就连风说的都是真话，像小孩一样的话，是心里话。

徘徊峡谷，或许会遇见杜甫。只有这腊月的数九寒天，更接近历史的真相。多少人专程在冬天来飞龙峡拜谒诗人，企求穿越时空精神相投的际遇，而能被此山此水此峡的场域感化，来获悟一点诗情和灵气。

风为世俗洗心。阳光照在什么身上，什么就显出慈祥。什么投影在一峡碧水上，水面的镜子里就跳跃出什么。驻步打望，山和树在水中，房和人在水中，石阶路在水中，岸上收庄稼打野菜挖药拾柴的人，在风的吹拂中，颠倒步跑过水中。

风不能席卷阳光。太阳正照的河上泛着波影，反射出金光银光。天，瞬息万变，云，好聚好散。望峰而心宁的人，不惧路远，不惧月黑风高，经常在清晨或黄昏，独行到这峡谷散心。敞开的峡口，让心灵舒缓闷气，让疲惫将息安放。

偕风而游，眼前这座祠堂，准确说是一座档次不低的华堂。临水的祠园，烟波浩渺，雨雾萦绕。杜甫自己都不确信同谷这个好地方，后来让他失落，更不会料想寓居的茅茨，在后世俨然成为游览场所。

离群别处的祠，有着杜甫毕生没能拥有的伟岸、庄严和气派。这份迟到的尊敬，好比厚道的成县人，代替当年违约的佳主人向杜甫道歉。这种跨时代弥补的厚礼，以供奉表明同谷的诚意，但愿曾经打算在同谷度余生的杜甫能够收下。

几百年到千年后还有人追拜，一定是精魂不朽的大师。尽管无边的荒寒饥困，对杜甫多有得罪，尽管匮乏的米粮山果，对杜甫供养不周，但他在公元759年的寒冬，内心里不舍同谷。

临别时，他在《发同谷县》中写道：始来兹山中，休驾喜地僻。同谷，虽未解决他的生计安居问题，但他在此交了好朋友，结识了好乡亲。在去成都出发前，他作诗道别，表示他不忍离开同谷和对乡朋的眷恋。他"一岁四行役"，从洛阳走华州，从华州到秦州，又从秦州来到同谷，再从同谷前往成都，别同谷，应当是他最不情愿的。这么僻静又秀美的地方仍不能求存，还能去哪里再光中兴业？

同谷终究未能承他顿足和安家。他去往的前路，是未卜的问号。

想抹去这个问号的，是不能遗忘的三个人。前两个是，北宋徽宗宣和四年（1122年）同谷秀才赵惟恭捐地五亩，县令郭慥主持修建年余，有了这座全国最早的少陵祠。后来者是500多年后的清顺治十一年（1654年），以杜甫为宗的宋琬三次拜谒杜甫草堂，跨千年而交感，悲同身世，魂觅知音。离任秦州时他再访同谷，作诗《同欧阳介庵拜杜子美草堂》：

"少陵栖隐地，古屋锁莓苔。峭壁星辰上，惊涛风雨来。岁华三峡暮，身世七歌哀。欲作招魂赋，临流首重回。"

一座千年草堂，绝对承得住任何岁月的回首，就像一道碧波奔涌的河流，被峡谷兼容并蓄。一位离去的人被经久追念，一定有他独自昂扬的风骨在流传，有他不朽的精魂游弋在这山河山溪与草堂草木之间。

这精魂是诗人的悲怆，是男儿生不成名身已老的沉郁，是狂风为我从天来的顿挫，是布满感慨与咏怀的《同谷七歌》《凤凰台》《发同谷县》，在延续成县文脉上的那种无可替代。凤台下，青泥旁，杜甫意图在此终老。据盛情相邀的"佳主人"说薯蓣遍野，竹复冬笋，崖蜜易求，他心向往之，步履急匆。尽管寒风紧雪夜长，他饥荒中长途跋涉，在初冬赶到了同谷县，一山谷落叶在提前的风雪中铺满旷野。

青泥河在涌入峡口的跌宕中，冲浪飞扬，像有意告慰满怀期望远道而来的诗人，这是他《发秦州》中向往的"无食问乐土，无衣思南州"之乐土、之南州。

在同谷，诗人渴望安定并投会诸彦的休驾卜居之地，最终没能如愿，"邑有佳主人，情如已会面。来书语绝妙，远客惊深眷"，成为诗人满心朝思暮想，再辗转千里后的空欢喜。他信命：有些约定，未必如期相逢和兑现。

他投奔佳主人，原本想在同谷远避世乱、以诗会友，却在赴约后落空。一封长信中的心灵相投，从千年后求证，到底是岑参《凤翔府行军送程使君赴成州》里的程使君相邀，还是时势多变已辞官隐遁的韦迢或同谷令相邀，抑或是旧识赞上人儒生李衔所邀，或者另有隐情？诗人设下哑谜，没有明说。

他当时爱这片山水和乡民，遂在飞龙峡谷向阳处搭茅茨住下来。

早晨随乡邻拾橡栗，傍晚去凤凰山、长丰河挖黄独，与赞上公僧和当地儒生畅谈。很短的时间，他把自己变成峡内外众人皆识的一员乡民。被风雪掩盖了又被太阳融化掉的冰河雪岭上，那从大云寺到凤凰村贴山脚的茅草路，早晚总有两个瘦瘠的身影相随来往，太阳记得月亮见证，他们遥望十里平畴的同谷盆地，期盼庄稼丰盈黎民饱暖。然而家人多病，饥荒磨人，日子过不下去，迫于无米之炊的生计，全家在短暂栖居后，故旧新友再聚散，依依相别情更长，他将这份厚谊写成"临歧别数子，握手泪再滴，交情无旧深"的伤别诗。

尽管生活一度穷愁，但民风淳良的同谷，人情简朴，让他留恋。

寒雪接连下彻，确实没有可吃的东西了，一个多月后的 12 月 1 日，飞龙峡谷的乡亲，大云寺的故人，当地的儒生好友，又送他出山远行。

同谷黎民还要遭受饥困，出家人继续四海为家，诗人将要第四次启程，颠沛流离去漂泊。这是诗人作别的同谷，是长安之外原本丰饶的粮仓。

在此之前，饥饿与不饥饿，乱与不乱，还没法彻底与长安断绝。求一家安宁觅一生安定，于诗人怎料如此作难？

在朝做官或辞职写诗，逃不脱众生困境。大河不养鱼时，小溪里就没有虾米。

追望杜甫从秦州到同谷的路，他投奔的地方仍不能长久落户。这远避时乱的'一岁四行役'，一途的颠簸曲折，顾不上去打听同谷宝地上那些风情小俗与文雅异彩，而只记录一路见闻与世情困窘。这些未被埋没和失传的诗歌，一定不是杜甫在同谷写诗的全部，但留存下来的，如今被一帧帧镌刻在祠堂环廊，流光溢彩。

时间倘若还停在 759 年，能去积雪消融的山坡上挖草根，一定要赶早从冻土中去找寻，去这头的凤凰山，那头的鹿玉山，另一头的马儿梁。

多少诗歌消失得无影无迹，而水流带不走的，是万丈潭斜挺顺卧的巨石。这是杜甫怅惘最多的地方，是《全唐诗》和后人不会遗忘的《万丈潭》。在这方潭上，他写的青溪就是青泥河，他在此徘徊，却立，遇见孤云、飞鸟、高萝、寒木，远看山色一径尽，崖绝两壁对，遥望远川曲流的嘉陵江时，他说："告归遗恨多，将老斯游最。闭藏修鳞蛰，出入巨石碍。"

多少的往事并不湮没于底泥，漂蓬断梗，自清流浮出水面。

敢于重蹈覆辙揭开谜团拨云见雾的，能够声张唤醒乱世愚昧的，一定深知乳汁般的星光，照耀的是人心。

千年的祠堂会说话，尘封的典籍放光芒。同谷离不开杜甫的笔，激桨抟风，栎阳雨金，写下一川雪隘山关。来来去去的人无不追问，坊间流传的佳主人到底是谁？

多少人来了又去，常青的唯有松柏傲骨，永在的自有少陵遗风。

雨打落红，听得见当年这河边茅茨内纸笔厮磨的奋笔疾书，看得见凤凰泥路盘山而上的身影飘摇。《同谷七歌》的七咏与七叹中，辛酸叠加着辛酸，悲苦平添着悲苦，诗人挂念的是苍生百姓，喟叹的是眼下的同谷子民。

君与臣，天与地，客与主，心心相印也罢，惺惺相惜也好，讲究逢缘。山不矜高自极天，水唯善下方为海。历经磨难哑口无言而不愿说出的才是心声，高调弹唱载歌载舞而花天酒地的多是空无。时间会验算正确的价值，但并不以逝水流长推断大河汤汤，不以辛勤耕耘预测丰裕繁华。苔花如米小，也学牡丹开。一个人不在于是小草还是大树，而是他能在人心扎下多深的根。

亭亭凤凰台告诉我，是山就要勇敢去攀高，悠悠青泥河告诉我，是水就要努力去流远。诗魂的光辉昭示着，该怎样面对人生遭遇和世事多舛。诗人携妇将雏在同谷时，还没听过荣华富贵这个词语，他根本没想过草堂在千年之后，有花团锦簇的梅杏和络绎不绝的热闹。

1260年后，我和朋友走在峡谷，路上的秋草苍黄，满坡的灌木火红。

我们从马峡庄，顺新掘的山路盘行，攀上橡树接天的凤凰山西坡。钻进没过身的蒿草，寻找没有树木遮挡的高地，远观杜甫草堂。草堂很小，俯卧在青白石头和碧翠山河的峡谷里；草堂很低，太阳只照在祠园之上的半空中。郁郁的祠园，掩映在历史很难廓清的风云中。环顾山野，峡谷在四季中千幻万化，让人无不叹服它的奥妙，岂能是卑微的我能觉悟能参照？

这时，迷人的太阳从马儿梁横射面前的山坡。橡树林直抵湛蓝如洗的天际，我们踮起脚尖，一展胳膊，似乎就能摸到与山巅相接的穹庐。

对着太阳眺望，城市在薄暮中，北山在阳光柔软的昏沉中，丘陵，人家，电线塔，细得看不见白的山路上和飘过晚炊浓稠的烟。俯瞰残阳铺水的峡谷，任何风吹草动，车行人走，一览无余。

脚下的河在夕照下散射万丈金光，粼粼的水纹向后退去，向县城洄游，它们对穿峡遁谷，对奔江入海，还没有做足准备。慢慢地，一朵一朵积成赤山般的流霞，不偏不倚投照峡中。一阵风后，漫过山肩的霞光洒落在祠内，青山苍翠，嘉木欣荣，琉璃更亮，让处于深谷的祠园和手持书卷的杜甫，看起来安稳而温暖。

残光普洒，照在祠园内，聆听洗心的诗语；照在河谷里，抚平卵石的裂痕；照在山坡上，催熟晚收的瓜果；照在灌木丛，点染姹紫和嫣红；照在梢林间，捋顺落叶与枝柯。繁茂的自然，什么时候都不逊色。寒霜未打落的蛋柿，垂坠得通体透明，几百盏灯笼倒悬在树上，瞅着想着，就能觉尝它们软透甜醉的柿心。

朋友打趣，生在这片土地必须足够努力，不然就辜负了成县这个籍贯。微不足道的我们，好比峡谷里河流带走的一粒尘土，随风吹落的一粒草籽。没有谁能约定永不散场，河流与岁月，边流逝边堙没，伟大与平凡一样边浮现边退场。

对于40多天后告退同谷的杜甫，这浩浩荡荡的1000多年来，成为永恒的是飞龙峡，是县城以南出陕通蜀的人要走的古道。

去蜀前，诗人悄悄合上书卷，这里面有几十首诗。没有刻在石头上，却留在史志里。从那时起，这峡口就有常来常往的人，造访和拜谒此山此水。

青衫长须的杜甫，端坐殿中央，孤无所依。高高低低的楼盘街市，还未封住峡口，但同谷已繁华遍地。同谷没有成全杜甫是一个重大失误，是那年又冷又长的寒冬犯了糊涂，是吐蕃已经攻占了同谷。

抬头望，飞越峡口的高速公路是城乡分界线，让楼厦止于两河的交汇处。峡口坐落的污水处理厂是县城的肾脏，司管满城污水的处理排放。新修的杜甫草堂处的公路上，紫薇盛开，桂花飘香，不时有乡里人进城，城里人进峡，汽车、摩托和拖拉机风驰电掣，扬起城里不允许飘起的尘土。厂尽头是凤凰山，山下有李武村、庙湾村，为县城据守最后的田园。这里的农家乐，是县城市井生活的消遣休闲中心。大云寺有卧佛，静观着县城。寺外缠山腰而去的，是杜甫顺凤凰山脚经常走的雪路泥路。

在峡谷，遇见锄地者，他们与父亲一样"罪孽深重"，艰苦的抗争与天下农民一脉一辙，他们不写诗不懂杜甫，但却是杜甫笔下的黎民。

浪花在飞流，涛声在回响。杜甫之魂坐拥的峡谷，每天的太阳架在被河水劈断的重山深谷，阳光化成空气，点亮所有见不上光的阴暗。

现实仍有苦难，人生总要颠沛。独坐草堂，秋阳无比朗朗，河流汤汤无匹，绸缎般的阳光流水，被峡谷千万遍磨洗，杜甫的诗句，在心头千万遍吟诵和回响。

我弯弯的青泥河呀，将从此远行。

它是远征逆旅遇到叠嶂时，让人眼前一亮的光明。

包孕万象的峡谷，鼓励后来者笔耕字耘，追仰诗圣。

森森碧碧的一座祠，谁也不能小觑诗人与同谷的这份天缘。

何止故乡

家乡在偏僻的陇南山村。要说什么最多，那就是树；什么最大，那就是山。绵延万里，山外有山，到处是石头与黄土构筑的坡。深山中人多地少，土瘠薄，人心却实诚，耿直，像院门上的竹子、阳山里的青冈树，脾气倔，性情硬。

小镇过去是茶马驿站，传说几千年前黄龙潭里有黄龙飞出，坐卧在乱山苍岭，最后飞往龙瓮；又传八仙洞通海眼，八仙路过时乘石船成仙巡游。早在600多年前古镇就有市场，骡马百货西来北往，四面街市开有无数家旅店。这里出产核桃、芦苇，有烧锅坊、醋坊，特别是樱桃、粽子叶曾为贡品。另外，革命时期出过梁骥大校，从重庆军管会通信部长转任航天部，后任第七机械工业部副部长。剩下的就是碰鼻梁的山顺地流的水，满坡的杂树野草，走不尽的沟壑。

夏家塆最长最深的是沟，一道沟环来绕去没有尽头，从山顶到沟底，从挂在半坡上的村庄到溪流之畔，走得快也得半晌，一声能叫喘的人，见一面得半天。

小时候盼火笑。祖母说火笑就有远客来。我坐在锅眼旁添柴，透灰，让火焰燃亮，火苗在锅底跳跃，水沸成花，等父母从山地回来，等祖母包完满案的扁食，等游遍全村吃麦穗吃草芽吃饱的鸡群蹒入柴门，等收尽晒场的粮食，等牛犊回圈，等姑姑来时叫我的唤声、舅舅背来吃食的身影。我坐在灶房等，盘在门墩等，靠在院墙上等，跑到村口望眼欲穿地等。一回回，我从谷雨等到处暑，从白露等到霜降，又等到麦割了玉米种了，客也不来。长大后懂了：火笑缘于天气晴顺，柴火变干。对于雨多泥深农活忙的乡村，只有雨后初晴才有空访亲。

七爷坐在村口，见后生就四处打听盼儿。年复一年，红灯笼褪色，黄土掺麦衣打成了胡基。他抽完去年一季的烟叶，盼儿仍无音信……"盼儿"，他起的这名字，盼来盼去不见人了。按理这盼来的老生胎，应当好运。他逢人就说："我连夜梦见盼儿了。"遂托人找先生盘，在上房置香案，天黑后点灯念经，找属鸡的童男，从抹过油的掌纹上寻人，推测盼儿的下落和轨迹，他穷尽迷信的办法，先生忽说在镇东八百里，忽说生年难卜算不精确，让找亲戚去打听。

不多天后，月亮无声地洒着白光，乌鸦在村头乱叫，一个霜很厚的黎明，七爷在盼儿的梦里去世了。烧完一期纸，邮递员送来迟到的电报。

云无心，不知还。盼儿急死了七爷。我也陷入梦魇，盘桓在桑园里找盼儿，越跑越出不来，听见他说话却找不见。一只松鼠从坎上掉下来，惊醒了睡在玉米地垄上的我，盼儿左手摘两根黄瓜，右手揪一树洋柿子。我们钻进玉米林，吃得肚子鼓圆，饱嗝连连，再逃出来。他赶牛车往山岭去，鸟追云，我追他弃我而去的车尘。

春稼秋穑边收边种，晚夏的劳动汗水盈盈，乡亲盘地而坐打菜籽，我们盼蒿瓜、覆盆子成熟，水和土捏成的泥车跑起来。伙伴们在梁上追，白云飘，山歌亮。

方言引我拾上久别的乡路。城和乡只是一个隧道，坐上车一脚油就到了。楼宇密布的小镇，不用对人讲下山入镇移民搬迁的好处，人都往镇上走。他们不能老住梁上，鸟在高处，人不能总与鸟抢路。人一少，林就深了，鸟兽的天地就大了。

逢集天，山里人卖掉粮食，换回化肥种子、菜蔬油盐和零碎搅缠。商贸步行街、快递公司、k歌会所、超市，显露着小镇的洋气。街市中，不差多平和黑炭，不少宽叔和满金，敢闯敢干的人，领跑着繁荣。但并没有几个人知道，叫彩虹婶婶的人在去世前找星星一样找到县电视台，为节目中患白血病的小孩捐了积攒的100元钱。

长满五谷的夏家塆，万众高踏着木偶戏，传唱着迎神曲，绵绵的雨水时下时停。风和日丽的一天，秋虫们集会，事由是穿山的高速公路，轰声隆隆，必须倾巢集体迁离草坡，编排新的越冬计划。

烧柴取暖的后村，埋在灰里的洋芋天亮后将烧熟。2019年10月1日，举国上下普天同庆，夏家塆妇孺老少凑集粮食唱戏。戏台中央的供桌前，人们三叩九拜上香，祭神，还愿，从山泉里取水，从庙梁上迎神灵，神的轿子绕村三周。唢呐伴随干鼓、战鼓、堂鼓的节奏，大锣紧随小锣、木鱼的敲击，铙断断续续，板胡、二胡、笛子跟剧情起承转合……

到了晚秋的田野，像一幅油画。你听，娃娃们唱着"谁能跳过黄龙潭，金子银子两扁篓""斑鸠跳崖，摔不死了重来"的童谣。车水马龙的古镇古色古香，山寺，戏楼，老铁匠树，被浅得淹不住脚面的河水环抱。

作为村镇，她还比较年轻，高速公路通车不久，到处是新房大路，沿山有数千垄核桃树樱桃树。收药材核桃的卡车，用一冬时间把山里的好东西连皮带毛装走。年轻人忙着满天飞的生意，开店，摆摊，干工程。

面朝大山，豆田的金浪从一道梁向一座山深涌。镰刀和草帽是行囊，乘凉的大树是护身符，石崖和泥土下渗出的底水恣肆芳草郁郁的茅路，承载着收割耕种。

我停在路口，像一朵被黄昏遗忘的云，尘土追着我，旋风将我包围。对一个长年没在村庄挥洒汗水添一片瓦的人而言，故乡不爱我了。我天天的日思夜想，不及终年守在村口张望的闲人亲切。我蹑手蹑脚进村，乡亲们看着没有开上汽车没有改头换面的浪子，今天怎么回来了。他们很想过来劝慰，帮我擦眼泪，但他们目光犹豫，似乎并不同情。他们从心里面已经和户口转走的人割开关系，不像对待其他乡邻那样热情。之前坐轮椅当逛鬼回来的人，他们都会围过去，原谅他，拍拍肩，发锅烟，认同浪子归乡，承认他又是大村庄的一员。

但他们与我砌起了一道挡墙。仿佛唤过我乳名，教过我挑水拾柴磨面，带过我上山劳作的是另一批人。马祖道一说：为道莫还乡，还乡道不成。溪边老婆子，唤你旧时名。他们或许记起了我当初"逃难"，但命运并不理解少年的愿望。

云挂天心上，人在往远方。一群孩子喊着"一二一，上天水"。大路朝天，通向骑着牛儿慢慢走的茅草路，送走新的年轻人。我手无寸铁往回走，空旷无人的坡上站着一排排稻草人，等我春天采野花、夏天燎青麦、秋天摘野果、冬天烧洋芋。

古道风情

九尽桃花开，春天去康县。为什么大山里面还是大山，溪流之上还是溪流？秘藏在陕南、陇南、川北金三角地带的山城，让我如没见过翠谷云峰的人，一站在燕子河畔，就不断地聚焦眼力，为一方山水左顾右盼，又穷尽脑力，给这方山水匹配能够形容的词语。

从成县往康县的一路，车子不断扑进山中藏山的怀抱。阳光蒸腾着泥土的芬芳，吹满山谷的风中空气潮润得能拧出水来，成千上万株的野花开放得多姿多彩。到处可见飞鸟探头探脑，那栖于枝丫的啾啾欢唱，打破山谷的宁静。

满目碧透的山坡上，大约是那种叫叶绿素的物质，油漉漉地浸润层林，覆盖村野，包围农舍。青黛涂泼的大野荡漾着连边也没有的绿波，飞翠油亮。

阳光一明一暗照进山乡时，刚好十点。

悄悄进入这秦岭以南的沟岔，山畔水肆竹林深深，茶园垄垄，桥隐栅现，花开鸟啼，青山得意地来伴唱，绿水多情地荡银波，让人不忍打扰，又无不屏息惊叹。

十万大山的列阵中，成县与康县像挽着臂膀的兄弟，又像一窑烧出来的粗陶罐，泉水浸煮茶叶，罐壁紧挨，言说着茶香四溢的乡韵乡音。再看巨龙般蜿蜒于成康之间的西汉水，汹涌又澎湃，在山山对望岸岸相觑中，奏响妙音。

行于半路，有羚羊出没的影子，迷人的风景减慢迅疾的脚步。正午时分，雨后初晴，明明净净的山山水水，刚被濯洗一新，纤尘不染。同伴们去河畔洗手，清莹莹的溪流被撩起闪光的银汤。林涧空谷里，溪水是音乐厅，田园是美术馆，村史馆是文化宫。温馨的春风拖着尾巴，传来动听的山歌，但看不见唱歌的人。

"太阳落坡四山黄哎，犀牛么望月，姐望郎。小妹子望郎进绣房"。

歌声让山谷空灵起来，自然失去了所有的响动，只剩下风穿谷来去；山坡上的林木更加葱嫩而蓊郁了，风吹草动时更加明亮。从我面前流过的溪水河水，在逶迤跌宕的山谷里，瞬间变身为飞流直下的瀑布，化身为粼粼翻涌的白浪。

三个少年在河中嬉戏，他们提着玻璃瓶罐，猫下腰搬开河床中的板板石，用双手掬水，便很快抓到几尾一寸多长的麻麻鱼。麻麻鱼在手掌心激灵灵地跳跃、摆尾。成群的蝌蚪，在靠岸的水潭里游，它们是晓得山河醒绿的黑精灵。

山歌出自村落靠山的丛林，毫无疑问是一位山村姑娘的歌声。

不知她在山上采茶打野菜，还是在岸边洗衣淘菜，不知她身上背着背篓，还是肩上挑着木桶，但依着百灵鸟般动听的声音，我仿佛看到了她如牡丹花籽一样的眼睛，如小山脊一样的鼻梁，看到了她如鱼嘴一样温软的小唇，还有俊秀恬静的脸庞。不知她坐着还是站着唱，不知她对着村前的小河唱，还是背着村后的大山唱，甜美的歌声随风飘远，此伏彼起，情意缠绵。无须晤面，我已预感到灵山秀水，一天天把她养育得有多俏美，多秀慧。

她应当有一头乌黑的长发，窈窕的身姿，纤瘦而苗条，皮肤光滑如灌浆的白麦粒。她喜欢把耳朵埋进发际，转脸之时，黑发翻过耳际，那软软的耳朵又白得像刚刚出山的月光。我远远地感到，她温柔如湖水、伶俐如飞鸟、端庄如小荷……

屏住呼吸，去寻觅她藏在何处？馥郁的康南，清寂的康北，也不想就这样作别，不想在山河的穰穰里留下遗憾。我怕稍一挪步就听不到这明快的小调了。正担心时，车子转过一个弯，啥都听不清了，我失魂般频频回头，又不断向来路张望，再去顾盼山凹孤村，聆听忽明忽亮的薅草歌，耳畔响着喜庆的《八仙上寿》，悲苦的《哭长城》等唢呐声，还有山那边传来的木笼歌，山顶高唱的毛山歌。

隔山的歌声漫过我的心田，摄捏住我的魂。

三个少年在艳阳下，弯腰向河对岸扔石头，打水漂。被岁月与河流削磨成饼的石片，横掠过河面，水花接着水花，由小到大，由深变浅，一波波推送开来，又缓慢地沉寂、消隐下去。这些漩涡里久久不散的声音与水花，在炊烟飘来的茶饭油香中，渐渐消失于这曲曲又静静的河。怎样溯寻，仿佛都凝滞于刚才的画面。对视一座座青瓦坡屋构筑的狭小村庄，一幢幢木楼蕴藏着一个个故事。叫沟叫坝的庄，全部面朝河谷又背靠林野，一入其境，便将人引渡至童年。

近看笔架一样的峰峦，一层层钢蓝色的山又远又高，既像竖在大地上的屏障，又像横架在眼前的古琴。远望铺向四方的座座大山，浑圆的像馒头，挺立的如拔剑，几座山毗邻而拥，连成一组笔架。

这每条河上有木头搭砌的小桥，有人在河边淘粮食，在石板上洗衣，花花绿绿的被单和衣服，晾晒在蔷薇藤架和蒲公英开花的草地上，豁然点亮河沟。

人间的温情与生活中的火烛，亮不过如此。

这是一个多么好的人儿呀！

她的名字，应当叫芳叫丽叫红叫霞，她是全村小伙的梦中人，是父母引以为骄的二姐三姐，是守在闺中待婿上门的山中美人。见过她的人无不着迷。

她家在花桥村开了客栈，平日做针线刺绣，酿水烧酒，她家的生意最兴旺，不管是吃饭的住店的路过的，人们都会多看她几眼，也有不少小伙，翻这远远的山水，来客栈喝茶、吃饭、游玩，有艺术学院的老师学生，来这里采风写生……

还有好多人开着汽车特意来。走过颤悠悠的铁索花桥，横穿碧流翻浪的河，只为奔着盼着来看她，但她并不是见谁都会笑，都交朋友。

是呀，好姑娘怎么会没有意中人？

单看她的眼波，就比梅园沟里的潭水还深，还迷人。这让我想起骡马从此踢踏过的茶马古道，从川陕来的驼队来贩茶，来来往往，客栈生意红红火火。

木楼客店供商旅的人们拴马，歇脚，补给。人们到花桥来吃面茶。烧熟的油加入薄荷、花椒煎核桃、杏仁煨在细火旁，快溢时加上炒好的臊子、蛋花，让长途而来的旅人，除去周身的困乏而神清气爽。

昔日的陇南通往西南地区，以马帮为交通工具的民间商贸通道较多。这条穿山过岭的古道，穿行于地理交通闭塞、自然风光壮观、文化多元神秘的陇南宝地上，作为历史早期经济文化交流的走廊，留给今天的残影有碑为证。马队踢踏的驼铃声中，人们驮着茶叶下四川走重庆，为山南水北的人们运送着百货奇珍，也让这片山川最早引进和广植茶树，人们会种茶，更爱煨茶喝茶。

留存于今有迹可循的道途，东起于大南峪窑坪村，经大三岔、白马关、大堡、长坝，到望关石猫梁山垭，沿平洛河翻太石山，经昌河坝进入西和、礼县、成县。茶叶采摘时，满山谷油茶飘香。脚夫遇雨，自然要多住两天，连吃几顿豆花面，便结识了朴实的姑娘，听爱了唢呐，心便被这大山给收了，魂被姑娘揽了，赶都赶不走了。货物快压霉了，也不走。即使走了，又要寻回来。

姑娘不认得他，山河晓得他。

一场场临别的依依打望，白马关，望关口，远远地总有前后相送的身影。来年春暖花开时，脚夫们会赶着马帮、带着嫁妆，再到康县来。

姑娘泪流成行，她心想："这一年四季，咋这么漫长？"楚楚动人的她在夜晚的小河边，把一排排树看成了马帮，把路过的脚夫看成了自己盼想的人。

已经听不见歌声了。

遥望白云升起在山峦，薄雾弥漫在天空，瞅着十面埋伏的群山出神，一定会千般万般猜想，有缘人还能否相见？迎面走来一群人，赶羊走进山村。剩下姑娘和小伙跑到河边去，坐在一棵大核桃树的凉荫下，小河淌水，微风幡摇，背篓放在一旁，草丛晃晃闪闪，鸟儿叽叽喳喳，村野绽放出欢愉的笑声。

酒旗招展在檐下，是门店的招牌。一些人坐在院落花丛中，住在民宿小院，斟满甜醇的水烧酒，品着热水冲泡的明前茶，小酒浅酌，茶叶倒立，对影如梦，任由他们敞开心扉，投入无名的山水，猜拳欢饮。

酒席间传来娓娓拔心弦的清唱："一杯酒儿急，二杯酒儿清，三杯酒儿甜，四杯酒儿凉，五杯酒儿多……"

直到日头落山时，凭窗看见拦腰的烟雾，如马儿顺山跑。可我分不清哪些是炊烟，哪些又是雨雾。哪些是想念，哪些又是念想？姑娘只想对去远方的人儿说：你别怕旅途孤单寂寞，只要你也想念我。

毋庸置疑，布满驿站的茶马古道，虽不如城市那般繁华张扬，但朴素原生态的山河风情，造就了乡村的骨乡村的魄，让青山绿水带笑颜。

转身四望，陇南绝对是秦岭南麓的肺腑，芳翠着大西北。让人无不留恋这多情、淳朴，这如得天赐。深长的山沟是世外无愁的家园、万物初生的桃花源。

山谷如此静谧又顶天立地，乡野如此烂漫可随意独步。就连这到处的树木，也无须于干涸中费力地抽芽，它们温润地长大长好；就连千年菩提树，蓬勃之势葱茏如盖，围着树身看，大树生命的苍凉与悲苦让人息心静气——这株千年大树外活内枯，几近中空，神奇的是它仅凭树皮又活过了百年，让人无不敬畏厚土深溪的滋养，而彻悟"人活一张脸，树活一张皮"的道理。

古树分枝扩展，树形高大，冠幅广展。拜谒它，能给人一种启示，大自然的伟力由心而生，令人起敬。作为寻常的人间树，它又非同寻常，让人去揣摩王子何以靠它而觉悟。人在世上的悲辛，七片叶子零落，何以化身？

唐朝初年，僧人神秀与其师兄慧能对话："身是菩提树，心如明镜台。时时勤拂拭，莫使惹尘埃。"慧能看后回诗："菩提本无树，明镜亦非台。本来无一物，何处惹尘埃。"是的，世事本尘埃，人亦本尘埃。

月亮出山后，我别离这夜的山冲，万顷玉树掩映的村镇里，回头只听见照见过一面，却因优柔、细碎而咕咚入心的溪头清音而不舍。

在这座万宝山里，不论是兵家必争的白马关、黑马关，还是阳坝的竹海与梅园，山花烂漫的芬芬与芳芳，山水齐奏的朝朝与暮暮，总有歌声唱的是长坝的花桥，念的是朱家沟的世外清静，与自然会晤，心倦就停歇而释怀。倘若坐在沟里一下午，太阳会喜欢你，溪水会打动你，风把眷恋托付云，所有失去都将是得到。

还有大水沟的闲逸散淡、心游物外，水流过村的潺潺与涓涓；更不能不去感叹，何家庄人用何等的勤劳与智慧，把庄稼种成谷堆，把沉甸甸的谷物磨成面、酿成酒、榨成油、酿成醋。乡村文化记忆馆的书吧，是给行旅人的驿站。来访"充氧"的游客，放下尘心，在山野里听牧歌……

依山而居的人，房前是良田与流水，身后是青山与鸟语，炊烟袅袅，乡音缭绕，他们细火慢煨，把一寸寸岁月过成了茶香弥弥。

春日小记

南山麓

华灯初上的暮色里，鸡峰山下的小城，一片辉煌。起于盆地之心的楼宇闹市，在平川之上璀璨流金，于阑珊之中灯火依稀。

繁华夜色像涌动涟漪的河流，潺潺不息扑朔迷离。

站在山麓，有一种众人皆醉的独醒，让自己囿于无边黑夜。城市欢腾如歌台，南山安宁如梦乡，浩荡不止的北风下，一种天机隐藏于晨雾，依附于空山。竹笋、蕨菜破土而出，抽芽的香椿身上，植物特有的香气，暗示春天春味的滋发，揭秘不休的四季轮回。

越老越翠的松竹嘲笑我缺少气概。越黑越亮的灯火为路人照亮行程。

春提前来了，是相比往年时令配物候的判断。麦苗青过了地垄，油菜花举起了花苞，只需一场透雨一丈阳光，春风就宣布万物盛开。此时，或许正有锡纸般的云向崤峪峰顶盘旋，有雾穿过山腰谷洞。丛林中见头不见尾的茅草路，弯弯曲曲通向冬暖夏凉、泉水叮咚的龙洞，隐藏一座神山的玄妙。

我如一只灰雀依山低飞，越河翩翔，在山水间流连。午后，太阳如金，山风四起，送给我澎湃的松涛欢唱。鸡峰山仙养的花花草草，从草坡里顶出头角，飞鸟们决定召开展翅比赛，坐在树梢扑打华丽的羽毛。沿河的水桃花又野又艳，老树发出嫩芽……生命的开怀不可阻挡，这千发万长的气势，为大地铺盖连天的青碧，欢笑着迎接去杜甫草堂看梅花的游人。

看与不看，信与不信，这穿透土岗的力量，锋芒毕露，宿根一季的植物戳破冻土，噌噌噌地向上蹿，急切地想与久违的春天重逢。

风起烟雨起，山岚凝重而清秀。云雾明明又暗暗，厮守和萦绕着山峦。群山遮眼，却让心灵的驰骋信马由缰，无际无涯。

青泥河

清晨的河水，在入城的地方格外响亮。每天早早来到岸边，聆听河流的美丽奔淌。河水还记着昨日黄昏，娃娃们下水捞鱼，嬉戏，几个少年蹚过那河，捡他们断线后掉入河心的风筝。

河水映着我经过岸上的身影，瘦，矮，步履匆匆。河里的沙砾磨了又磨，为流经的水波撑起浪花，让它们义无反顾，又不知疲倦地奔去。

河流的春天，首先在水草的由枯转荣上，还有成群的燕子，坐在跨河的电线上，三五只对语，犹如作曲家笔下的五线谱，布着黑压压的阵，又像一城燕子在聚会，如果集体在电线上跳舞，产生的共振一定会压断电线。城市的边角是田园，稠密的果树正葱翠，群花竞开，没有辜负连绵的春雨。

天朗气清，风和日丽，城市如河滩菜园里的春笋，被旋转的塔吊一天天拔高，空地里延展出一条宽阔的沥青路，矗立起一片片家园、学校、商场……城市可以不生产庄稼蔬菜，但必须有擎举空中的楼阁，夜里飘出灯光，它们是异乡人的巢。

青泥河涓涓淙淙，穿城直下时，速度慢下来，它们左涌右漾，变得动听，有时亲吻河岸，有时拍打亲水平台。大河聆听音乐喷泉，岸上的舞步，街头的车水马龙。大河有时候还不知情地接纳一个悲伤而绝望的人，跃入水中，成为小城一时流传感叹的话题。2010 年黄渚的特大暴洪，将采砂船横堵于桥，水即将翻堤，满城人都在围观是拆船还是炸桥，一个矿山配件厂老板，抓住了缠在砂船桅杆上的大蛇，据说美餐了一顿。几天后，货架上的东西掉到头上，不幸没了命。

河无力劝阻悲剧，就像暴洪也会无情地带走勤劳和善良的人。

河水万古奔流，朝阳初投时水光朦胧，太阳当空时波光粼粼，夕阳映照时微风送澜——它像知己，随时能倾其所有。它所带走的，有陇右粮仓的麦浪滚滚，有千年古县的久长文脉，有诗圣杜甫的寓居草堂，和一方水土的人杰地灵。

奋斗不息的人奔波不停，想啥啥好的人谋啥啥成。

高峰水库

去拜谒它，出于感恩，它是供养和维系县城血脉的水源。

1976 年，高山之巅的峰谷里人山人海，拦溪截流，筑坝聚堰，建成群山怀抱的高峰水库。它是柳垭山系的地表水、溪流沟渠汇集而成的平湖。库上，条条沟壑叠翠带碧，处处山涧珠落瀑飞，砍柴人歇在溪头，取饮泉水。晴日的库区高阳明媚，水波潋滟；阴雨天，山如画屏，飘舞着绿烟云波,水如琼浆,荡漾着清冽碧流,湖面瞅不清深浅和轮廓;水气氤氲的山尖上,风过时,一阵如腾云驾雾,一阵如仙人徘徊。满岭的野花争奇斗艳,清晨的鸟声此起彼伏。

飞出库区的水浪,从大坝跌入深谷,如同天地弹奏的交响曲,清波倒映着重山,碧流荡漾着云天。

路见学生身穿校服走在山肩上,忽地从林中钻出来。沿水库外的路溯流倒追,登高找到源头,竹林深处的泉畔住着几户桃花源人家。水汪汪的湖,如会变色的琉璃。它在春天披黛,倒映着泼墨石崖和枝丫杂灌,在夏天拂翠,分不清山与水、天与湖的畔际,在秋天红叶如霞,在冬天装扮成白雪皑皑的童话世界。

沉醉在湖光山色的澄明里,感觉时光慢得伸手能抓,又屏息能听,能握住温柔的风吹落草尖的露珠。这种致虚守静的圣境,让我领悟何谓纳千溪以成其大、汇万壑以成其深。山对水的包容造就了湖,水对树木的涵养培育成林,树木对清风的迎送吐纳芳华,清风对人的吹拂温润心灵。这个"单引号"形状的湖,已经无数遍被精滤,保留自然的甘爽与澄净,然后通过管网,把清凌凌的水送进城里的千家万户。

吃水的人,应当感念水所走过的长路,感念日月和草木的沐浴,善待水库。

麻麻鱼

没有一个在山沟长大的人,不认识麻麻鱼。

从网上查,它应当是原始鱼类之一,喜群聚活动,多栖息于水温较低、水质清澈的河溪中,多以飞虫、水生物和水藻为食,冬季钻入石缝里越冬，初春江河解冻后由河川中游溯河产卵繁殖，在秋季结冰前又从上游顺水向大江或河川迁移。

乱山中的溪流从来没有因为干旱而半路渴死。

我常常感觉自己就像一条洄游的麻麻鱼，从贫寒的小镇逃到城市，又经常回乡消解乡愁。待到春水回暖的二三月里，鱼蟹成群，虾米与蝌蚪从水底浮出河面。搬开小河中的石头，一群麻麻鱼就游出来，在河中转身四散。

山溪汇聚的河水晶莹得没有杂质，石头绣着苔藓，灰黑色的麻麻鱼，一群群在浅流里晒太阳，它们只在小河和上游的山溪里，它们属于乡野而没有一个学名。

孩童们精脚片穿行于小河。麻麻鱼摩挲过脚面，溯流而上。岸上人忙着种玉米，起伏的田地被白色的地膜铺成琴键，一场雨下落一地千树万树的花瓣。在清明的旷野，当我回过头来，一群上坟的人，长跪不起。

农人扛着锄头，慢悠悠走过长长的河岸。

麻麻鱼在河里无忧无虑漫游，它并不干预和在意谁游得最远。

太阳下的小河，清流曲绕，碧波澄澈，鱼儿的快乐正如农人顺其自然的洒脱，漫无心事群游于河上，增添灵气又相安无扰。

葛条缠住许多人

乡村逻辑

坐上枭粮食的拖拉机下山，赶乘小镇进城的班车，买张天黑前到火车站的车票去谋生，卸货，挖煤，当建筑工，当保安保洁，送水送煤气……种地的铁锹和杠子，练就出一身好体力。

在劳动力不算价值的夏家墕，有力气的人多。谁家忙不过来一喊就涌一院，大家干完活发锅烟就好。出几把力干一些活的事情，对乡下人根本算不上啥。反正闲着也是闲着，庄稼在地里长着哩，小鸡仔在窝里孵着哩，这当口只等好消息。

比人还有劲的是一种藤蔓，长十几米，常绊倒山林里玩耍的孩子，也在采药打野菜的人不慎滑坠悬崖的关头能救命。每当一田野玉米收成谷堆，每个玉米剥留三四瓣苞衣，拧成麻花串，用它拴挂在檐下；它还能拧绳索，做成孩童们玩的秋千。

黑炭说活着的都不多余，铺天盖地的草养活着牛羊牲畜，飞鸟昆虫陪伴着花开花落。鸡鸣犬吠是开启晨光与拉下夜幕的乡村时钟，花花媳妇喜欢住在椿树上，麦蝉要从泥地里变身，蟋蟀缩在石墙里要唱一夏天的歌，山顶的和尚用录音机念经，游走的货郎用针线换头发，打春上门的春倌携带耕牛图"说春"，怀揣罗盘的先生四处选勘好风水，带小刀的骟匠和骑摩托车游乡的人，一年到头走村串巷。

玉米挂苞后，需要从傍晚点烟到天亮，以防獾猪半夜祸害。老人在村口小卖部对打麻将的孙子说：越不愁吃穿，你越要牢记祖辈挨过的饥荒。他们轻蔑地笑，把话当耳旁风，骑摩托碾过洒一地的麦穗麦粒，麦篇在地荒人走里变成废物。

有年连续春旱，麦子起身不到一尺就抽穗了；有年夏至过后，梅雨灌透黄熟的麦田，麦倒了，全出芽了。但没人敢抱怨老天爷，心想这十里方圆一季绝收了，肯定有哪件事惹怒老天爷怪罪处罚，到了正月初一献饭时，人们长跪在地，把长长的手擀臊子面，献在供桌上。吃了一年芽麦面的人们，开始盘算来年虎口夺食的方法，当教师的三叔买了一台电动脱粒机。

天灾教训提醒旷野里的劳作，集体遵循某种规程，保持仁心慈念。与黄土地纠缠的父辈，坐等天黑抽一辈子旱烟的人，他们终其一生办妥这些事情。

村支书在村头与乡亲们谈判，他苦口婆心动员，希望产业和项目能扎根后村，农闲还有人滚灯唱船曲耍龙灯跳鹤蚌舞。站在厚土坪上，对面山沟的乡邻们依旧重复着务农。出去又跑回来的人说：这片土地没有饿过人，也没有辜负人，我们不该背弃对这块心田的耕种。风无心，但收获了春风吹又生，自然不神秘，却孕育了万物枯荣消长，后村人办的铁货铺和商店占据了半条街，学过木匠的壮汉，团结着周围的一批光棍喝酒唱曲。夏家坳又穷又小，但把我们从小养到老。

后村俱空时，黑炭卷好铺盖去筹彩礼，但他怕订下的媳妇会嫁到陕西。生活是会魔法的变形师，改造着精打细算的事情，婚丧嫁娶该请的先生媒人，吹唢呐当厨师的人无须合同，忙碌在乡村的田间院头，最后以礼当或利施回馈作为报酬。

小暑过后草木深。放在拖拉机水箱里煮的鸡蛋翻场时刚好熟。顺羊肠路上山，我睡过的草坡和飘过的白云望着我，从早到晚的太阳照着我，当莓子被摘去刺架还认识我，当太阳落山后峁梁的葵花还认识我。遇到下雨时山上的草房子和崖窟收留我。

年迈的父辈不能下地了，老得更快。回望先辈走过的路，细数受之父母的全身 206 块骨头和 639 块肌肉，在我们成年后的漂荡里，没有腾出一份去伺奉他们，许愿从走向社会后灰飞烟灭，承诺的孝顺在长大后食言。父亲还在后村努力营造自认为最庄严的基业，我屡次劝他敞开一辈子含着黄连的心，避开将近一世的被折磨，轻松安享晚年，但他每每扛起锄头，我明白我既不能劝阻他，也休想改变他。

站在山顶打手电看，草盛树稠的夏家垮生死无常，叔辈们在迅疾苍老。过往的童年像葛条，不择水土，向野而生。他忆起儿时跳踏过一潭潭积水的欢心，想起尘封在心房疼了又疼的伤心。

乡 音

"三月里，菜籽开花满山黄，数过焦赞数孟良，搅乱天下的潘仁美，保国安民的八贤王"。

这声音从水坝边传来，一轮明月挂在夜空，照彻河谷，白天还青翠的山峦画上烟熏妆。这皎洁关照着大地的银河，星垂旷野，静谧又安详。

习习山风吹过屋檐，吹过二尺多深野草的场院，吹响松动的门闩和门板。屋里的灯灭了又亮了，天已黑尽。

黑炭摁亮手机，哼着深圳流行的"伤不起，我真的伤不起"的歌，高一脚低一脚地回。春牛图还贴在门楣旁。逢年过节敬天神时用红纸糊的香炉，也许是涂过一层面浆的缘故，周围的墙皮掉落了，蜘蛛网网着的春牛图，正好糊住了那片墙皮。一张纸神奇的力量，莫非是打西和来的春倌，还真有点道行。

夜雨踏出新的泥泞。这届木偶戏众乐会会头挨家挨户传戏讯收钱粮，人们拿出最好的粮食，凡有婚嫁病丧的人家会格外多拿些，众乐会积攒成山，带到集市枭变成钱，买些唱戏家当和庙里缺的东西，再顺便下顿馆子吃碟炒面。待到满山的玉米缨子焦红时，就派人去请戏团了。

他早就对村里的乡邻们承诺过，不管今年庄稼丰收歉收，庙会的木偶戏一定按期演出。他将把深圳挣回的钱拿出一部分捐献给小龙王庙。他想借此机会给去世的父母超度。到时候请来王先生，在会戏的空档摆法场，安抚后村和已逝的先灵，祈祷全村清吉平安，让出门在外的人顺风顺水安心安生。

就在9年前立秋那天，黑炭从北山的老林里买回来两棵老柏树，上年纪的人都去他家院子里看这壮如水缸的木头，看木匠把圆木改成板子，用泥巴封住茬口。黑炭在后山认识许多庄户人家，那时候他背着豆腐和绳麻沿村叫卖，对这些物件的出处和行情比较了解。黑炭指着树干的横截面，从木头上一环环的圆圈数年轮，按年轮数目推算树龄。他说这柏木要做成老人的房子，一定要木质好，人在世上含辛茹苦一辈子，起码得找一棵年纪不相上下的树，你看这窄窄的年轮线，一定是北山的木头，北山十年九旱，阳光充足，土壤水分少，生长慢。

看遍十里风水的王先生说，同一地方的同一种树木，在同一时期内年轮的宽度一样，就像家谱上同一族系辈序的兄弟，遇上内族外族互相攀亲戚时，说出一个人的辈分，就能衍推出称谓。村庄的家族都保留着家谱，人去世后要请儿女双全有文化的先生奠祖，把新逝祖先的名字写上去，记录下家史。这部常年被封存的神秘族书，不记录土地、粮食、牲口、房屋、金银财宝，因为土地粮食只是糊口生存的依靠，钱财房屋全是身外之物，生不带来死不带去，所以族谱上只简单记写人的名字，不分显赫与平庸，按辈序标记。

人神共居的后村里，大家尊崇苍天与厚土，敬仰山寺与小庙，信奉善良与道义，只求莫逆于心。

1985 年夏至过后，夏家垴人坐在场院的老核桃树下，盘算最多的事是那坡地的收成，伏天耕过六遍又上了一圈土粪的地，和队长家务作不周的地，产出反差极大。人们沉浸在包产到户的喜悦里，比谁家对地更上心，比花的功夫出的力。

黑炭官名包产，被收养那天，后村正摆设戏场。场院里人头攒动，6 担戏箱 36 架木偶正在安装检修，花花绿绿的脸谱、服饰和道具正在组合。裹着红布的黑炭，被抱养他的母亲，见人欣喜地比着"他二爸、他三爷"。这个从接生婆手里就接来的亲戚家孩子，尚在一无所知中嗷嗷待哺。

一山贫瘠的夏家垴，囿于泥地挣扎的人，光景还不敞亮。火辣辣的太阳炙烤场院，一口锅盖般的云朵送来清凉。从宕沟吹出的风，正一缕缕地吹过汗流浃背碾场净草的人们。时令过了关老爷磨刀会，正赶上六月二十二的生辰。晒枯苗的太阳像火球，一转眼乌云滚滚，来不及收拾场院，雷鸣伴随闪电就暴雨滂沱。一刹那便漫流成河，泥水夹杂着草粪，溢出村路沟渠。一阵大风，天空被洗掠一净，彩虹出来了，满地煮泡的雨过了，好像一场游戏。

太阳从云缝里出来，躲雨的人纷纷出门，走在水流恣肆的村路上，他们去看山地里的洋芋被暴雨冲毁了多少，正长个头的玉米被狂风摧折了多少。躲在崖窟里的宽叔，手拎被山洪呛死的兔子咧嘴笑。塬上高坎崩塌堵住了小路，滑坡的山地横陈着倒落的大树，沟渠里滚着冲洗得白净的洋芋，漂着泡胀的麦穗。

被雨淋湿的戏场很快被晒干，脚印被踩平，裸软的泥地像渗油的面饼。开商店的人摆出货物，载着白木箱子卖冰棍的人索性把自行车停在场边。人们站在土坎上院，娃娃们钻进果园，嬉笑叽喳。

黑炭赞助的唱戏，吸引了十里八村的戏迷。开戏前，族里长辈聚到麦场，按辈分站成三排，在戏场供桌前上香祭神，取水迎神，神轿最后停放在戏场。族长带晚辈们双膝跪地，向神灵汇报今年的收成，祈求风调雨顺。村长最后上台，压着腔调报幕：乡亲们，社员们，今天请来峪子村戏班子，给关老爷过生日，敬天敬地敬神，一是庆祝今年比去年丰收，我们要爱党爱国爱农业社，二是丰富一下精神文化生活，大家好好干光景，今晚演出剧目《三娘教子》……

木偶演唱者手撑木偶出场，边唱边操作，遇上几个角色同台出场，一个人要唱多角色的戏文，或男或女，忽高忽低，时而粗声时而细气，根据剧情进展时而甩手、挥拳、捋须、远望，时而横眉、斗打、沉思，后台有人专司为木偶穿衣戴帽和传送出场的木偶，戏班子的领头负责组织村里平时喜欢吹拉弹唱的人上台演奏乐器。

戏散后，万籁俱寂。不知谁家公鸡一声打鸣，全村鸡鸣不休。谁打一个喷嚏，都能吵醒睡梦里的人。慢腾腾推开柴门最后进院的人，收留下戏班子。他有一院宽敞的新房，是半片山的看门人。

中秋的月亮发出清辉，唱戏拉二胡的人们老掉了牙。会打羊皮鼓又会吹唢呐的周师傅，悄悄问我："我是一名共产党员，能到处打鼓吹喇叭吗？"生活的坚硬会打磨并剥夺农民痴迷的梦，在越来越多的乡村杂耍、花红柳绿的充气城堡和"喜羊羊、熊出没、小猪佩奇"面前，乡间戏像没落的余音。

全村人凑集的粮食足够打发戏班子。人们虽穷却爱看戏唱戏，劳苦需要在窘境下将苦情转移和宣泄。这是乡村最后的绝唱，是庄稼人农闲的歌哭。假若唱木偶戏吹唢呐的人能够识字懂音，或者及早挣脱生存与子女，而放弃捆绑他们的田土，以他们的坚忍和骨气，他们也有艺术的前程。倘若社会能给予他们尊重与机会，他们的人生同样不矮人一等。明星的尊严是金色大厅，而土戏子唢呐师的尊严是乡间围拥的草棚，这本没有贵贱，但农民从艺的艰辛更让人敬重。黑炭怀念他没见过面的父亲，他曾是西片乡镇最大戏班的班主，四处装台。一次庙会上，他冲进暴雨去救看场的盲徒，被天雷夺命……

人活一口气，没有谁愿意在人前低头，卑微的人也梦想登大舞台。戏文告诉我，人各有各的尊严和烦恼。重臣看重国事如何经纬、百姓是否拥戴，百姓看重亲邻合群和睦、粮田丰收歉收。

散落民间的艺人在临时搭建的简陋棚台，老老实实地施展才华，过后又把自己交给非旱即涝的土地，听天由命。

我从山中来

谁不知山里的葛条长！我从山涧连根带土挖回一苗葛条，把它请进城里，栽在阳台花盆。我感激它在斗室里很快便景气地成活，给我心情的葱茏。它如在旷野里那样生机勃发，叶芽繁盛，这是对守望泥土的我最好的认同和慰藉。

山葛条似乎领会我的意图，它漫不经心地生长，与我性情相投，陪我伏案笔耕。葛藤柔韧的花蔓洒脱的形态，让我知足，愉悦。

云压低时，雨就来了。我得空写字时，这株葛草一直望着我，为鼓励我的一词一句，它努力抽芽，不停地生长，我仿佛感到夏家塆的葛条不可阻挡的长势，它攀爬的叶须一夜间就上树越坎，爬上悬崖，它浓密的叶子铺盖过坡，所有花草、石头、土坎都给它让路，它无所顾忌地生发，依葛根找到葛尖，要走几十步路，太阳照进来雨水下进来的时候，一坡漫无边际的墨绿，缠花绕树。

此时夏家塆的山中，正是割麦的季节，我爬上山顶，寺庙关门，黄旗被风吹烂，脚下山川的金色麦田像补疤，没有多少麦子可待收割，碾场的碌碡栽在场角落，挥镰割麦、赶牛碾麦和扬场晒粮都无影了，农民不烧柴草了，秸秆成害了，不能就地焚烧，拉回去又无用处。

夏家塆响动着柴油机传带脱粒机飞转的打麦声，田野里流传着玉米抽天花挂胡须的喜讯，空气里弥漫着豆菜蒸馍刚揭开锅的香味，这个时候，覆过山道的野草茂密的须芽，和盘来盘去的葛条还缠着我，蜘蛛结在檐下的网还绕着我，葡萄架和忍冬藤的蔓还追着我，它们舍不得我。

今晚露水重，明天太阳就红。葛条缠住许多树，给家园站岗。在悲欢离合的日常里，喜乐是炊烟按时升起，忧虑是霉尘交织宅院。葛条缠住电壶粗的树，缠着离乡数十年的人回村终老。雀婶提着新摘回的一篮子鱼腥草，听说牛羊都不吃的野草，现在城里人当菜吃，据说还能清热解毒，治痰热喘咳。

撂荒了十几年的土地板结得翻耕不动，急需一场透雨。

操办红白事情的总管执事成为一种职业，需要提上烟酒摆上宴席邀请。成天守株待兔的宽叔，不当猎户养了一群奶羊。依着山沟那条河，一沟两坡及月牙形的村落，在炎夏之夜，繁星闪烁。我荒冷地觉察到，拽着葛条上过的老树已被卖到城里。

村里人知道，满金靠着麦草垛，不出一分钟就能去梦游。

春雨淅沥时，新叶又将放开手脚，长藤伸展腰身。茵软的山坡上，我一个人检索隐虚的失落。藤蔓深深的山中，一丛丛葛条一年年生发，到我白发苍苍、步态蹒跚，将无人笑话。在我的心里，只有山里的漆黑才配称夜晚，只有星空的梦境才称得上"黑甜"。

堆聚后山的烟云将把最磅礴的那团，变成雨。我困顿里的迷茫，将把我对这隅世间无用地写呀写，最终沦为一簇簇无人踏看的乡野山花。

我无法不背井离乡

还缺烈日的炙晒，麦穗就集体熟弯下头。

要出门前，我打算收完麦子再起身，把镰刀草帽挂在墙头，把长长短短的锄头，用桐叶包裹，凌空架上圈棚。此行之后，这些农具将派不上用场，但我必须精心收藏它养护它，以给自己某天回乡种地留条退路，让锄刃始终保持锋利。

作别的前夜，心乱如麻。我向族里长辈报告我将离乡寻梦的计划，没办好的事情还有啥。我登门辞别兄弟姐妹和姑舅亲戚，把想出门的想法，告诉比我有经验的亲邻，听听他们的忠告，顺便委托他们替我照看好老人。逢上清明端午除夕，替我去上坟、扫尘、祭奠，别忘了挂纸钱、插艾草、画灰圈，供香火、贴门神。

他们拿出封藏的红川老酒，编排一顿剁肉的扁食招待我，说吉利话祝福我。他们平常的笨拙与耿直，在为我饯行时心思变软，话如春风，祈祷我进城顺利。

作为后村最后离乡的人，我要让亲房们牢记我还有哪些放心不下。他们记清楚了，在我走后遇上远水不解近渴的难处时，就会上心帮衬。

大山不养活四体不勤的人。麦茬子地里新栽的紫苏已换苗成活。这个时候，一年已过到中腰，我不得不起身。老人需要看病，孩子需要念书，小弟需要娶媳妇，一家人的烂包光阴都急眼钱。山西深深的煤窑在召唤，新疆辽阔的农场和棉花地在呼唤，北上广火车站的货场在人山人海中招聘，远走在五湖四海的，我那些曾经在一片坡上放牛种地的弟兄们，都在想方设法叫我，说服我。

他们打电话对我说："做啥都比种地强。"从他们的豪言壮语，我听出他们对城市工作的热衷，犹如挣脱万股绳索捆绑的解放。我谢谢他们在挣着大把钱时，记得我关心我，生怕我掉队，生怕我还孤单无助地刨土坎塄。

此时，院头那片炕大的毛年草，招摇着狗尾巴样的花穗，不知是欢迎还是欢送，似乎颔首微笑，又似乎点头示意。

风折过墙角说："你走吧。"

老母亲淌着泪："去吧，啥都别记，啥都好。"说话时脸上的皱纹突突颤动。

没有人在天亮的送别里哭泣。云把山压罩，烟把后村遮严，雾送来的雨珠泪一样满天飞。抽旱烟的老汉家，他们日渐驼背，拖带着孙子闲游。

沟沟坎坎的黄土地折磨死人，一季的五亩麦子换不来半间房，种一年庄稼的5样子粮食，总共卖得4000元，抵不住二道贩子一桩生意的净落，还不够把娃们送到乡镇念书的花销，更凑不齐天文数字一样的彩礼。种地花掉的工夫，抛去种子化肥、田间耕作管理、风雨汗水全算白搭，都碾不平。

遍身罗绮者，不是养蚕人。后村人集体离乡，是一季季夏耕冬种一茬茬春稼秋穑的证明，刨土坷垃根本指望不上，一粒下地万石归仓的奇迹不会发生。我把板凳当马骑，骑着扫帚飞，最终没飞起来。待我不得不决定离村时，主宰收成的节气天气，还是把土地给敷衍给欺骗了。从此，果实朽在园里，野草长满梯田，铁锁紧闭院门，加开的火车挤得无座无票。

但这些都不影响任何一种情形的背井离乡。

去远方前，我容易被梦想冲昏头脑而犯错。其实，不耕种就绝对没有收获，耕种后收多收少，全看天的脸色。劳动换不来好运程时，人们就往外边跑，剩下空房空院，空山空沟，空等空守四季的轮回。

当我最后离乡挤下火车，站在一个不辨方向又人潮汹涌的城市，突如其来的迷茫和恐惧，就像没见过世面的马驹牛犊，蹄子虚踩在坚硬的水泥马路上，看见开来的汽车如怪兽，怒睁着眼睛直倒退，这种状况非常需要在屁股上点一串鞭炮打打生、压压惊，又像久违的游子有天突然面对秋野，受不了秋风吹打。季节不认人，节气不待人，从屋顶到麦场，从水渠到土坎，扫落满树黄叶，预兆着将刮一场萧瑟晚风。

望着炊烟里的后村，情感的闸门瞬间决堤，让人泪波旋眶。风从黄昏开始寂定，佝偻如弓的老人蹲在泥院，一把把扯麦草，他是多平的父亲。秋凉后，温暖要靠自己来烧，吃一口水，要到几里路的庙泉去挑。

没事的风四处去听墙根，打探后村的隐秘，风绕过座座房院，齐膝深的野草撑起天空。耳朵贴到墙角，侧耳细听，院里的风要比院外的大。

微信群里热议的话题，是多平的婚事。待他把18万元的彩礼积攒齐时，未来的新媳妇已另找婿家。他身揣巨款，富得自己都心跳心慌，一瘸一拐攀过几座大山，这时又从大山下来时，一定久长的光棍生涯已被裁决。他浑身冒冷汗，媒人先回到村，他只身坐在坡上，这已经是第7次提亲失败。他望着炊烟暖暖的村庄，忽然熟悉而陌生，没心没肺的草虫们，在集体联欢，合唱。

山高溪多的夏家垮，沉浸在看不清路头巷尾的迷蒙中。天高风黑，树影如魔，村长手拿一份密密麻麻的名单，是这些年离村打工的 108 个人。他想到梁山好汉，同样是抛家的悲壮，但他把一个烟把扔到地上，狠踏一脚，摇头，叹气，踢开追裤腿的狗，想喊啥，又哑然无语，想不通问题究竟出在哪里？

他高一脚低一脚地朝多平家走去，脚步吃力地迈上高坎，走过空村窄巷的腾腾声，更显人去屋空的空荡荡。多平家的狗狂吠起来，惹得一村狗仔钻出窝，追过来，它们看见是村长，便停了叫声而摆起尾巴来，聪明大黄的眼睛，像两只炯炯发光的玻璃珠子，照见场院的碌碡、麦草垛、架子车和废旧的纺车、牛圈，还有绕场院一周的几棵槐树铁匠树，一棵将枯的柿子树，一棵曾被孩童们在秋天团围，又被多平看管得很紧，等待成熟等待检验牛顿地球引力的苹果树，在风中舞摆。

秋虫嘶鸣，夜凉如水。谁在回家的夜路唱着"九月里菊花满山黄，十月里秋风扬燕麦青，透心凉哩么哟噫哟"。村长隐约听到屋内有喷嚏声，是多平家王叔还没睡着。但屋里没亮灯，窗外一片漆黑。他走到窗台跟前，想敲一敲窗户，让睡了的人坐起来，他们靠在院边的麦草垛上，推心置腹地说说话，开门见山地谈谈心。全村人的脱贫，就剩多平没有娶媳妇这一个问题了，他们的娃拜过弟兄，就注定两家人谁当不当这村长，谁都不能撂下谁。

还是 20 年前那么紧的风声，软缎般盖住院落，多平捕雀的竹筛还支在院中央。这是多平辍学去城里打工失去一条腿后，特别喜欢的一件事。窗檐下挂着好多鸟笼，早晚喂食时，村里人看见他给那些鸟说话。后来他一边捕鸟一边学医，在小镇开了门诊，但药监局查过不久，便难以为继，关门歇业。

村长三思之后，打算唤醒多平父亲："多平，多平，开门，问个啥？"屋内火炕上传来如柴油机般发动不起的咳嗽声。多平父亲吃力地说："多平，你找多平，他又出门去了，去找生活了。"

村长一阵难过，他本身不是找多平，只想说说兜底脱贫低保提档的事，告诉他这月多发了 80 元钱。他依光看了一眼手持的名单，掐指数了一下，像多平这样战败回村的人，每年村里会多出几个，他忽然想起 5 年前去山西代表家属处理的那场矿难，不禁抹了下眼角。108 人的名单中，有几个人已被勾去，有几个人弄成残兵回村。当年机灵的多平娃，因为打工轧折腿，这温柔的生活，突然把花花的斑斓，魔变成锋利的刀，把念想和睡梦劈成灰烟。

生活原本亮堂的门对他紧闭。许多议程，他失去编排与出场的资格。

他的母亲在暴雨中溘然辞世。我父亲曾送他们到县医院看病的那一次，是他母亲第一次进城，也是最后一次。临走那天，据说他还在内蒙古。第二天半夜赶回来的他，老远看见白帐子搭在院里，他进院后没和任何人打招呼，径直到上房上香。他双膝无法下跪，安装在他腿上的假肢，发出别扭的咯吱声。在犹如天塌一样低沉悲凉的唢呐声中，在庄亲伙子办丧事吃酒席的人群中，深埋着另一种发不出的悲声，如针刺颅骨。他强笑着感谢前来帮忙安葬的乡亲们，接连给阴阳先生、执事总管、厨子村长发烟。他使劲地抽烟，仿佛心如死灰，麻木到不知伤痛。

山上多一个土堆，庄里就少一个人。他们从此消失。

有父辈的家园，就还有玉米挂满屋檐，有明媚的秋阳照暖山谷。

那一坡坡地畔，剩下谷穗的秸秆沙沙作响。

时令还没到秋分，可天凉已至。

这是老天的安排。枸桃正红，水桃正黄，石榴正熟，这甜蜜的果实缀满时，夏家塆高山开始种麦。顺着弯路，越往山上去，山菊花开得越烂漫，越远的地里，野草森密，侵占掉此时应当绿莹莹沉甸甸的庄稼。

逡巡乡野，十里八乡找不到一头耕地的牛。

我问采荞花的蜜蜂，几道湾连片几架梁连沟的地，主人去哪儿了？

蜜蜂成群嚷："嗡嗡嗡，天南海北中。"

多平豁开蜘蛛网，从倒塌的牛圈里推出旋耕机，拉响马达，背上种子化肥上山种麦。他在荒草滩里费力找，凭靠一丛马莲，认出自家坡地的疆界。

那簇马莲只剩枯苗，一旁的石头矗在地埂，证明他是这片地的主人。

多平像探宝人，又像战场上幸存的士兵，作为出远门回村的男人，他头顶草帽站在荒草围剿的秋田里挥舞镰刀，汗珠如豆。他砍割野草，深翻草根，试图对抗众乡亲脱逃后的土地荒凉。他决意当个拓荒者，让整座山野重焕生机。他固执地种地，许多老人高兴地来帮他。他不信不能唤绿一座山。

石泉已干涸。采石场轰隆隆的巨炮声，让老人娃娃的心连同石屑雾尘，和房屋一起突突地颤几下，像垂危的人为活着而挣扎出的动静。

小时候栽在山坡的洋槐苗，现在翁郁成林。他四下张望，满眼蒿草，还有黑炭家没采收的玉米，枯槁倒垂着像被火燎过，任风吹打。

坐在泉头，他无意间看见飞过的鸟群，高的高，远的远，低的低，近的近，不由想起了远在天边的伙伴们。天成在故宫博物院周边送快递，天祥在深圳电子厂搞芯片焊接，余粮在天津的码头，余福在杭州西湖边的酒店，满金和媳妇在八达岭上扫长城，满运和对象在游船上干杂工，四红和四喜带的三四十个弟兄们，在西电东送的戈壁上栽电线塔，永顺在煤矿下井，阿猫在西安秦剧团装台……地中央的野生椿树高过土坎了，鸟在树上已垒起三个窝，带到北京念书的小儿子都有小孩子了。一片片地随着长辈离世，就没人再种了。

主人缺席的后村，拄拐杖的人和生病的人，对田地手足无措。

春分过后，日升日落的光阴一样长。梁前梁后的地，尽情地长花长草。

往年唱戏的庙会，只剩梁顶的喇叭。谁还为一季庄稼的丰收欣喜若狂？还为一片荒地心疼落泪？还为一群亲人背井离村忧郁伤怀？

没有尽头的山地，残星半点地散漫着待收的气息，还有那把毕生力气耗尽了、靠在墙角晒太阳的七爷伯叔们，与我血缘同宗，他们被风吹得走路打趔，叹息"老不中用了"。

坡涧的草丛开始衰败，我与多平席地而坐。他劝我说：没有凤凰愿意落在鸡架上。都市角落的霓虹，都比这山谷的星空璀璨。被命运打压得身佝背偻腿跛的多平，盼望着新疆拾棉花的小妹，只要攒够路费，能不能为他多凑彩礼钱都不要紧，一定要在年关前回来，父亲活着的日子不多了，他早晚念叨。

对于走远而誓死不归的人，那外乡处处灯火冉冉。这无限小的世界，谁也不能从泥地里刨出油水香辣的光景。

作为在土里趴过很久的人，我索性做一回逆子，转身退出门槛，背弃故土。不管过往有多少错失和遗憾，天渐寒，露水重，秋霜冷，夜提前黑彻，许多好事或许将要发生，我要等的，催促我赶紧起身。

黄浦江船来船往，夜上海流光溢彩。外滩的东方明珠闪红烁紫，摩天高楼变幻的霓虹给波光粼粼的江水打招呼："Hi，魔都，我爱侬。"

来到一个密林般插满楼盘的建筑工地，开始做一名脚手架工人。第一天的工作是把 54 楼、55 楼的钢管架子拆卸下来搭到 56 楼去，等到 56 楼的房顶浇筑后，再拆下来搭到更高一层。往下看时，我的小腿打战而发软，但我不能告诉他人我有这些担心，如果告诉工头可能就意味着立马失业，决定着我今晚就连容身的地方也要失去。我安慰自己，就当站在家乡孤绝的山顶，心理上勉强才算适应。

工友们问我甘肃有啥好地方，骆驼骑上走得快吗？娶个媳妇需多少彩礼？一只母羊一窝下几个崽？我举例回答，想让他们感到我实诚，能很快信任我接纳我，让我成为站在高空敢目视一切的一员，成为睡在他们中间敢大打呼噜的一员。后来他们慢慢知道了我老家没有骆驼，懂得了为什么越穷的地方娶媳妇越难，想通了喂肥牛羊的水草为什么不养活人。他们记下了我来自陕甘川交界地带的夏家墕，作为一个在农村无处可施展的劳动力，想用体力换点钱，他们心情好的时候，和我谈论家，谈论酒，谈论庄稼，谈论女人，谈论什么时候拿到钱什么时候回家。

一阵雷鸣电闪后我们收工回棚，雨水敲打着彩钢瓦，那打在铁皮上的雨声，含混着彻夜不息的车轮碾过街的水声，让我倒头就睡。可当我知道一个工友去找弹棉花的媳妇，走了 60 里地只见了一面天就亮了的真事，又听到一个工友家里出事迫不及待没要上工钱就走时，工友们纷纷掏出皱巴的烟钱，给他凑路费。许多天，筋疲力尽的我整夜不眠。换工地的闲暇里，工友们带我坐地铁，干净的座位空着，我们一路站着，注视忙个不休的白领和一家三口手挽手的幸福……

我们每天拆卸和安装的钢管，必须时刻抓捏在手中，工人的命数都系在这卡子螺丝上，我要一个个把它们拧到最紧、安装牢靠。工头还交代，尽量不让钢管碰撞，要文明施工，能扛在手里的流多少汗都不能扔，不能让工地发出声响，这座城够吵了，无数学生塞着耳塞学习，许多人一年到头静不下心，一条条马路从来就没有安静过，城市管理人员一直在巡逻，要求必须控制噪音，绝不能打扰听觉本身就灵睡眠本身就浅的城里人。

晚上住在漏敞的工棚，工友们在蚊蝇飞舞的灯泡下又黑又汗腥，他们已经从开始打地基干到了 36 楼，对于这栋摩天大楼而言，他们已经流过比我多几十倍的汗水，挣下了记在老板本子上过万元的工钱。

夜里没事他们就合计，估算这一栋楼，把一村人全部喊来也住不满。我关心的是再干一个月，房子就封顶开盘，老板就组织抢房摇号去了，我们就放假了。

竹笋般抽芽的楼市，人海车流纷攘，我感到压抑。喧嚣的城市像一台永不停歇的机器，不断运转和制造，又像昼夜不间断的列车来来往往，有人进站有人下车，有人离开有人回来，走完一站又一站……

闲了想念千里之外的老家，梦见热炕，诵经声悠悠的庙宇，喝深山老林渗出的泉水。蒿草缠着许多人，有人刚迈出家门，孩子的啼哭声就传到了院边，刚走出村口，牛羊就追到了身后，刚上了班车，母亲的旧病就复发了，刚坐火车走到半途，右眼皮就止不住跳，甚至还没挣够来时的车费就又返乡了……

时令已到了处暑，核桃还没采打，新房还没粉刷，玉米老了还没收，长了三年的桔梗要赶紧挖，娃娃的婚事得赶紧办，土地要在荒芜前翻耕。

撤离吧。城市负担太重了，不能再给它添堵。城市生活如机器，早晨拉响马达，一气子要跑到天黑。精细的分工和急促的节奏，让社会劬劳顾复。

回到后村，我重新收拾小院，打磨棚上的农具，开荒除草，翻土种地，给房前屋后的花草树木浇水。我想把旷野改造成大地博物馆，在一片片田园种上果树，把钓鱼的游人领到水库，把遇上雷雨的赶路人请进门，让他们乘凉避雨。

天冷时，生火煮面茶解他们愁饿。我下厨给他们做鸡蛋葱油膜子面，包扁食，炒菜焖肉，温红川小酒，唱山歌小曲。

雨停天亮，我开上拖拉机把他们送过山那边。

那些年在城里结为工友的兄弟，都记着夏家塝小院的磨盘和煮清茶，记着五月端午八月十五站在楼盘框架，面向故乡一次次集体地注目。

生活连泥汹涌，他乡给外乡人歇脚的角落，让来自穷乡僻壤的人，每走一步路都要感激城市大度的包容。在都市楼群建设和送快递的队伍中，多少人揣着山沟人盼团圆的思念，一遍遍焐热思乡的心。

夏家塝的山里人都在集体出逃，无一例外。你不想和泥土过活，就得趁早离开；你觉得重复的耕种没希望，就得从泥淖里抽身去另寻出路。

我在月光斜照的院中停步，满院拉不亮一盏灯，大风识穿我，当面给我响亮的耳光：你到底能弄成啥！

万物生长

坐在土石垒高的梁上，后村进入黄昏。

剪刀似的春风、雷电交加的暴雨、明媚的秋阳、曼舞的大雪见过我。路过的汽车、飞过的鸟儿、背镰刀戴草帽的麦客见过我。那坡上一拃长的蕨菜、嫩韭菜，那片叫艾蒿、黄蒿、水蒿、白蒿的蒿草熟悉我。那畦园子的泥土信任我。

当旧房子拆倒，庄窠认得我。地面的疆界被草掩，庄基下埋的石墙能指认我。

蚯蚓搬家了，隆起的松土清楚路过的轨迹。哪怕一山枯了，堆起的柴草垛还认得谁是谁。牛羊猪鸡不见了，圈舍倒塌了，长在老屋檐渠的瓦松是不是还认得我？

突然生火而飘起于灶房的炊烟，交汇到其他烟霭里去，它们不同族姓。烘热返潮的泥味，农家茶饭的香味，红川特曲的酒味，飘沟过山，让我想起在黑灯锅巷喂养我五谷饭食杳然离世的亲人，他们走了，我却一直感觉她们活着，还一起赶集一起拉话；他们深居土里，却反复入梦，在看不见光的黑漆地窖里，在有大热炕暖身的耳房中。祖先来去后村的一生，不只是留在上房正堂的那块木头牌位，他们前世的遗产遗言零碎，却铺平延续我们今生道路的展阔。

在炕席上，我扫一碗尘土，从山墙悬垂的蜘蛛网上，看七八种虫儿和它们的无数孙子。用泉里担来的一桶净水，洗掉两扇门板上的积灰，亮出朱红的漆面，现出榫头卯眼松动散架、龙骨桩板脱胶变形的状况；从院边蔓发爬到窗棂上的是生于牛粪上的牵牛花，从冬天就预计丰收的是长在墙土上的庄稼。叫我乳名不嫌我瘦矮不弃我粗秕的，除了含辛茹苦的父母情同手足的兄弟姐妹，还有谁包容我的低能？

在念书上，除了伯父，我还要感谢两位老师。镇小学的秋天之所以美好，缘起于一天中午，大雨如织我不能回村，梁老师把我从教室接到她学校的家，我头一回吃芹菜炒肉，有些像孙少平在田晓霞家吃饭，拘谨，解馋。中学时代能够立志考学，缘于有一学期我没有交清学费，而在期末考试时被教务主任当场喊起赶出考场，当时，我的英语老师眼里挂着泪珠，她把我叫到女教师的瓦房宿舍，边做午饭边让我答完了试卷，激发了我发愤学习去报答生命中的好人。1997 年，我以学区预选第一名，全县小中专考试超过分数线 25 分的成绩，在千军万马过独木桥中没有名落孙山，全靠老师当初那次关照。这两段经历对我后来面对各种浊流冲击时，心中回甜并充满感恩与力量。

考上学校的我们都去了县外，我想老师也很高兴。

学校还在 2004 年高考中创造了破天荒的纪录，一是李文韬以总分 701 分的成绩成为全市理科状元，名列全省第七名，是陇南历史上第一个打破 700 分的考生，被清华大学材料科学与工程专业录取；二是文科生刘国文以数学满分 150 分的优异成绩创全市历史纪录，被广西大学文学专业录取。对于他们，出村的路只有一条，但出夏家塆的路有几条，出县的路会有十多条，去北上广的路有千万条。

在后村，寒霜把果蔬杀落一地，但奔劳的人从不因寒冷停下手头的辛苦，贩货摆摊的三轮车天麻麻亮就上路，种田犁地的旋耕机天亮时已上山，领报酬吃低保的人义务扫着村巷，在冶炼厂上班的长兄，既冶炼铅锌又赶在下班后在月亮下耕地。

牛车驮着药材装着粮食拉着化肥种子停在村头。牛哞羊咩与鸡鸣犬吠一唱一和，牲口与家禽全站在村口观望、嘶喊，一天到黑频繁进出。卷袖管夹烟杆闲游的人，吃力咳嗽送医院的人，还有充沛气力说走心的话，他们是黄土地厚养的农民哲学家。在我们老喊冷的阴霾天气和暴风雪中，天明上地劳动到晌午的父亲大汗淋漓。

已经丢失的岁月，我欲如数借回。夏家坞人笑有笑的道理，不哭有不哭的逻辑。他们除了热爱农业社和承包地，还为后村养育和送出了会念书、会技术、会开车、会生意、会医学、会扛枪的子嗣后裔，他们在天南海北。土炕土屋土院走出了留美教授权威专家，走出了经理商贩老板白领，走出了知识分子、部队标兵。

我怀念如歌的少年，老屋熏得我灰头土脸，我在伏地里埋头栽下辣椒、紫苏，给它浇水，看它换苗。那时的农村不打农药，泥淖深深，鸟儿追着我们一路跑着上学，那时没有路更没有车，也不怕路途坎坷寂寞。今天的人生，是我褪去稚气的30年，放下雄梦的10年。我感激故乡不计前嫌，给我配送生活的秘方：任何一堆草木，最终都燃成灰烬，灰化土，土生金，自然生万物……

山的路上没有人

下在秋天的雨水，到冬天了还在流淌。我往高高的山上爬去，走在曲溜溜拐弯弯的羊肠道上，沿路的茅草在风中战栗，草叶蓬盈。

这里是西秦岭的成县，阳光正好，麦苗油菜郁郁葱葱，铺展开万物蕴藏的气息，让一身苍黄的后村神采奕奕。那汪湖水静卧沟底，明镜似的一晃一晃，跳入我录制的视频里，让我的心瞬间飞回30年前。祖母、伯父、伯母、父亲、母亲、大哥、大姐、二姐、哥哥和我，生活在一起。窝蜷在屋里都冷的冬天，日复一日上山干活，挖地，拾柴，背粪。不知从哪里来的倔劲，我不想上学了，伯父给我好吃的，劝我："娃呀，天下哪有好吃的饭。"折腾过后，我选择了念书。

再去上坟，给离世10多年的祖母上香、烧纸、点蜡，纸灰在风中飞……

对面高岗上的泥路被水泥浇铸，一条环庄环湖的大路缠绕村腰。独处一隅的羊山上，我注视了很久等不来一只羊的出现。靠麦草垛晒暖暖抽旱烟的人，每天爬上堡子目送太阳下山，也不在那片场院徘徊。少年的我，从这条路上奔跑过的人，他们都已离村而去。有人当了老板，有人远嫁招婿，有人出国种地，有人上新疆去山西，有人下深圳上北京，他们为了把生活过好各奔东西。他们积攒娶媳妇的彩礼，他们储备盖新房的砖石，他们为了赡养父母，又为了供养儿女。

他们背井离乡，撂荒土地，心房装着一腔壮志，发誓要扬眉吐气。

我数了数我曾追赶过野兔与獾的庄稼地，从塬上到垴里，十三台地只种了两台。长在地中央的树木，一株比一株高，野蒿一年比一年密。

山梁上跑下来汽车，时隐时现，风驰电掣。盘过来时车声喧嚣，盘过去后销声匿迹。再看见时汽车已下了山，穿过疃庄快到小镇了。上山的车给下山的车打喇叭，嘟嘟，嘟嘟，这是山里娃给汽车起的昵称。

坐在"嘟嘟"里的人，风吹不着雨下不着更冻不着。

好走的是平路，不好走的是上坡路。我遇见垮埋掉的窑洞，伙伴们盘聚洞里开过故事会。七八个火炉明明亮亮，暖暖和和，被雪覆盖的大山，只有藏于半坡的土窑温腾腾。我们用漆桶制作火炉，油过木器和门窗的废油漆盒子，从下端凿切开一个火门，装一层铝丝网当炉桥，在盒口对称打眼，拴上一尺长的铁丝，就是我们对抗冬天的烤火神器。

那时，让我印象深刻的是寺庙里的和尚，他们不用扁担挑水，而把两只水桶绑在木架子上，背水上山。立陡陡的路上，他一步一挪动，不慌不忙，我都下山了，他还没爬上那道坡，我都吃完了午饭，他还在那山腰。时间对他仿佛没有意义，我担心他不小心跌倒摔伤，又目送他一寸寸地攀过最难走的那段悬崖。我感恩他对我说过的话："娃呀，要好好念书。"我那时不懂生活，但铭记下了那张饱经风霜的脸。到我不断走弯路爬坡坎，心受折磨苦不堪言时，我不时地想起他，琢磨他心如止水的语重心长。

山顶上一面金黄色的旗子在天边招展。山坡上的槐树长成了丛林，掩住拾柴放牛的路。我栽它的时候，它才如筷子那么粗。等它开花结果的时候，我揪几串槐铃铛，搓出干净的槐米籽来，把它撒在每一片滑坡的地边，第二年春天抽出如紫蕨一样的新苗，一年长一尺，一年树冠比一年大，一年的洋槐花比一年多。

环顾群山，南山上的积雪是 10 多天前所下，在太阳下熠如白盐。这是 10 多年来少有的雪，冰封在涧谷，停留在山村，积彻在孟家山运送过木头的溜槽里。天气已交上头九滴水成冰，雪不再消。由于一秋的雨下凉了地气，冬天的山整日封冻着。这落在小镇南山上的雪，从红嘴山铺到天寿山，又席坐剪子山团坐翻垭梁，尽管有冬阳照着，却一直不得融化而存留。

吹过后村的风如利刃，寒气逼人。我转过身，看见青砖砌筑的庙梁。庙里供奉着司管这方水土的小龙王与土地爷，不年不节不逢会的时候，关着门。它的神圣，正如它巍然独屹村东高岗的地位，可将一切尽收眼底。我想起上房厅堂的祖先牌位、祖母遗像，父亲对他们的供奉，从每月的十五到初一，从不曾忘记。祖上的苦难与恩德，永在心中，日思夜想。

清扫落在香炉外的灰。它们本身应落回香脚处，却被风吹散。瞅着烟熏黄的中堂，是它陪我度过了一条河宽的岁月。

村里燃起冲天的炮仗，礼炮的炸响震耳欲聋，它在村庄上空以剧烈的声响，告慰和纪念一位已经辞世三周年的亡者，孝子脱白换青。开午席的当口，唢呐含混在炮声中。我朝响声望去，只见烟花四散，浓烟吐雾，我停下脚步凝视良久，低头鞠躬。山间传来麦克风的回音，侧耳细听，风声大得什么都听不清。

老人曾当过木匠，又在山庙里当过主持，每天早晚给庙里背水，说是超度他的"罪"。他给地里种过洋芋，又掘地三尺掏过料姜石。他精通天文地理，又会巫术。他的庄稼地里长不出好粮食，他去求神，农闲时节挣一点庙里的香钱，养活大了儿子。他心地慈善，不做恶事，替无数人求过签解过惑，却算不出自己的命理。他年老得没有力气再可以创造什么的时候，他想不通一个好好的娃，一个唯一念了书的娃，为啥会在人前无形，人生失常，为啥会被心魔害困，疯癫痴傻？他数年不回家，住在山寺里。

他的处境，像向来干涸的山溪突遇上游卷来的暴洪，顶不住泥石俱下的狂浪摧击，被痛苦之水瘪满的心让一针刺穿，崩溃了，偃息了。

茅草棍儿解板哩，没有几锯。村邻路人叹气，我心痛不已，后村的无常与演变在这片乡村炸裂。后村还在用粮食磨面，挂挂面，用黄豆打浆做豆腐，把麻秆剥成丝拧成绳麻……

多少水，沿路边的明渠长流。多少人，顺大路的前方跑去。

太阳缓缓西移，天宇湛蓝，万里无云。村口的大路在日头偏西的阴影里，四周的山脉宁静祥和，手机塔雄踞山顶，电线杆隔山架岭闪着银光。寂无人家的乱山逶迤南来，灰翼黑嘴的麻雀儿没心没肺地飞，齐聚无人的院。我小心翼翼下坡，履过一截薄冰，从岔路口向右走，头顶有飞机轰隆隆地飞去。

抬头追望，它远远超过了我听见声音时所寻找的定位。掉枚树叶都能听见的村庄，落日的声响如野猫打落了落在墙台的核桃，骨碌碌掉进山里。再望望对面的远山，被削过一大牙子的月亮，已赶着脚步一寸寸升腾到天际。太阳有情，月亮有意，不知是月亮欢送走太阳，还是太阳等月亮接班后再掉进山谷去。

我哑口无言的亲人，村庄和我都对不起。他们在乡村给人教书治病，然后在小麦玉米倒茬换季里，沉下腰挥汗如雨，是天正地正的一种应当，从不言弃。即便到了牙掉耳背，他们还惦记着上山地去，埋洋芋种番麦，还想着到街道去赶集，走几里地去看生病的亲戚，他们独爱这世事的好。

钢筋水泥密筑后，人心变硬，乡缘地谊淡了。我有时候把亲人的疼爱当作累赘，视为包袱，嗔怪他们唠叨，直到他们精疲力竭不能上地耕作了，我这个常有过错的不肖逆子，才意识到对长辈的疏忽，如同我们小时候常年喊他要钱冲他发脾气，看着他背一袋子粮食卖了，满足我膨胀的虚荣，把他们起早贪黑含辛茹苦的汗视作应当，无视他们超常的透支，直到我当了长辈方才省悟。

兄弟姐妹如一棵棵从院头移栽往别处的树苗儿。树苗儿都有了小树苗，小树苗还会有小树苗，长满村前村后，长满没人走的山路。

好的人生儿孙满堂。有意思的生活是人心还有能抓住的梦。

这是我蜜蜂采花的乡村，是鸟为食亡人为财死的乡村，是黄土满山野蒿遍地的乡村，是斑鸠跳崖摔不死了重来夏枯草败了款冬花活着的乡村，又是万变中盛装生动故事的故乡。

泥土去哪里了

父母的愿望失算了。当初竭力种地卖粮，供养我们上学，送哥哥到县城一中念书，盘算无论如何要设法剥离开我们与泥土的关系。他们一心希望我们能远走高飞，不再刨土疙瘩。

天干时烟山土雾，雨多时泥泞淹脚。我们在腊月里砍柴拾柴，碾压麦地的虚土，让麦苗不在冬天冻死。在正月的秋地里埋洋芋，一个洋芋蛋切成五六瓣，挖坑，撒灰，盖土；又给地垄边坎种麻。快清明时点玉米，种瓜点豆，拔草，追肥。五月收麦子，六月栽紫苏，七月种荞，八月收玉米打核桃，九月拔小豆收黄豆，白露种麦，秋分割荞，十月夹柿子旋柿饼，冬月开始挂挂面。这种压茬的农事，给我贴着农裔的标签，终身都在。

我写过《我的身上带着泥》，怀念从小生长在尘土满山的乡村，奔跳在土屋土院土窑土坎，土灶烧饭土炕睡觉，土墙上挂着蜘蛛网，也贴着金灿灿的奖状。烟熏火燎，十年寒窗，没有凿壁借光那样艰苦，却也知道月光的皎洁煤油灯的昏黄。泥土潮润的种子在15岁夏天发芽，邮递员送来的一封信，彻底让我脱掉布鞋迁移户口，解除了与后村的命理锁扣和后山上十几块薄地的天然联系，奔向望了又望的出山大路。

吃不上燃面饭的时候，常常回想起儿时吃过的饭。为了不吃那口顿顿不改的酸菜饭，我才决定好好念书，甚至断了与伙伴的往来。当我给晚辈讲解什么是麦什么是庄稼什么是粮食，他们置之不理漠不关心，以为我杞人忧天。对于生活在一个看不见生产过程的超高速后工业时代的他们，似乎无须弄清麦子怎么扬花怎么灌浆，更不用深究蔬菜咋种面粉何来？牛奶和面包就摆在他们面前。有福的一代，何须忆苦思甜？但滋育我血脉血性的乡土神经却一刻不敢断弦。

带着妻儿回乡，我坐在坡上看野花，躺在房顶看流云，打听放下土地锄头丢掉祖辈手艺四方闯荡杳无音讯的人的下落。听到的都是他们生活得好光阴的美，很少有人抱怨。从扛锄头变成一切都扛的农民工服务员，在成百上千座城市里，他们是三百六十行里的千军万马。城市运转和生长的机器，离不开他们操作。

我去寻找百年老泉水源失踪的去向。走在汽车打喇叭的催促里，我恍入梦境，感到有一群牛从身后追我抵我。其实，后村已经没有牛了，房檐水也没有旧窝窝了，霜雪雨露粘不住脚心板了。

好像有一种确凿的控诉对我说：你的故乡不在了。

我连忙用手机录制村野与远山的视频，拍摄默无响动的村庄上空飞机飞过的声影，照下荒院刺架，录下燕雀啁啾。我担心它们有一天荡然无存。我出院出村向自留地走去，小树长成了老树，祖母坟前的柏树已经椽子那般高了。残雪停在风中的窑门，塬上荠荠菜凌寒生长，太阳给一片山峦抹上腮红，等到夕阳完全掉进山谷时，夜幕迟迟降临，一寸寸升起的月亮渐高渐明，就像被谁挂到天上的一饼锅盔，软暖酥香又热乎乎的气息，禁不住让人想咬一牙子。

后村的房前屋后没有树了，砖砌的围墙把风的身子碰疼了，只好掉过头，往空荡的地方吹去。我很少见过这么孤独的风，现在见了。我不相信远方没有我的容身之地，现在我相信了。冬日的村落，由于树叶被刮净，一眼就能看透四面的云山，楼房俨然，红墙彩瓦。如果是三月或九月，树影婆娑，风吹槐花与荞花，养蜂人的帆布帐篷随花而徙，当乡亲们送接他们转场的卡车时，我头一回为陌生人默默心生惆怅。

盘山公路比过去宽绰了很多。放过蜂箱的地方，还有没有枯死的防风、蒲公英和车前草苗儿，高坎倒悬着一墙的马勺蔓。想起在这条路这片坡上摘瓢子，打猪草，锄地，耘苗，壅土，放烟，赶獾，与养蜂人的孩子结为朋友，帮他们抬水，给他们拔萝卜吃。那时我们没有多余的财富，但也不向往多余的东西。

最让人绝望的是夏收割麦。十几块麦地错前倚后倒弯。天阴沉着脸，乌云翻滚，随时都有芽麦塌场的风险。一村人执镰飞割，顾不上缓一口气。小孩子也不例外，要么割要么背要么送干粮。学校届时放忙假，让我们没有空子可钻，必须加入到双抢中去。站在麦田里，父母对丰收在望的沉甸甸抑制不住喜悦，我们看着满田麦子发愁，感觉田地无边，农活的繁重啥时才是尽头呀，这么多的麦得割到啥时候！心里嗔恨土地，长这么欢的庄稼干啥哩？但当我每割一个麦捆，每到割最后一片田时，又会很有成就感。劳动磨砺了我的意志，激发我挑战极限，养成了我学会承受当下的吃苦耐劳，这是夏收锻造的。

在这挖过半夏的山里，我坐在地畔石头上，靠在背篓上仰天而睡，听蟋蟀与青蛙唱歌，看雄鹰与鸟群在树林追逐。崔健的《一无所有》，郑智化的《水手》和张雨生的《我的未来不是梦》，如一剂良药，让我认为自己还有希望。从上中专省城实习算起，我想念我在山村的摸爬滚打，和写下的第一篇铅字。

再次回去时，跟父母下地，突然感觉自己与这地脱节了生分了。四季的耕作被耽误，许多倒茬错过了，我不知情地错失与土地的生长，但它还是那块地。任我怎么去展望，还是不忍目睹。

荒芜从四下里包围，当我跪拜在地，膝盖上就拍打不掉这土。当我渐行渐远，越来越感觉到自己就是这粒从此走失再无着落的泥土。

骄阳炙人的午时，我陪父母坐在田边树荫下乘凉。可惜骑过的那块地头的奇石，如走失的羔羊，在伴随我 30 年后，在输油输气管道穿越的建设中，不知所踪。我不在现场，也无法挽留。当儿时的伙伴十有九个远走高飞后，我成了近在故土的看门人，但我失守了，所有的消逝，就像我珍贵的一个个友伴，不辞而别。

西秦岭外的山河眺望

群山迷人

群山为何这么美！不时有飞机在起落中越过大地群山，层峦叠嶂的襟怀里，油菜花绽放金黄。

这推广多年彻底解决山里人吃油问题的作物，要比大冬根、紫苏、麻仁产量高、含油多，不单单提高和改善了山里人的生活质量，还让农民增收，让满野成景。种一亩油菜的产出，相当于五亩小麦的收入。农民在泥土中先知先觉，在汗水中迎接丰收。百花怒放的田园，让山川漾成一汪汪花海。

要说陇南十万大山哪里生活好？是粮丰油足的徽成盆地，比之于遮望眼的沟岔丛岭，这里是相对平坦的山丘河谷。四处劳作的人，四季耕耘，种粮种菜，种树种药，看山守水。

群山养育着无穷的神秘，身在山中，天外有山。有人不可思议成县建设的速变，为此，我曾上南山和梁山，细数了矗立于县城的72座摩天高楼。

一次从小城坐飞机，先落地并将载着我到省城的航班是海南飞来的。旅客在候机楼休息，他们探观窗外，一位兰州口音的老人对女儿说："这地方好呀，你看这绿得滴油的山，快看，快看，那机场边上一片片的是麦地吧，正扬花呢！"

随后飞机起飞，广播里说大约45分钟后抵达中川机场，望着机窗外飞腾的流云，我被携往天上，从云里雾中穿行。我随手翻看《追故乡的人》，旁边又有旅客讲："如果生活在这地方，该有多好。"听着她的话，我第一次为是个山里人而激动。这只瞧了故乡一眼的过客，怎会生出如此的热爱，让我深感天天在此却看不见。也许是太熟悉了，就不珍惜，不揣摩她的红飞翠舞了。我的心如黄土坡得到雨润而青翠。

看吧，春发草长的随意里，院墙的蔷薇花开得团团簇簇，牵牛花开得如绸如缎，院落的石榴群芳争艳，黄萱草蓓蕾怒放，院头的菜地里豆苗繁缀、小葱青青，瓜嫩蔓长、茄紫椒绿，院畔的核桃树挂满青果，自然天成的夏家墕，生长着捧不尽的世间美好。

阳光慢慢变烈，院落的杏黄李肥，秧架上的豆角、西红柿一日日长起来，越长越繁。太阳灿烂，追节送端午的亲戚喜气洋洋，提着粽子、花饼子和烧酒，奔走于村头巷尾，互致心意与祝福。这时，小麦熟了，山杏黄了，镰刀不用磨了，牛车不用套了，收割机、拖拉机开进了地畔，十万亩的麦子要开镰了。

一交上孟夏，大山展现出四季中的最美。房后的菜园，处处生发着接抱不住的新鲜，而最多最有味的数豆。夏豆如吐柳，一夜长一茬，而且不分地头、菜园，还是院角，顺豆架长。芒种一过，熏风催促豆苗由稀发稠，昨晨看还是花苞，今夜就长成了幼荚，隔几天便满架绣串，缀满"豆树"，待到豆籽饱熟的时候，满园豆角大把大把摘不完，这时，尝鲜的新麦已磨成白面，该是焖酵面蓬豆菜和剁豆角搓麻食的时候了。

雪白的麦面揉团，再搓团成条，大拇指压到案板上，一推一卷，一颗颗麻食就搓撅好了。面粉是潘林品种的小麦，磨面前淘洗打潮，用钢磨细磨精筛，过筛的面不留一片麦麸。下地时随手摘一把嫩豆角，统统一拃多长，掐尖摘蒂后，烧热油锅，煸葱姜，烩入洋芋丁，丢几颗拍烂的西红柿，烩成一锅卤汤。柴火在灶膛里旺得笑出声，水煮沸后，再把一案的麻食抖抖撒撒下入锅里，快煮，轻烀，慢炖，面汤嘟嘟冒泡，揭开锅盖，撒入葱末，烩麻食的香气四溢。吃不完的豆角，或用盐巴腌咸豆，或水焯后晒成干豆菜，用于冬季烩菜、凉拌和下锅。

小麦是村庄里贵重的庄稼，豆角是为生活提鲜的菜蔬。成县是竖在我心里的一座"坛"，神圣而绝无仅有，她是陕甘川金三角，得上苍独厚，是安心洗肺的乡愁纪念馆；她心地柔软的毓秀，有着自强不屈的雄奇壮美和数千年的古县文明，成为留存心底的影格。

俯视流深的河水，我心再次随太阳下的粼波放光。从城市投怀乡村，我多想抱只洋瓷碗坐门墩上吃祖母做的豆角麻食。当一日三餐蒸炒炖熘，我时常渴念一碗童年的饭食。

怎样的风味属于乡愁呢？说不好。但那掀开锅盖溢满锅巷焖烂豆角的豆香，那肥肉炒洋芋粉条出锅时炝蒜苗的醋香，那乡村流水席"九碗三行子"的烩菜煨酒香，好比人身携带的基因，不随年岁消磨。

西汉水边的建村

大山脚下，必有长河。长河之上，必有村郭。波涛滚滚的西汉水畔，对岸是康县的乡村，下游是陕西的略阳小镇。

三月，细雨，成县镡河乡古渡口的建村，如雾的气蔼飞动，飘扬，升腾。托江水的福，沿岸草木比城里早一个月抽芽，花的山坡，花的堤岸，花的村野，宛如春风荡漾的图画，就连核桃树也全部开着花、长出叶，两岸边没有不绿的树。

满山刺架正抽刺藜，人间芳菲在昨夜的雨里洒了一地。

落英缤纷又万木复苏的山野，有老树吐出新芽的鹅黄，灌木抽发枝条的浅绿，有四季常青的草木得雨泛出的翠绿，还有不同林梢在山涧红的红，麻的麻，褐黄的褐黄，呈现出一年中最蓬勃最丰美的万象。

风儿轻轻，云儿淡淡，时不时送来旷野神秘的幽香，葳蕤的气息。

江水一刻也不平静，大山养育的孩子，迟早要从先天封闭的木然中觉醒，从山魂无憾秉承坚定，从水势浩荡焕发激勇，尽快出山或下山。扎马尾辫的姑娘走在山腰，提篮带镰，剜春韭薤白，掰乌龙头，掐香椿芽，打蕨菜竹笋，割鱼腥草。江边传来悠扬的清唱："正月呀冻冰呀立春呀消，二月的鱼儿水上漂。"歌声空灵，若有所寄。

四野云雾，看不见天空亦找不到水流。只有春雨与河流在天地间协奏，让人觉得这雨真好，不急骤也不慢沓，氤氲着山谷，缥缈在水畔。

仰面望苍穹，俯江看倒影。岸边山上的百十户人家，顺依河塆，坐于山尖，离群索居。祖先把他们的根基栽马莲一样栽在山上，一代代种地，养牛，放羊，喂马，打山，撑渡，他们所有的后代，被五谷养大，被深山教化，被大河护佑。

长大的少年，悄悄生出拿云般的心事，有了理想，发愤读书，随后远走高飞，如蓬飘散，移徙城镇，就业或成亲于他乡。

稠密的人烟，随着渡口的消逝，渐渐稀少。

山河如洗过的青碧，温润如玉。离家的人辞行后，吹过山河的风比山河更远。

离岸千壤的地方，寂静四合，说一句话都有回声。

我压低声气，以保持灵魂对这方净土的无上敬重。亲山爱水得以礼受感化的缘分，还在于相逢并会见了故友。俗话说：老友如故。也许是我渐渐麻木了生活本来的折磨，会淡忘半路分开的人。我深知我不具备峰峦如聚、江纳万溪的智慧，但今天，在离城百里的乡村，细雨密雾中，我们如业已散架的火盆里没有燃尽的柴炭，团团拱抱，又重燃起熊熊炭火，拥有心头的这种光亮，便别无所求。

花雨纷纷里，乡村的一切复苏。昔日一个舞文弄墨的兄弟阿强，来到这荒山僻壤当副镇长，对人情地气已熟络得全然无我。

一种欠缺猛上心头，但被他见我时那一笑给冲淡了。

都说君子之交淡如水。我们出身农村，熟知这雨声穿林，山路坎坷，更明白世世代代生活在山中水畔的农人，自有他们不屈服的艰辛，无以替代。对乡土骨子里的挚爱，从未泯灭。

说着笑着，便忘了世俗还有什么烦恼。

春暖群花半开，笑指白云去来。三个牧童在学校后面的草场放羊。他们追逐嬉戏，手捧野花。他们爬过院墙，攀上秋千，两个人用力一推，穿滑雪衫的少年便划船般荡起一道弧线。

我们已不是不知天高地厚的年纪了，也不再轻狂得不顾世事无常。或许是早年在西汉水畔的索乡工作过的情缘，知道了水边人的热情贤良，眼见了砂土与生铁怎样被火淬水激而成犁铧，又抑或是故乡就在陕甘交界边陲的独特地理，便对这一山之隔就是鸡鸣两省的地域，不由得心生热羡，好奇向往。

在这里，任何一个蹩脚船匠，都声称自己"拳打江水两岸，酒喝陕甘三县"。

有些泥泞会牢牢地陷住人一生。走在建村，12年前初来这里时，土香土色的村落已经了无痕迹，土墙青瓦的马鞍架房屋几乎荡然无存。楼房林立，泥路铺石，溪水环绕，草长莺飞，处处自显新农村的美。

漫步山村花海，心里沉积的万念瞬间转移，世事芜杂填满的心被腾空，而迷恋于这好山好水好风光，从而沿百里花谷探幽掘微，迎接春天真正的来临，是从一山山旷野里连夜醒绿的，是从一垄垄田园里发出来的，也是从一株株大树小树上开出来的，又是从一台台梯田回暖潮润的土壤里一苗苗长出来的……

通车通网后的建村，良田万顷，小麦青青，油菜花黄，种玉米的白色地膜宛如巨琴之键，奏唱着这独绝之域的山水清音。乡愁遍野，请风来舞动炊烟，请雨来诉说稼穑，请云来为汗水沥沥的人们遮挡阴凉，请太阳来为麦子的起身拔节加油补钙，请月亮来为小段与小芳成全一桩姻缘。

月亮照着山坡峁坪，也照着大河小村。春风吹过竹林小路，清明，欢快，温煦。新房子粉刷得亮亮堂堂，新电器置办得一应俱全，新家具摆放得满满当当，啥都丰裕得很。月亮知道八月有好天气，小芳最喜欢那时的桂花香。先生算过八字，盘过两家老小的生辰，老父亲心里想：就放在中秋节吧，难得的双春年，闰四月的年份成婚，一定美满喜长。

放话后女方踩门，订婚吉日送上彩礼。喜酒双双杯，喝两杯回两杯。随后请来媒人贵人，请来庄村伙子执事厨子，备好闹洞房用的红枣、花生、桂圆、莲子，备上糖果、核桃和美酒，就在院里办三天酒席。

引亲背箱子的人不用先一天前夜出门了，婚礼当日晨起，乘坐小汽车，顺着曲曲弯弯的西汉水，沿着新修的宽绰水泥路奔跑五里地，就到了略阳县的西淮坝。在这座陕南小镇，傍山而坐的人家攀起来都是亲戚，依水而居的人们说起来都有关系，因为地缘毗邻姻亲互通，建村娃有的在陕西上学，陕西人也来这边打工做生意。一条江河养育了两山人。他们祖上同根，子嗣同族，上院属陕西下院属甘肃，口音习俗同脉，谁也不嫌谁土。

年轻人采来柏朵枝、金连翘、桃花杏花、野海棠红牡丹，扎成结婚的彩门。新娘一到，酒席上的伙子们涌上前，看嫁妆的看嫁妆，摆挡门酒的摆挡门酒，拉"羊"的拉"羊"，赎箱子钥匙的赎钥匙，酒和红包都上齐了。煨热的红川老酒，按礼数喝过六六大顺月月红后，剩余的要留给新郎，揣在身上的除了彩礼，还有60元或12块的"羊钱"，散布着喜气。席间，人山人海，八碟八碗，凉菜热菜，香的辣的，酱醋排骨，粉条丸子，杯来盏去。

热腾腾的酒席间，一颗颗糖、一句句话是甜的，一声声笑更甜。

乡村的美，美在江水晶莹，江风做伴。往西淮坝的路上，入陕西界后有一段从悬崖辟开的道路。路下江水摆来摆去，一会儿冲向对岸，一会儿又跑到这岸。激流急湍的地方，河水拍打着巨石、堤岸，在河床猛降的低落里形成瀑布。

省际公路在水之上、山之脚缠奔。沿林的沟沟岔岔里，皆有哗哗的小河喧腾着，投往大江。

千山万岭的泉溪清流，从此将顺江远行。

太阳只照进山里一部分，而叫略阳。温润之气跑不出四面高山的盆地，便是西淮坝。更何况雨把大地给灌醉了，墒情饱和了，处处散发出惬意，提醒我身处林区。似乎伸手一抓，空气里就能捏出一把水来。过江上大桥，就到了油菜花的海洋，我们无比高兴，仿佛摇曳欢舞的油菜花，为等来我们而欢欣着。

一眼望向山边的花海，如大地泼金，又如打翻了颜料，如头戴金冠，又如点燃了地火。除了惊叹，就是无语。我急不可待地把它装入镜头，分享给朋友。

一群人被一坝的花给震撼了。

大家屏住呼吸，感受这气势磅礴的壮美。江水绕到了山谷脚底，让西淮坝有了万顷平畴，成为今春的一道花谷。花开得正值旺季，花团锦簇，烂漫极致，蜜蜂成群，成就大山大河孕育的绝美。性情使然，有人选择独行，他要去确凿地聆听和细看，一场花事何以如此盛大，春日之远游，幸能邂逅如此胜景。穿行于花丛小径，感觉有许多话迫切地想说出，却欲言又止，因为春光之美，即使搬来所有形容词，都不够形容，勉强形容了，也不贴切。

与田埂路上的农人拉话，问他去县城得走多少路？农人停下地头灌溉的活计，指着远山说：往南到郭镇，往东过徐家坪，都是百十里路。

百十里路，是西淮坝人此山望着远山高的远方。老人说他年轻时去过，我想他说的是我这般年龄。因为那时我也不知道远方有多远。顺着他手指的方向，我仿佛踏上了往郭镇的路，那里是又一片四山环抱的小盆地，那里的人们姓郭，说与康县话更近的陕西话。他们与西淮坝人一样，煨罐罐茶，吃米皮。

噢，陶醉让人忘了这是汉中西隅，听听这大江流水，看看这花田方地，水渠里哗啦啦的清流在灌溉，想必到了8月，西淮坝就又进入一川水稻最美的年华。漫山遍野的火麻、核桃、苹果、板栗、松子、白果、柿子应节成熟，将再次打开一座珍藏山珍异味和天然草药的宝库，成为无数人能够回味和反刍乡村记忆的博物馆。

山腰有白云在跑，成群结队，叠团起伏。小镇上炊烟飘香，行人轻声慢步，街角有三五人群坐靠家门，一些开商店饭馆，多数人家临街而居，开门但不做生意，他们的生活与超过半世纪的土楼一样古老，不跟风，不媚俗。

车子小心翼翼驶入街巷，全镇人的目光都追随而来，他们立前站后，抱膝静坐，打哈欠。我看这望那，目光与他们相会。我们专程来看风景，他们却把我们当成了"西湖景"。

也许由于来这里的陌生人少，也许他们天生就好客。下车问一句话，他们会争相挪出板凳，先让我们坐下，递一罐正煮的热茶，端一碗刚出锅的饭，来暖暖我们在旅途上被吹冷的身体。

小镇上，30多座木楼瓦房保留完好，没有人嫌它陈旧而拆除。树木挺拔，葱茏如盖，墨灰的瓦当在雨水濯洗下油黑发亮。除了红墙新楼的学校，老一辈人建构的木架土房全一个样，街街巷巷，不好区分。追着花香，拐入小巷，巷子口飘来谁家油泼辣子炝花椒的香味，看来，软糯筋柔的米皮已经蒸熟了。

有人说多想住在这儿不走了。这不想走的地方，好比吾乡。春天的安排因为疫情有些欠妥，西淮坝刚下过雨，天倒寒，山巍然，林黝碧，四野翠微。身在金灿灿的花海，这迟缓的春天才将开幕……

山河颜色好

没有风，太阳使劲照，山花正当烂漫。

野刺花，簇簇片片，雪白无瑕，长在路边、山坡和悬崖上。

半月前，它还藏在没有返青的灌木丛中，等待甘雨，暗自抽发着嫩刺蕨，现在再看，它成了万花开过、绿得没边的大山最好看的白裙舞者。

二郎乡早晨的阳光脉脉含情，羞羞答答，没有那种暴晒的炽烈，只有献给黎明的柔情，和送给清晨的暖意。泡桐树长在高高低低的山庄，镶在山腰水畔，在千山竞秀的碧绿里，点缀着别样的春色，涌动着片片紫色的花海，像无数台播唱春天的小留声机，对着孟夏的草木。

西山上明明亮亮，翠叶闪光，催得鸟群出来欢唱；东山上，阳光被高峰阻挡，山色浓稠，草木墨绿，就连野花也暗无光彩，如同靛青颜料未经稀释的原色。

太阳真是太神奇了，它从清晨到傍晚的推移中，先把明丽赐予西天，再将光芒全身放出，最后缓缓西斜，依依不舍回照出生的东方，一天就结束了。太阳又很公平，晒不到晨阳的村庄，一定能晒到金色的夕阳。它用有魔力的手笔，给春天绘制春风图画，为大山披上青纱罗裙，让花草树木一寸寸地繁茂滋长。

护林员说："好风景让人迷路。"

依据朝夕，瞅一眼山峦上的光影，就知道朝哪条路能出山。

天很蓝，河水使劲流，流云变成欲飞的仙鹤。

武坝村的油用牡丹，开满山谷。笔直的公路，配得上连阡累陌的花园。这怕是成县大山中，最直最长的一条路了。

从乡政府翻山去林口村，两岭环拥的盆地，土地俨然而平旷，如一只张开翅膀的彩蝶，银色的电网穿谷越山，羊群般起伏的白云，变成蘑菇、燕子、雄鹰、奔马、仙鹤，一起翩飞……

店子村与武坝村中间有千亩旷野。平畴一望无际，没有人家，只有退后的山峦，傍山的小河，田茂林幽，青山对望，白云相看，羊八河潺潺涓涓，像轻奏一曲伯钟之好的高山流水。奇峰座座，一座比一座堆得高，一座还比一座苍翠欲滴。

自驾游的人们绣织在谷里。他们翻越泥功山，去找寻历史里翻越泥功山的杜甫；他们驶上新修的红崖岭公路，去领略高山杜鹃花灿烂的盛开。

该当是城里来的孩童吧，他们顾不及停稳车，就去追蝴蝶，跑到小河边，对着哗啦啦的河水喊："哇，水好清呀，能看见小石头！"

"哇，还有成群的小蝌蚪，小鱼好多呀！"他们欣喜若狂。戴着红袖章的河长骑着摩托来巡查，微笑着告诉游人全河禁捕，河里山里不得乱投垃圾。

少男少女穿着白防晒衣，运动短裤，站在水边打望。太阳照着山林河流，有一种呼呼飞动的白气，不知是光线还是蒸腾出的水汽。河中嬉戏的一群孩子，在上游玩耍着，用小石头比赛打水漂，穿着红色毛背心的男孩，瓶子里抓满黑蝌蚪。

老人指着田地认这认那，给孙子卖力科普，说着药呀草呀庄稼的名字……

游人们沉醉田园，拿手机拍视频，把好山好水分享到朋友圈。孩子们踏进清凌凌的河流，光洁的鹅卵石摩挲着脚丫，他们如花的笑脸神采奕奕。清澈见底的除了水，还有童心。

泉眼无声惜细流，树荫照水爱晴柔，说的是二郎吧。

身后麦田里的麦穗正当灌浆，从青岛引进的万寿菊正分蘖抽苞。一位老人弓腰锄玉米，耘过的地显出潮气，被除过草壅过土的禾苗，似乎突然蹿高了一截。

地瘠薄，庄稼使劲长，季节正是交替的时候。

接连拔节的小麦，抽穗扬花了；玉米顶出泥土，长成了一拃长的壮苗，迎春花把青蔓攀到野蔷薇上，金银花把绿藤缠到芍药上，核桃树开完花长出青果，樱桃微红，蓄满蜜汁。蕨菜，香椿，竹笋，奋不顾身地长，宣布初夏提前来临……

一路上，只见这山谷的一垄垄土地没有一寸荒芜。哪怕筛子大的坡地，也精细地种着庄稼。看，玉米、小麦、油菜，庄稼茂盛；豌豆、蒜薹、韭菜，菜园葱茏；竹筛编织、木耳大棚、蜂蜜工厂、药材果园连成片。房前屋后摆着蜂箱和菌棒。

小院里，两个人正在破竹篾。农闲时，他们坐在屋檐下，太阳照着他们被光阴镀上青铜的脸，那是被农事的千辛万苦磨炼得泰然无畏的面庞。他们目光专注，结满老茧的手灵巧地舞动，一蔑一交地编竹筛、背篼和筐，时光仿佛静止了，等他们编出粗茶淡饭的光阴。这些物件尽管用场少了，但不挪窝的山里人，种田和生活都还需要，网上预约的订单下到了年底。

他们把祖辈用过的农具收集起来，摆进村史馆，里面有做针线用的，耕种用的，打粮食用的，有生活在烟火气里岁月的证据，许多农器具已经叫不上名字……

我敬祝这片土地和勤劳的农人，是比别人弯腰多少倍的汗水，才愁眉舒展过上了好日子，他们感恩多方眷顾，换来了这山欢水笑的盎然，世外桃源的明朗。

晌午时分，山村飘起炊烟。腌肉炒蒜薹，葱花炝油的香味，被河风携带着，满庄飘香。农人们放锄头，挂草帽，擦汗洗脸，转动太阳灶。

阳光尽洒院头，摆满碗碟的饭桌上，是一顿漂满油花、野菜生香的好饭！

山碧青，炊烟使劲飘，村庄独具天籁的风情。

置身于森林小镇的怀抱，一担山河遮不住笑语，水净如莹。

进入山碧水青的乡村，如入一座除尘洗肺的养心馆，涤荡心尘，春光明净。

攘攘人海中，已经多久没有好好看山看水了，又有多长时间忘了回乡寻梦？

这里有载过我们的牛车，有荡起我们童年的秋千，还有我们张望过世界的窗棂，骑在牛背聆听牧童的笛声，有依着飘过树林的炊烟找到的家，还有碾场的碌碡，推过的石磨，用那玉米秆撑起的纸叠的风车，恍然伫立眼前，奔跑飞转……

过山风大时，小河水声变小，似乎只有鸡鸣与鸟语，打破山乡的万籁俱寂。

行走于幽谷乡野，山峰启示何谓崇高，流水揭示啥是低调，坐在长亭里想朋友想远方，想古人古语，不仅会超然忘怀，放下苦恼，还会觉悟虚怀若谷的真正含义，与寄情山水的无忧无虑，而只剩这山水的清音与美意，被我们拥有和心领神会。

记起十几年前去赵坝村，那里人烟稀少，蜂场密布，青山连着草场，瓦房坐拥垮野，恣肆任流的河穿过青草地，越过座座木桥，碧流澄澈，蜂群嗡嗡。黄昏时，林中人家厦房下的火塘里，飘来干透膛的松木枝，熊熊燃烧的松油芳香。

林里跑出来牛群，一头接一头，扎进河里饮水。从山缝钻出的太阳，穿过高山树林，变幻的七彩光束环绕着，放射着，把离群索居的山村，沐浴得圣洁而安宁。随着年轻人的离去，155平方公里的山里，10座村庄只剩下两千多常住人口，树越来越大，林越来越深，红豆杉、白皮松随处可见。

在二郎，蜂群嗡鸣，天人合一的生活，原始朴茂的生态，都在山里人沉着坚定的脚印和山河中深藏，蕴潜在劳动的山歌里。

正月里来什么花儿开，正月里开的是迎春花，二月里来什么花儿开，二月里开的是……

山的表情是扑面的绿，让人惬意而忘返；水的面目是开怀的笑，让人陶醉而流连。是这养眼的村郭养心的山水，赓续乡村振兴的风景。

凡有勤劳耕耘炊烟飘动的地方，就能把根留住，把魂滋养。

大河从心上流过

在无端迷茫的时候，我常常去寻访一条大河。

这条河，穿过盆地矿床从北到南的山谷。我溯流而上，远离喧嚣的市井，伫立城外的河边，聆听河水万古不息的奔腾，一切随风去一切无痕迹，心就静下来。

河流不慌不忙地从黄渚、王磨的山林中淌来，穿山越谷，又经过千回百转，流到县城上游，随着河床的宽绰，减慢了水速。河床平缓的地方，也许是河谷过深，河水呈现出玻璃般透明的晶绿，一摊一摊，远望如给群山佩戴了一河的翡翠。

一年四季，大河在两山对峙的怀抱里，把自己置于低谷。对于山，至深便是至浅，对于河，至急便是至缓。它潺潺地淌过冬天和春天，又湍急地淌过夏天和秋天，匆匆忙忙时，会席卷而来冲走泥，徐徐淙淙时，会留下步来沉积沙。

岸上人来了又去，田禾收割了又播种。河水喧喧奔流，不因为谁的驻留而停下。只有冬尽春发的时候，《诗经》里的参差荇菜，沿河流之，采之，芼之。

这条河，流过陇上江南春来秋往的两岸。成县人亲切地称她为东河，地图上标注为青泥河，是出甘入陕汇入嘉陵江的支流。河流穿城南下后与南河拥抱，然后向崇山峻岭的飞龙峡奔去。快将立春的冬阳下，我来到红崖的河谷，沿堤下到河心的瀑布处，抬头看丝缎般的碧流，在横阻河床的石板上飞泻倾洒，化身为无数翻腾的白练。这河从北山跑出来，弯弯折折，折折弯弯，如数跑过我面前。

我寻找被浅滩卷阻的浪花，它们一遇到河床的牵连，就被卵石激起，跳跃起来，翻着身子，撒着欢儿，朝下游的城里流去。

在这片风定村寂的港湾，河流让我开了眼。原本铺满河床的静流，走了几十公里路，忽然凝聚成几缕丝布，以狂浪的奔放怒吼着，飞泻着，奋不顾身。

这是丘陵绵延的龙脉拦腰穿河，在河谷形成天然的断层和落差，平静的河水流经这里，形成飞瀑，老远就响着震彻山谷的涛声。

这条河，飘着映在水里奔来跑去的云朵。依着波涛，我临水而坐。城市隐隐约约的高楼背后，是横岭不绝的远山，架载着电网的铁塔，银光熠熠。鸟群在电线上一闪一闪，仿佛弹弄琴弦。我想起曾经看过的一个资料，记不太清了，但大约是说从卫星上观察，中国的五万条河流已经失去了两三万条。穿过我们村庄的输油输气管道，见人路过就自动喊话，录音提示人不要靠近不能破坏，这与机场里模拟的打鸟惨声异曲同工。我有些后怕，真怕某一天回乡追讨我已然辞世的河流时，它从残喘到断流变成哑巴，河岸上播放着数据库里流水声的录音！

河岸上住有七八户人家，炊烟飘荡，太阳架在庄园的屋顶。水畔一片树林有几千只鸟儿的声音，迎风而唱，柳芽儿鹅黄了。徒步堤岸，看见十几片平整的土地麦苗葱葱，油菜青青，种庄稼的人们躬身荷锄，与焦渴的黄土地耳鬓厮磨。他们朝夕如此,一辈子如此。他们熟悉河流,却并不被河流理解。

飞机从头顶飞过,他们抬起头,望向高空,飞机越过大河的时间,大约是把锄头举起挖入土地的一瞬,就不见了。

这条河,荡漾着山头缠绕梁的倒影。我许久没有漫步于河畔的乡野了,也许久没有见过这么清澈的流水了。特别在我经见过长江与黄河,也看过了江河的源头与大海后,我总算心中有数了,我无法忘记不该忘记的流水,也要善待河流每一刻的崭新,在措手不及的应接不暇里,江河平静时平静,喧腾时喧腾。在小城生活的十多年里,我以为最晓得四周的山水,也深谙河流的情与心。其实不然,我往往忽略了自然的原始配置,熟视无睹于寻常流水的美好,更没有明白和光同尘的人情世故,很少关心过接纳供养我身心的城市。

历史上这里为雍州之域,地质学家李四光称为"复杂宝贝地带",古称下辨、成州、同谷,是历代兵家必争文士拜谒之地。这里位于北纬33度地球黄金龙脉带,是长江上游世人向往的生态大观园,秦汉唐宋的文雅异彩漫卷,盆地新城的夜色灯火阑珊,让这个自然天成的地方,向秦岭展开臂膀,送汉水奔往长江。这里还是汉隶的宗源,核桃的故乡,地下储满矿石宝藏,地上繁育五谷杂粮。

秦始皇祭祖西行时登过鸡峰山,马融修路,留下保存完好的东汉西狭古栈道及摩崖石刻群,成县人仇靖不经意写出了举世闻名的《西狭颂》,诗圣杜甫寓居时留下不朽诗作,抗金名将吴挺和刘伯承、贺龙等革命先驱,都走过青泥河。

这片土地上的子民,饮过大河之水,采过大河之沙砾,公园里我们截流拦水,暴雨时我们开闸泄洪,但有人不爱惜大河,与河争地,抛杂物扔垃圾，一度让大河伤心过，也有人厌弃俗世，耿于心病，投河自尽。但不管河水怎样流逝或吞噬，春天来了照样有孩童放风筝。在所有孩子眼中，大河无时无刻不快乐。

为捍卫养活我们的净水，两岸人没少做出努力，他们改变了曾不敬重河流的恶习。自从河里没有了肆意的轰鸣，鹭群喜欢在河上翱翔欢唱。

更加欢快的河流，如同历经千淘万漉的智者，虽然有些沉默，仍然藉藉无名，但它携带着千山万壑的溪流，运送着密林高坡的清源，把层峦叠嶂与十万山野的涵养，一滴露一滴水地收集，漫不经心，自蓄灵气与精华。

这条河，承载着悲喜交集开怀忧伤的往事。河水越到下游越大，是因为水唯善下。河流不管从西往东流，还是从北向南流，不管经过了多少曲折和悲辛，它始终朝着东方和大海，兼容并蓄，摧枯拉朽，永不回头。正如曾在草堂里住过的诗人，到成都后写下的诗：星垂平野阔，月涌大江流。

河边小潭里，聚着五六个孩子专注地玩耍，他们在捉蝌蚪。讨论着小蝌蚪长大成为青蛙。我看见有群蝌蚪努力溯游，欲想回到最初的小河。小孩们阻拦它，我也想抓它玩，但又立刻意识到鲁莽。我若扔一块石头，就会惊扰了它的安宁。

比起大河里的麻麻鱼，我们当年从小镇的小河出发，穷尽其力不过是抵达了一条像样的大河，但鱼已经游到了遥不可及的地方。从理论上测算，它20年前就到了大海，即使没到大海也已投奔到半途的江流，有了另外的宿命。

陪过我少年时代的鱼，顺水可以溯源。坐在小城大河边，波光泛着流年的诗意。顺河风吹过多少年，我最终坐回原地，放下虚空的理想，算是长大了，走远了，不爱笑了，参悟出河流的秘密，而止于心潮。

我曾去西汉水边寻野渡的船，找载我的扁舟，但犀牛江没有摆渡了。

山上的水桃花开了，我目送河流，怀念年轻时勇闯天涯。

成县盆地

把竹子破成篾条扎成龙灯，用彩纸糊一只纸船六匹纸马，用蜡烛和干电池灯泡扎几十盏滚灯花灯，家家户户盼着伺候，一庄人跟随走村串户巡演半夜，哼唱的小曲从"锣打鼓儿赛，闲言齐丢开"开始，到"想起当年的大十杯，胸膛上砸一锤"结束，然后狮子登堂拜寿，鞭炮炸响。这便是徽成盆地一带的灯社火。

秦岭山脉野马一样向西延展，在鸡峰山突兀的崛起里，扬头摆尾，断然耸立，以一夫当关万夫莫开的万丈翠屏，造就出群山拱拥的盆地上万顷的粮田。

一山还比一山高的绵延里，山河无尽。嘉陵江源头流域的水土，让苍山秀野四季峥嵘，草海林原，物华天宝，而成为绝版的陇上江南。

汉代的马车犹在飞奔，悠悠的辨水依着山脚流淌，波光碎影里，两岸隆起的丘陵逐渐平缓，几十万亩庄稼郁郁青青，核桃抽穗，次第登场的油菜花、牡丹、芍药、蔷薇、金银花，让蜂群蝶族忙碌不休。

成县四周的山，宛如一座巨型体育场的环形看台，薄雾升腾在山头峰腰，如披轻纱，青山茂木坐在椅子上，围观场内万千众生汗水四溢的劳作与火热生活；站在青泥河与辨水握手交汇的地方，感觉成县又如一口向天空敞开的聚宝盆，让居住在盆底的人们，不受过冷的风，不晒白日炙烤的太阳，拥有宜人四季。

流过大地的河，源头是千山万壑的细长溪流，那些悬崖上飞落的瀑布，森林中涵养的泉溪，草甸间穿绕的浅流，一条相约一条，最终在山环峰回后汇聚，又从一座座山谷崖缝里跳出。所有经过浅滩的晶莹浪花，清得如开锅的沸水，咕咕咚咚顺流而下，涌淌成明澈如镜的河，欢欢腾腾地奔向远方。

相比于平川大坝，耸入云端的鸡峰山像一把锈绿的铜锁，东西走向的余脉是十九道迭岭拴成的长链，紧锁北方地理的雄奇与寂荡、南国气候的温润与秀丽，将奇与娇，浩气与仙风，藏进岷峪峰。

15 岁，我搭着一条中专招考侥幸上岸的船，往西南边的州县走。慢慢腾腾，像顺流而去的寻梦者。从小川河到抛沙河，辨水穿山越谷，被历史镀上岁月的绵柔，细水叠响，激流婉转。

已经修复的古镇，木门木窗背后犹能侧耳听到驮队的铃声，还能转身看见运茶盐驮丝布的马帮过街。在一座尚没有倒塌的旅店门口，我感到抓不住的蹉跎：黑鬃马、红鬃马、骡子和毛驴已不见踪迹，清凌凌甜滋滋的溪流不知何时干涸，街巷店铺有的关闭有的迁移，木楼瓦房破败荒凉，偶尔遇见背背篓的乡民，歇靠在铁匠的砧台和拴马钉掌的木桩上，西下的斜阳，亦真亦幻。

人烟稀少的街道，空洞得让脚步声倍加响亮，吵醒脸上捂着草帽熟睡的人。并排新盖的几座小楼，没有庄稼生活的迹象，锁着门板不养小猫小狗的人家，他们去了远方。野生的指甲草花，粉嫣嫣地开在院墙下的空地里。

夏家墕越变越有了。

推着旋耕机种地，开着汽车贩包包菜，泉水接入热水器，远在天边的母亲给儿子在微信视频里辅导作业，养鸡场日夜开着灯，洗衣的水库坐满钓鱼的人，种地的人买河南陕西的面粉吃，爱美的女孩在寒冬穿着像是度夏的裙，有手艺的人坐飞机去打工，玉米、小麦、高粱发酵的陈醋，现在列为非物质文化遗产，建起了自动化灌装生产线，从网上卖往天南海北……

故乡少了吃娘奶的娃，也少了唤作三娘四娘的奶妈，她们过去一度藏在门背后，蹲在灶房里，汤汤水水照顾着泥屋俱黑的家；故乡没有了哭泣时投靠的怀抱，没有了委屈时可靠的门板，没有了风雪天能暖身心的土炕，没有了四邻……

背靠群山，开门看山，野鹰麻雀依旧欢唱在溪头槐林，沿着河渠旁的白杨树飞飞落落。时间漫长得只剩下孤独，又比河水流逝得快。没有秘密不为人知。

20 年里，我从后村流浪进了城里。重复走着小时候千百遍走过的茅路，渐渐领悟小镇的母语。毕业于村野的我，这些年找寻过散落民间的残存民居，爬过县城残留的老城墙，踏勘过一些已被开发成楼房的遗址，及已被炸开的古道旧痕，仿佛听到了青砖旧瓦的破碎声……

在上城，我去祭拜城墙的最后一个残墩，它已永远残缺在岁月中，我只能用怀念去搜索那过耳的风声笑声。在城西的广化古村，迈上七十二级台阶，汉代经学家马融在任武都郡太守时，曾在古台设帐讲学。一地主官，能于西羌作乱之时致力重教兴学，广授生徒，教化风气，实令万民起敬。北宋元丰四年（1081 年），地方文化乡贤遂于台旁建寺，其额曰：广化，即广化寺。仰望岁月蓄养的丰茂茶柏，一片青翠掩映的绛帐台上，千年古风缓缓地吹动，吹过古柏如冠的旧枝与新叶，吹过黄土台上的树木与土地，风行草偃。

唐天宝初年，画圣吴道之专程造访马融绛帐台，并画一观音像，后镌刻成碑，立于绛帐台洞窟中，世称"吴道之画观音像碑"。如今的绛帐台是一所一贯制学校，琅琅书声与琴语乐韵代代不绝地传承着深厚的文脉，福佑着后辈学子。

古戏台上正在唱戏。戏场里外，有一种历史再现，和必将又成为历史的、活着的美好人间。也许千百年过后，民间只剩台上的演戏、劳动的技艺、打山的歌谣与小曲。村落的价值，在于有多少耕耘和文明在传承，白墙青瓦的房屋，井然构成田园的村落。正月出头，草莓成熟上市，人流如织。

是山川的偏爱还是天意？交上7月，山麓里的核桃灌香油，满树都是果实累累的丰收景象。我有所发现地滞留田野，又略有所失地怀想历史没有给马融留下过多设帐讲学的遗迹，残存太少，只能给我提供无数去遐想去匹配的线索。

历史像沉潜河底的鱼，又像浮在水面的光影，不揭晓封藏的谜底。遍布村巷的酒家，都是古老的作坊。有的是新办的果酒车间，几十口土陶大缸，在酒曲的作用下，粮食被发酵，五谷把精华提留在酒缸里。还有野草莓、桑葚、柿子酿的酒，自带果香，他们把握采摘的季节，以传统土法酿制，果汁被萃取，严严实实地封入土陶酒缸里，沉淀，过滤，加工。

成县自古以来多酿酒，烧锅，酒坊，家酿，普普通通的玉米、高粱，经过一场复杂的发酵蒸馏之旅，就成了香醇的烈酒、黄酒、果酒，或蜜酒，让人醉不弃杯。三五好友雅集，或谈天说地，追忆流年，一落桌，一举杯，自在与随性，妙语与真言，坦诚解开愁肠，舍得必然开怀，便理解了生活就是五味杂陈，有苦有甘。饮至微醺，慢慢就悟透了啥是"不以物喜，不以己悲"。

几个小孩坐在连下两天的雪地上，捏着雪球，绒雪如棉花。我抱着返老还童的心态，看他们吃雪、吃冰凌的神情，远视他们，我想到岁月会偷走童心，但磨不灭体验。几架山的路，他们和她们，老老和少少，像百节虫一样蠕动着，爬向太阳正晒的山梁，肩上背着，手提着，怀抱着，如几片树叶在林海秋野间飘动。

这时他们笑着。那时他们笑着。他们不知疲倦地笑，笑他们终年蒙土沐尘的脸，笑他们终日浆水擀面的寡淡光阴里的儿女绕膝。他们擦擦汗，在仓库与棚架中间展望剩下的粮食，把置办过节当盛典那样操办，蒸笼洋槐花，炸锅油脂渣，吃着核桃饼，春华和秋食便享尽了。

巍峨的鸡峰山，绵延如一架古琴，悠长的辨水河，蜿蜒似一缕玉带。山冈与山冈头抵头，树木与树木手挽手，小河与小河脚并脚。晨钟暮鼓的一天里，迎送朝阳和新月，我心生敬意。可说的话越来越少，万物却在安详地等待诠释。这山有阳坡有阴面，水有大江有小河，风有温暖有苍凉，土有肥厚有瘠薄，路有高低有曲直，但不论哪个山冲，若遇喜事遇亲友相逢不饮而空归的话，山口桃花也会笑话。

时间带走泥沙，我用近40年时间盘清了：岁月的洪流还将冲刷摧拉，奔波的人信守这方盆地，以及所有人在此不息的挂牵与创造。

10月如阳春，在秋风四起的路上彷徨，我平凡的笔已秃得无从着墨，不管是热望还是冷眼，这辈子倾诉不尽。

淌过成县的青泥河

二月头的陇东南山地，春阳明媚。天气放晴的正午，从黄渚关流下来的清凌凌的河水，要比秋天小很多，河水变慢、变深、变细，一会儿靠向东岸，一会儿甩到西岸，穿过一片片沙滩、草滩，若隐若现。

河床里长满了一摊摊芦苇。芦秆、花穗，一整片，一整片的，迎风猎猎，刷啦啦，发出折纸般的声响。依附水边，滩上的芦笋，翠绿透白，噌噌噌地钻出泥沙壅积的河床，密密麻麻地发上来。

这成片的春景，瞬间让人想起苏轼的《惠崇春江晓景二首》来，这是他于神宗元丰八年（1085 年），在被贬汴京（今开封）时，为惠崇《春江晓景》所写的题画诗。这幅画没有流传下来，不过从苏轼诗中，能领略到那种春天绝美的佳境，与苏轼云游过黄州、杭州、惠州、儋州，而赏过天下春景后，为他最觉独到的惠崇水乡小景而题赠的最好的春诗，这是惠崇和苏轼心上的春天。

细细看，成县的青泥河，一涓涓奔流不息。我常常顺岸走，有时独行有时偕友。此时，但见这依偎的河，这旖旎的春水、竹林、桃花、游鸭、蒌蒿、芦芽、鱼儿、大雁、归人，这绮丽的春日佳境，又与《春江晓景》如出一地一时：一片竹林外，三两枝初放的桃花，一河春水，几只鸭子嬉戏，河滩上满是蒌蒿，短短的芦芽刚刚破土，鱼儿正逆流而上，要回游到这河里来，岸上的农人唱了句小曲，唱词是"正月的冻冰立春消，二月里鱼儿水上漂"。天上还有两两归鸿，岸上走着匆匆归人，青蒿白蒿和芦芽，探头探脑，郁郁葱葱。鱼怕捉不住，估计是美食家的苏轼在想：若捞鱼，采蒌蒿芦芽一炖，一定比东坡肉鲜多了。

下河堤，走进河心，在水流停聚的地方，大潭小潭形成平静的湖面，倒映着蓝天，悬吊岸边的城市楼盘；荡漾着水波，润泽满滩的枯草新芽。微风把玉镜般的河面吹皱，逆流推出一层层波澜，更显幽深与清澈。往年的河滩里，有沿河奔跑的孩童，满天飞的风筝，沿河钓鱼的人，伴着一路踏青赏花的人们，笑声甜美，热闹非凡。

侧耳聆听河声，就会发自内心地敬畏自然的绚烂。一条普通的河，它已然流过了千年万年，一张天然摆布的河床，经过了不知多少的暴雨冲刷泥沙堆积，河流始终默默不息，不紧不慢流逝着。岸上的稻田、麦田、菜地变成了楼房商铺街市。

河流来自山中，她缓缓潺潺，但在翻越入城后的第一道拦水坝时，一股子的河水被均匀铺开，如一道道布满浪花的白练，倾坝而下。稍微靠岸，便能听到轰隆隆巨响的水声，不亚于瀑布飞落谷底的气魄。再往下去，河流一路减速，经过几座大桥，翻越六七个拦水坝，把最好看的一面，呈现给满城看河的人、临水而居的人。最后拥抱西入县城的辨水后，跌跌宕宕地穿越深深浅浅的潭水、参差错落的石头，湍急地奔出飞龙峡、长丰河。

这莫非是《太平寰宇记》里的左溪水吗？是的，就是这陇右版图上的青泥河，成县人俗称东河。她源于麻沿河八条沟，由北向南，逾山越谷，纵贯成县盆地南北轴，最后到达宋坪乡陕甘边境史家坪村，进入略阳县白水江镇封家坝村，在石门冲洗去自己的名字，投怀嘉陵江。嘉陵江在重庆投入长江，据重庆人说现在最好吃的鱼，只有支流的嘉陵江里有。这其中的奥秘是因为有成县的水养吧！

青泥河最终汇入嘉陵江，但我弄不清它又是多少支流汇成的。作为长江上游水系的一个源头，成县是长江流域最丰盈的神经末梢，因为有7万公顷森林盖地涵养，就会分分秒秒地输送精滤的琼浆。青泥河虽然不大，甚至藉藉无名，在一些地图上找不到它的影迹，但它确实弯弯曲曲地穿过浅山丘陵的盆地，艰难地绕山越岭，柔声细语地流淌着。

有人说，青泥河流域的上游地区是秦人发祥地，先民们循河觅道开发沿河古道。这条河在成县最长，自古就有水陆之便，历史上曾多次修凿开道。《成县新志》载："青泥河交通，水经白水汇嘉陵，陆通略阳达沔汉，为汉唐川秦粮运古道。"《左文襄公在西北》亦载："川陕商人，载运盐货，多经此道。"《汉中府志》有言："青泥河交通最早通行当在秦代。"为此我对母性的青泥河倍加起敬，再走这条路时，感觉自己穿越了年代，走在了丰厚的历史册页之上。

这必然成了一条流淌着鲜活故事又饱经岁月沧桑的河流。

古老的河流上，可以拜谒的实证，有省级保护文物青泥河栈道遗迹。顺河而下，我们不断告别小溪，投奔大河；逆河而上，我们又不断接纳小溪；杜甫当年离开成县草堂，不断翻山越岭，走上入蜀的路。山谷走穿了，过白水峡，青泥河就走完了。再沿嘉陵江走，翻牛头山，经剑阁，过鹿头，到成都。

在我的意识里，穿入成县飞龙峡口的青泥河，千折百回穿出宋坪乡格楼坝村。山重水复的岩峦之上，两岸的石崖壁立千仞。这条古栈道可查的修建年代为秦汉，现存遗址清晰可见的有飞龙峡栈道遗址、石门沟口栈道遗址及三镢崖栈道遗址，现存明代碑刻2通、栈道孔150余处，部分仍保留穿入栈孔的木桩残屑。如果要问百步九折萦岩峦的天堑何以变通途，我们不得不为祖先的创造所折叹，所景仰。

过杜甫草堂，万丈潭的群山叠岫，鸟儿欢歌，峡谷曲折幽深，河水左冲右突，像点着的炮捻子，在掐不灭地向前冒烟，向越低越深的河床赶赴。河水有时候铺满河床，有时候聚在一隅，有时候去拍打石崖，有时候去亲吻绝壁，水势时而平静时而温顺，又时而汹涌时而浩荡，在空山里发出满谷的涛声。

如果遇上峰回路转的急弯，河流像狂狮冲天怒吼，如果连下几天雨，河声便回响山谷，这边望着那边喊，传不过去任何声息。凡奇险绝美的地方，又是收山货的马帮和赶路人歇脚的地方，抽一锅旱烟，等一阵月亮，唱一曲山歌，铃声叮当中向着村店走去……

寻找炊烟与灯火，就能找见落脚的村寨。山里人热情好客，有啥吃喝给啥，靠山敞院随时接待过客。泥路上有昨夜的雨，灌满牛蹄窝。

树莓顺石墙爬到院边。向日葵在山墙的粪堆上灿烂。紫桔梗花向河鼓吹动听的小号。牵牛花上了房顶，最先闻到灶房烟囱里飘出的炒菜香。公鸡上架，吓飞了下蛋的母鸡，扑打着羽毛跳出窝，呱呱蛋、呱呱蛋地欢叫。老品种的荞麦花会开成一片雪野，蜜蜂穿梭。一串串毛栗子、猕猴桃挂满坡，林梢红如晚霞。小丸药一样的羊屎蛋，在太阳下腥味浓烈，又泛着光。柿子金黄，挂面雪白而细长。

青泥河人一点一滴的心血和汗水，汇入这义无反顾的河流，向一山比一山高的深谷奔去。雄奇的万壑之上，河声掩盖了所有的牛哞马叫、鸟语风声和鸡鸣犬吠，掩盖了隔着山梁拉话的打山人。这种声音，像切割机，把一切可能连成一片的小桥，都给阻断，把斜着看起来两岸对峙的重山，从当中斩断，开出一道天门。一路所见的断崖、绝壁和齐岩、滩涂、沟壑，都是河流的鬼斧神工切出来的。河水每每流过它们，它们有喜悦、惬意，有疼痛、哀伤……

在青碧的群峰中，临岸人家马鞍架构的房子，白墙青瓦的花荫，拂在水畔。一位妇女坐在院里拆葱剥蒜，两个少年吹柳笛。茂密的植被滋养着地表水，苔藓长满溪涧和树身，又隐秘地恣肆出千条万条的深涧小溪，全部汇入河谷，让青泥河显得更加精神，永远新鲜。大山遮挡住太阳，影影绰绰，明明暗暗，枯藤缠绕着古木，苍绿嫣红，只剩下河流之上直通天际的一道光缝，愈暗愈亮。

若从高山俯瞰，这百十里青泥河，宛如一幅张大千彩墨工写的长卷。

峡谷里生的人们，他们不知道什么属于风景，只知道生活的柴米油盐要从泥土里耕种，幸福的光阴要从长果结籽的林里去找寻，掐木耳，掰香菇，采瓢子，摘松果……但他们像敬畏圣洁的河流一样，知道三尺之上有神明，从不砍树，不捕猎，不杀生。他们没学过生态学，但祖辈教过什么是神圣。

峡深道长的路上，秦人走过汉将走过，文武百官走过黎民百姓走过，杜甫走过驿马走过驮队走过……这让成县虽在山中，却因盆地蕴藏的血脉，让秀丽的青泥河涓涓成大地之水，哺育福佑着成县少受天灾，风调雨顺，四季宜人。

青泥河边的村村落落，已经全部通了车路。每家的房顶上都装着"铁锅"，能够收看卫星电视。山沟的夜晚，亮起了彻夜明亮的路灯。山里人的生活，已经不靠坐山吃山了，他们在外面的世界，看到了新颖的活法，甜蜜的未来。他们懂了，靠山吃山，只会坐吃山空，后代就没路走了。他们也像执拗的河水，从此永不回头地奔流。他们找到了新生活的走向，那就是守护好青山绿水，就不怕没啥吃。

一条河载着两岸的时光越流越远。我看见云在水中走，从不停下来等待。上岸时河声轰鸣，回头瞧河边那个牧羊人和他的羊群，正被高阳醍醐灌顶。

风悲七歌

公元 759 年的同谷，迎来又送走了一个人。他投靠同谷，却最终成为过客。

这个人是杜甫，他于唐肃宗乾元二年流寓陇右后，自秦州赴同谷，寓居月余。这是他弃官成布衣，逃乱来到的唐之边境。他出秦州自礼县盐官经汉源石峡入龙门镇，携妇将雏所走的山道，与今天的十天高速陇南段同行一辙。然那时的一周一旬，驾撵的破车很慢。现在开上汽车，不过两小时。

他受佳主人邀请来同谷，缘于一封热情洋溢的长信。同谷粟亭的物阜丰裕，让他燃起生活的希望。到同谷，他想的是，待洛阳与长安战火若休国家安定后，就能速速回去，这地域虽偏，但亦远亦近。

1262 年前，杜甫从立秋日启程，自华州始发秦州，白露节在秦州城，十月末往南奔，听说同谷有竹笋、崖蜜、山药，是无食时想去的乐土，无衣时渴念的南州。在同谷 40 多天后，他于 12 月 1 日又自凤凰村出发告别同谷，于 12 月 21 日辗转到达成都，这是他区别于以往平生壮游的行旅，准确说是谋生，是颠沛流离。他从一个地方到下一个地方，都是因为那方水土有熟人或有诗友。康震讲：杜甫每去一个地方，他会提前写信。他希望受到邀请，接到邀约，方才安排行程。一介书生，总要在朋友面前保留尊严。

此前在秦州让杜甫吃饱的是橡实与薤白，不论是东柯谷还是南郭寺，地近西北，小蒜马上就枯苗了，遍野的草药也快枯萎。每天捡食橡实的日子，让侄儿杜佐难看，家人受罪。穷愁绝境往何处？他心无明向。

秦州城里处处是抓兵役的儿逃母哭，安营扎寨的旗，有吐蕃的颜色。还是走吧。一路上，和谁同程，半路上，丢了谁，他都不说那么具体，不细记载，但自秦州至同谷至成都，他却如实记录了风物地理。对秦州与同谷，他是在"旌竿暮惨澹，风水白刃涩。胡马屯成皋，防虞此何及"的不安中，被陇右的灵秀所打动了的，或者说，没有哪个阶段，他这样浓墨重笔地描绘过旅程风光。"石门雪云隘，古镇峰峦集"，他已经打算放下奉儒守官的理想，要在这群山绵延峰峦如聚的地方，与自然为邻了。这在他一生的创作中，能清晰又确凿地载明线路的，要数这段经历。他记下虎熊猿鹿的哀鸣与悲声，记下细泉兼轻冰、沮洳栈道湿和朝行青泥上、暮在青泥中的山道阻长。

这龙门东去到同谷北边30里的一座大山，叫泥功山，常年烟遮雾罩，泥翻淖深，杜甫当年从沙坝石龛走来，就翻过积雪盐白的草山荒岭，写下《泥功山》一诗："朝行青泥上，暮在青泥中。泥泞非一时，版筑劳人功。不畏道途永，乃将汩没同。白马为铁骊，小儿成老翁。哀猿透却坠，死鹿力所穷。寄语北来人，后来莫匆匆。"

闻一多在对杜甫陇右生活的研究认为："杜甫在秦州置草堂，卜居未成，会同谷宰来书言同谷可居，遂以十月，赴同谷。"投靠侄儿的杜甫在不到三月的秦州生活中，常常登上远地，目睹兵锋相戈。他说服自己不能再给亲友添乱了，他告诉杜佐："我们要走了，我收到了同谷佳主人的信。"杜佐挽留，他还是决意再往偏远的南地走。他怕搅扰他们，怕他们劝阻他，他半夜起身。

其实，在杜甫心里，离开秦州前往"南州"同谷，是有充分理由的。在《发秦州》所言里："栗亭名更嘉，下有良田畴。充肠多薯蓣，崖蜜亦易求。密竹复冬笋，清池可方舟。虽伤旅寓远，庶遂半生游。此邦俯要冲，实恐人事稠。应接非本性，登临未销忧。溪谷无异石，塞田始微收。岂复慰老夫，惘然难久留。"

他离开秦州时还称自己"我衰更懒拙，生事不自谋"。他似乎是想离开熟悉的环境，不受亲友照顾打理的拘束，可能还会写出超过《秦州杂诗》的诗。

天下寒士，安得广厦？生事不谋，这是天下读书人的通病：生活料理能力差，懒于人际关系，不逢迎、笨拙、老实，荒于生计、疏于日常，不操持家务，不顾柴米油盐，不会关心人还会连累人，苦在心里，自己过不好却还忧国忧民。

雪潇先生研究认为："杜甫离开秦州后，真的想在同谷多住一些时间，他也真的不想，至少是不想那么快地离开陇右去四川。"

在同谷，他举家六人，搭茅茨于飞龙峡住了下来，吐蕃之乱下，他找不到约他的"佳主人"，空有一轮明月挂在万丈潭上空，也挂在蜿蜒峡谷的河里。

"佳主人"的负约，不是逃避，或许是人无音信，但却给了同谷说不清的尴尬，甚至背上了不道义的黑锅，以致千年过后，同谷还在为此自责。寓居同谷后，此前听说富庶的盆地，同样没有像样的能救命的衣食。他穿不能掩胫的短衣，日随狙公，挖黄独为食，夜访儒生，观风台生忧。在凤凰山到大云寺连片的橡林里，他遇到了许多给他橡粟与黄独的同谷人，他们虽不认识，但乡亲们望着他带的小儿，都会悄悄抹眼泪。"安史之乱"与吐蕃入侵频繁的战火，让繁华的同谷大地一度自顾不暇，没有人有粮食可给他。在翻山越岭拾柴火挖草根的劳作中，他认识了很多与他踏雪挥锄、朝夕相伴的同谷乡亲。一位养猴的老人带着他进山，铲雪、挖药，有时候空手而归，饿得孩子哭叫，直到他不得不离开。

在《发同谷县》中，他写下"去住与愿违，仰惭林间翮"。这是他不愿离同谷再颠沛下去的心声。他不是陶渊明，也不像苏东坡，身为杜审言之孙，无法放旷的知识分子，惨到何时，心里都还念着致君尧舜上的未酬抱负。他不忍离去，然临岐别子，握手滴泪。

回望公元759年冬天的同谷，大河冻冰，寒峡奏风，确实有点不像陇右粮仓，五谷歉收，死鹿哀猿，让"舍书"好客的同谷，冷漠了不该冷落的诗人。

杜甫将身心僻隐同谷，却时刻梦回长安。在卿相已经多少年的当朝，他已白头蓬发，瘦骨长须，三年饥走荒山道，未及天命，却已身老。他在《乾元中寓居同谷县作歌七首》其一写道："有客有客字子美，白头乱发垂过耳。岁拾橡栗随狙公，天寒日暮山谷里。中原无书归不得，手脚冻皲皮肉死。"这在他写于陇右的117首存诗里，与同谷有关的诗，可以说道尽世情沧桑。

河流发源于深林，长歌发乎于心灵，此时此刻，他的心如穿峡的风那般呼啸。他掩了掩茅草，压住麻纸，蘸滤笔墨，唯有长歌可当哭，没有比这更为困顿窘迫的生活了吧，没有比自己更加悲伤困顿的身世了吧，他想了想国家朝纲，又想了想过往杂事，愁苦与凄楚如烟云，漫盖了峡谷与草屋。他声称自己做客同谷，做客，做客？客未做成，子美和妻子、弟弟杜占及儿子，都成了同谷的子民。天寒日暮，手脚冻皲，朝拾橡栗，雪铲草苗，常常空手而归。

同谷的冬天云雾晦冥，流落到这种地步，杜甫格外想念生别展转、十年不见的三个弟弟杜颖、杜观、杜丰和嫁到安徽的妹妹，兵荒马乱之下是否活着？"扁舟欲往箭满眼，杳杳南国多旌旗"，回到他们身边怕是无望了。同谷的"四山多风溪水急，寒雨飒飒枯树湿。黄蒿古城云不开，白狐跳梁黄狐立"，把他的灵魂涤荡得干干净净，他说："回故乡的路，此生已断了，而今只剩皮囊，孤魂已经还乡了。"

在此其七中他还记述："山中儒生旧相识，但话宿昔伤怀抱。呜呼七歌兮悄终曲，仰视皇天白日速。"长路漫漫，"停骖龙潭云，回首白崖石"，"我生何为在穷谷，中夜起坐万感集"。他近乎达到了绝望，孤独，失眠。同谷把他怎么了？仰视皇天，悄然终曲！人生半百，无可奈何！当他写完这七首诗的时候，他终止了所有的心潮澎湃，如释重负，悲也罢苦也罢，隐也罢逸也罢，生也罢死也罢，卿相富贵都是浮云，他搁笔望天，只见一轮白日在飞速地奔跑。

在同谷，他用心绝唱了这曲沉郁顿挫又泪水交织的歌。无疑是生活上的一筹莫展，心灵上的无可依归，才让这"呜咽悱恻，如闻哀弦"的七歌，回彻在空旷而苍凉的同谷旷野，得到后世在研究杜甫上至高的价值推崇。要想真正理解杜甫，要想领略杜诗何以沉郁何以顿挫，同谷是绕不过去的那段弯路。你走过天下所有的草堂，你不到成县的杜甫草堂，你说崇拜杜甫，我觉得了解是不够的。

《同谷七歌》真是悲到了家，他悲的不是同谷，哀的不是自己，他歌的不是发生于同谷的那年那事，呼的也不是家眷情长。他说万丈潭里伏藏有龙，蝮蛇泳在其中，浦起龙认为此龙暗指皇帝，蝮蛇喻指安禄山、史思明，这是他的痛陈与控诉，更是他在同谷深冬里被风刮起的内心呼号，兮字叠起，一咏七叹，交底说出"心里话"，说出来后，他连拽了几下裤腿，又带着木柄长镵，踏着积深的山雪去找挖黄独，山上传唱着《陇头歌》，他也跟着唱起来。写完《同谷七歌》之后的几天，他坐在凤凰村草屋，他攀上凤凰山南麓，他静听万丈潭，抬望秀才峰，他的心豁然比峡口还敞亮，比八十里同谷大川还豁朗。

"始来兹山中，休驾喜地僻"，他自始至终爱同谷，并不嫌同谷是一片穷谷。

能有交心的故友，他并没感到寂寞。除了家人，他还有李衔、狙公、山寺僧人，有挖药为食的良友，与他有难解难分的情谊。

深夜，重读他写在同谷的 13 首诗，于我，字字都如刀刻，字字又是伤痕，字字是风雪，字字是药食，字字是林翻，字字是凤凰……

字与字、诗与诗的反刍和仰望，是一字一顿一回首。

再读冯至的《杜甫传》，他说："杜甫的一生，759 年是他最艰苦的一年，可他这一年的创作，尤其是《三吏》《三别》及陇右的一部分诗，却达到最高成就。"杜甫的《三吏》《三别》家喻户晓，但他的陇右诗却不为人知，特别是《同谷七歌》，几乎成了同谷失礼的证据。

有多少人追寻杜甫的脚步呢？他心里有凤凰和元气，他的影响跨越时空成为中国文人"五君子"之一，他是影响当代又将影响千年后世的曾在同谷山峡中瑟瑟寒战的人。从此，天下诗人无不想到同谷一探究竟，来汲取诗圣贫贱不移超拔群伦的正气。如果能唤来凤凰，杜甫宁愿一人承担苦难，用一己的心血为食。

赵鸿任成州知州时，担当起同谷对诗人的愧待。他发起对杜甫同谷诗的刊刻，并到同谷草堂举办纪念活动。他在《杜甫同谷茅茨》诗中写道："工部栖迟后，邻家大半无。青羌迷道路，白社寄杯盂。大雅何人继，全生此地孤。"宋代之后，杜甫在文士心中更受推崇。北宋宣和年间，山东巨野人晁说之任成州太守，曾作《濯凤轩记》《发兴阁记》《成州同谷县杜工部祠堂记》，表达对杜甫的崇敬。

《成州同谷县杜工部祠堂记》作于宣和五年五月，现重刻后立于成县杜甫草堂牌坊后，记文载：顾惟老儒士身屯丧乱，羁旅流寓，呻吟饥寒之余，数百年之后，即其故庐而祠焉，如吾同谷之于杜工部者，殆未之或有也。唯知其为人世济忠义，遭时艰难，所感者益深，则真识其诗之所以尊，而宜夫数百年之后，即其流寓之地而祠之不忘也。工部之诗，一发诸忠义之诚，虽取以配《国风》之怨，《大雅》之群可也。此邦之人，思公因石林之虚徐，溪月之澄霁，则尚曰公之故庐，今公在是也。去年今日，有幸陪徐兆寿先生访草堂，读此碑，他认为杜甫来到同谷时同谷已遭吐蕃战乱所据，耽搁了"佳主人"的声名。

同谷能有北宋时期的祠，可谓"神州第一祠"，这说明同谷人的厚道贤良，历代人崇仰杜甫，同谷一刻也没有停歇对杜甫的追望与补憾。

再次说明同谷不仅长养庄稼，还长养文心。为了纪念杜甫在同谷漂泊的低光时刻，特立祠祀之，让去过成都草堂的人，溯游成县追拜诗圣。

僻地成县，因此而在历史的册页中显得厚重。

明代官员文士拜谒吟咏题咏成县杜甫草堂的诗作尚有多首，都是对《同谷七歌》等诗篇以及对杜甫不幸遭遇的同情与感慨，而以诗为记的粉丝读后感。再到后来，清人咏成县杜甫草堂的诗作有宋琬《杜子美草堂二首》、吴山涛《少陵草堂》、蒋熏《少陵祠》、杨注《少陵祠二首》、钟秀《少陵祠》、黄泳《成邑八景》等。这期中，800 年后追到成县的宋琬是一个最狂热的杜粉，他的《杜子美草堂二首》其二这样写："少陵栖隐地，古屋锁莓苔。峭壁星辰上，惊涛风雨来。岁华三峡暮，身世七歌哀。欲作招魂赋，临流首重回。"斯人已逝，气若长虹，800 年过去，灿若星辰。杜甫的峭壁，就是宋琬的峭壁，杜甫的惊涛，就是宋琬的惊涛，七歌哀罢，三峡岁暮，人生的遭遇，谁又不是如此？

凤凰山巍巍，青泥河汤汤。坐在万丈潭的石头上，郊游的人群下河来也坐在石头上。青灰的巨石横卧在河床，水流自谷底潺湲。杜甫草堂蜿蜒的红墙里，因了杜甫的短暂寓居和写给身边的《凤凰台》《万丈潭》《同谷七歌》，而让飞龙峡及草堂、万丈潭及凤凰台名气飞扬，他在同谷居住行旅留下的多处遗迹，特别是他的诗作，把同谷的山水在千年之后，推给天下文雅之士和世人后学来拜祠问艺。

"造幽无人境，发兴自我辈。"是这般无人之境，才有寻幽访胜、兴发逸兴的所在。他把同谷山水最早写入景中，成就了今天人们心驰神往的游览胜迹。

一个母亲对女儿说："去磕个头吧，求点灵气"。杜甫青襟肃坐，清清瘦瘦的身躯手握书卷，而发生在 759 年不为人知的故事，藏在这尊泥塑诗人的心里，一种神圣的灵气浸涸在拜访者的胸膛里，野生的海棠和梅花并不知道，雨里下着杜甫的诗，他的精魂漫游在同谷的山河里。

不想走，又不得不离开，你莫走，又不得不去求生。这个从小就漫游齐鲁吴越发出"会当凌绝顶，一览众山小"之壮志的人，此时俨然已经放下顶戴虚荣与抱负，成为讨光阴写诗歌的流浪人。他学会了说同谷方言，尽管他做梦仍想重返长安"再光中兴业，一洗苍生忧"，但他在此收心了。梦打碎的声音，没有一点点响动。相反，河水在风声中，一淙一涓淌过他的心。

月黑风高，他想念在远方的弟弟和在钟离的妹妹。呜呼七歌兮悄终曲，无望的人生比飞龙峡还死寂一片。两条大河手挽着手，顺河风呼啸而来呼啸而去，一切不可能了，继续南下，就越走越远了，就什么都没有了。没有就没有吧。

那年他离开秦州时，中宵月半，有阮昉等朋友风雪相送；而离开同谷时，唏嘘声里，也有李衔等来和他执手握别。

"临歧别数子，握手泪再滴"，在同谷的李衔，还有狙公、邻舍和乡亲，他们把他送到了分路口，他握手，作揖，同谷人洒泪而别，目送他们渐行渐远，渐渐消失成风雪中的一团黑点。

李衔何人？杜甫晚年律诗《长沙送李十一衔》中写到"与子避地西康州"，这即是《凤凰台》中北对的西康州。李衔与杜甫相见于长沙的时间为公元770年，距离公元759年，恰好12个年头，所以杜甫说："洞庭相逢十二秋。"李衔，排行十一，曾与杜甫义结金兰，情同道友，曾一起寓居同谷（今甘肃成县），即《乾元中寓居同谷县作歌七首》"山中儒生旧相识，但话宿昔伤怀抱"中的儒生。

我们终于知道了在兵荒马乱吐蕃争战的同谷，杜甫还有同道中人。他在《积草岭》中写"食厥不愿余，茅茨眼中见"。他来同谷的主要根源，是来拜访与他志同道合的老朋友。已经穷愁潦倒的诗人，尽管饿着肚子食着厥薇住着茅茨，胸中还有许多不甘要与懂他的人说。他休驾投诸彦，幻想着见面的情景，幻想着信中同谷的丰饶，仿佛已经亲切会面，秉烛夜谈。至于吃什么饭住什么地，他当时不在乎。李衔当着他的第一读者，也最早将子美与李白齐称，算是杜甫最铁的粉丝。

"悲风为我从天来"，已经悲到天地人心了。好在杜甫自同谷下剑南到了成都，先后有严武、高适的帮衬，让他困苦的生活总算有了眉目，他结束漂泊，过上了为期10年较为平静的蜀中日子，受的罪比陇右少了，但回长安的梦想让他终生都徘徊在"竟非吾土倦登楼"的离忧中。

生为同谷子，我四季去草堂，每次都有激荡于心的感怀，性情被濡染被颐养。随着年岁增长，解人心肠，每次鞠躬磕头时，我俯首屈膝，一次比一次弯沉得更低。

冬月是平常的季节！是奈何的伤离！那一间依坡而建的茅屋，因为心怀致君尧舜的抱负，因为"我能剖心出"的诗篇而千秋流传。阳光洒满凤凰台，投照碑廊，诗魂越过雄伟的殿宇，在字字句句的石刻上飘荡。

时间像旋风一样又到了一年的十二月一日，这是杜甫离开同谷的日子。我带着每每读起《同谷七歌》的哀伤，抱着愧疚想：窘迫的诗人那份爱民情怀，何悲？何苦？是因为他身陷失落不失刚正，因为他置身草野固守端雅。

我用一个同谷人的笔写这些，算是手捧黄独，对诗魂的祭奠。

毛茛花开的山坡是一座坛

已经很久没有爬老家的山了。说实话，我多少年无眉目的闯荡，常常怕被故乡嘲笑，又怕找不到路上不了山。

这次蓄谋已久，是上山见成都回来的同学阿萃。雨后的晴天万里无云，我把自己完全交给旷野，一路上心花怒放，陶醉于期待久违的相逢。

凭着在山坡"狂走从人觅梨栗"的经验，我记着毛茛花在哪洼最茂盛。行于坪野，左搜右寻辨认出童年那条茅路时，荒无人迹挡住了我的脚步。瞅着堵实的树林草场荒坡，我不禁难过。

田野上的旋风，笑问我从何处来？诘问人面不知何处去？盘了七条岭的公路上，不时有汽车在清晨缠山翻过垭豁，又在黄昏汽笛回荡绕梁下山。

身处西秦岭绵延不绝的群山里，风与草终年摇头侧耳，云和雨时常耳鬓厮磨。

翻过一座山，面前又会脱缰般奔来几重山。

那曲溜溜拐弯弯的黄土路，晚霞映照山花盛开的草坡，在秋日苍黄的坡场抷一掬马桑籽，甘甜全存在我的心田。它们是疗治我不解之惑的良方。

以朝圣的脚步攀上山腰，我遇见款冬花撑起伞叶的花土坑。

遇见水芹菜簇拥一地的毛茛花。

遇见桑树，遇见抽穗扬花的麦。

遇见一蕾蕾挂苞的槐花，遇见落英缤纷的树上缀满青果。

遇见唯一没有离村的伙伴满金，在几道湾的一块地中间劳作，他如果不是这时伸展一下藏于菜垄的腰，我就会误认为故乡的旷野从此无人值守了。

在十家小楼九家生意的后村，飞速流迁的时代忽略了守在原乡的人，上街经商的人，没有谁在乎还在炎炎烈日下种田的他。

望着他，我就禁不住生起一种无助于他而怕会面的感伤，又忍不住心生怜悯和祈祷。他的母亲在世时，他没读完中学就去黄渚背矿，自学修理，又到城里的机砖厂。他打工盖新房，与邻村的小秋订婚，成了方圆无人不传的佳话。新房砌好地基，垒起山墙背墙，正面墙筑上砖面，房顶架梁挂椽布瓦，就差一笔彩礼了。

在他再出门去挣钱时，机砖厂老板看中他的灵性，安排他操作压砖胚的机器，又托付他找制胚工、烧砖工和装卸工，他回家劝三叔、堂兄、堂弟和小强、小勇，扛着蛇皮袋子风风火火地进城了。就在一个暴雨疯狂的夜晚，眼看着新制的砖胚毁于一旦，他冲进雷鸣电闪的砖场去遮盖，不料堆胚塌了架，当下压折了右腿。

装着假肢的他回村以后，再打听不到小秋的音讯。被送回村口的那天，太阳刺眼地照着银白色轮椅。他像初上战场就被打败的逃兵，丢盔弃甲被原路押解回乡。好心的厂长给了他一笔比彩礼多两倍的钱，但事实已宣布他很难再好好地过一生。

漂亮的小秋，没有再来过披着月色的红豆坡。毛茛花开了一年又一年，满金一次次朝那条官路望，等来了花开花谢，等过了冰天雪地，他心中善良又温柔的小秋，像谜一样无影无踪了。20 多年来，不管他作何代价，也再没有另外一个叫小春或小夏，叫碎秋或孕秋的姑娘，还能看上他。得知小秋另谋他途后，他死心塌地回到本想脱离掉的土地。在异样的眼光和同情里，明白自己所能重操的旧业只有务农。生活已经是一碗酸菜和醋汤，他能走的路有限，他决心种地，当好庄稼人。

背着女儿，我走到儿时玩过的地方。几条路被石子铺垫，路口的水泥界碑告诉我这是一条新修的机耕路，但从路面上看，自从修路的挖掘机推土机走过，就再没有人走过。修路的人不了解情况，后村在 20 年前就已没了牛车，在 10 年前就已没了拖拉机。修再宽的路，对于不种庄稼的大山都是白修，形同虚设。

站在高粱上，小镇尽收眼底。钢蓝色的一道横岭，封锁住向远望去的视线。在南山的林里，我们曾拾过柴，打过松果，背过盖房的木头。

昔日耘整细碎的田地，到处是绿油油的树木，控制不住地蓬勃。金黄色的毛莨花挡住去路，一束束，一片片，开放在路沟渠畔，摇曳于草丛之上。随风的舞动里，花茎幡动，挨挨挤挤，像点亮的一盏盏小橘灯，像镶金的一颗颗碎星星，又像散落的一粒粒黄珍珠，扑闪扑闪。

几辈人的根扎在山里，依靠种麻纺绳种黄豆卖豆腐为生。透过房山花瓦孔的光线，为土屋泥地打着聚光。太阳当空，我们追着偏移的光线争抢阳光的沐浴。早年乡村别无他法的生存里，乡亲们围着一座场院劳动，我们在作坊打杂、玩耍。

春夏之交的泡桐花开得正好，油菜刚脱下头戴的金冠。天气明丽无瑕，有五月的山风，从夏家塆梁舒舒缓缓地吹过，如一首儿时唱过的歌谣，又如早已去世的祖母慈祥的眼眸，心疼地爱怜于我，托梦给我，抚慰着我。来到枯泉前，我不禁热泪盈眶。他解过我半路上的饥渴与乏气，又消解我燥热的暑气。

走在弯弯的小路上，多数草我还能叫出名字。父亲种了十多年的药地里，桔梗、党参长得稀少，而续断草疯长，大有侵占田野的气势。去年的暴雨冲毁了山路，又让地坎滑坡，多块地连成了一台。父亲不能追究暴雨的错。

沿着放牛的山一路走，我喜悦又难过。应当麦子抽穗满眼葱茏的季节，一爿爿山地荒芜着。无须打听，但凡哪块地荒了，说明它的主人已弃地离乡了。

所幸人世凉暖自度，春天并不悲伤，草木不顾一切千发万长，又掩住抛荒土地的荒凉。我感到道道山峦在悄然发生着地形变化，及世事对人心根魂的操控。

疯了的不止野草，沉浮的不止人心。坐在山坡上去找回童年，但左随右伴的孩子告诉我，我的童年不在了。儿子不认识洋芋苗，更不认识四处野生的花。他揪一捧毛茛花给他的妹妹，女儿抱在怀前，开心地笑着，谢谢哥哥送给他大山原始配置的花草礼物。

我知道，如果我不常常带他们来这山野，他们就失去对故乡的认知，也无从产生对乡野的记忆与怀念。他们跟我长在城里，从小走的是横平竖直的水泥路，住的是鳞次栉比的高楼大厦，他们没有领略野花之美的机会。

当夏家塆的茅草路消失，泉水消失，羊屎蛋和牛粪消失，养活过我们的农业，养活不住后辈儿孙了。山路上没有一个人影，只有怒放的野花、嗡鸣的蜂群、翩然的飞蝶，起舞于旷野，用另一种美掩饰凋敝，不让我心存芥蒂，仍觉得熟络和亲密。

刮来的风似曾相识，树林里的树曾与我为伍。它从小树苗长成了一棵大树，一片森林。我10多年前出走，许多年不了解小树了，无论是青松，还是洋槐，无论是橡树，还是灌木，拴过我腿的葛条，都没有拴住我弃土地而去。

自从最后一次上山，已是长而又长的多年岁月。山不高，但每一次望一眼就走，像对待年迈的父亲，认为见一面就是陪伴，却不知道岁月在他们身上刻过哪些疤痕与伤痛。我们把大把的时间用在找寻大路上，却以繁忙的名义遗忘了造就我体魄培养我心力护送我出山的毛路。

它昨天的弯弯环环，让今天的我顺利走过。

从山顶环望，有伯父立的碑亭，北瞻牛星，南望五仙，西眺仇池，东观鸡峰。住于山的怀抱里，我被黄土养育成人，被大山磨炼心性，但惭愧于埋在山脚的祖先。

座座坟茔是人间无常。送魂的烟火，点亮在村头院前，这是一个人最终享受的一次集体道别，是活着的人与亡者的最后一回拉话。燃尽这团红红亮亮的麦草火，阴阳就两隔了，相欠就撇清了。

前些天，我亲房的一位二叔，突发疾病去世于3000公里外的他乡。医生感动于小弟的孝行，私下协调殡仪馆救护车，将二叔从新疆送回了老家。车在路上走了两天两夜。根据风水先生安排，按照本门忌三月的礼俗，二叔暂且不能直接下葬入土，先采取寄柩安葬的办法，放到一片麦地。我的为了儿子远行千里去尽父亲职责的二叔，他全然不知他咽气后，儿子用了多少艰辛与悲壮，花了两万多元的车马费，才陪他踏上还乡之程。为了回家，他走了一辈子梦都不会梦到的长路。

我找不出一句话可以安慰突然失去父亲的小弟。在写挽联时，我百般思虑，除了终于停歇的劳苦，我觉得没有一个词能形容二叔的一世，我几次提起笔，望着披麻戴孝的他们，悲伤到词穷。

世上最大的痛苦就是亲人没有了，再追不回来。

我们曾爬上山巅，眺望从半山腰进入小镇的公路，我们不知道远方有多远。

我们坐在坡场上，看变幻的云飘过小镇，身旁是一地雪白的瓢子花。

我们摘山杏和水桃，搂一抱子，吐一地的核。坐在花土坑采过五花土的泥潭边捉青蛙，捕蜻蜓，围在养蜂人的帐篷周围，看四川人酿蜜。

我们藏在公路下面的涵洞里生火燎青麦。涵洞为我们搭建了一方清凉无雨的天空。待青麦烧焦，手搓麦穗，麦衣里随即滚出半浆半熟的麦粒，香甜中带着柔筋。那是没有烧烤的年代，我们年少时吃过的最好的美食。然而山长岁远，凡属美好的，一去永不复。

沿着儿时放牛割草的荒径上山，坡场的树木郁郁葱葱，油光闪亮，鸟群啁啾，野鹰盘旋，山谷里的野花，紫的，粉的，白的，黄的，红的，谁也不打扰谁。啄木鸟叼着病树的虫子，泛蓝的天宇为云霞搭好了舞台。

从山涧漫步，无意惊起一群鸡雀，扑棱棱飞上梁顶。横卧山路边的巨石，是哥哥和一群孩子的拜大。每到过年前，我们踏响积雪，来给石拜大烧纸，上香，磕头。体弱多病的人寄望于山神，长跪祈求安康。

大山，曾是后村邻乡全体山民信奉祭拜的一座坛，庄严，神圣，灵验，凡沉于苦难不能自拔的人，陷于坐实的难关举步不前的事，都来敬山。

即便缺柴烧了，人也不会砍伐石拜大一带的树。

即便遭灾了，也不忘过年时给老天爷献饭。

他们知道：善为至宝，一生用之不尽；心作良田，百世耕之有余。

我是这座山的孩子又是归客，冷不丁回来竟忘却了进山祷告。乡风芊绵的暖日下又一个盛夏款款走来，去年掏过料礓石的田土，今年又长出石头，沟渠坡坎开着豆豆花。挈妇将雏不归的人，找到了千般好的活路。

风高天旷，霞起日落，夏家塆理解讨生计的人们，在遥不可及的他乡累死累活，无暇无力照应老家。30 年前，我的山村还是热闹的，坡道上有许许多多小伙伴，尽情奔跑着，吆喝着，弄枪舞棒，无所顾忌地寻宝和疯耍。有一天，不知是不是受了背水和尚的启示，爬上山巅后我突然意识到自己的渺小，悄悄把甩在空中的衣服披在身上，安安静静坐下来，听松风吹哨，看古刹旗飘，明白了微不足道。我扔掉弹弓，放下铁锚和套索，一群牙长的少年有了烦恼和心事，虚心地向古铜色肌肤的长辈讨教。不知从何时起，伙伴们个个像椋鸟飞往远方，浪迹天涯。

乡村只剩下满金的孤军奋斗，和我的遥祝怅望。

一面一千平方米的水库上，倒映着一望无垠的山峦和梯田，一张浸透黝碧的绿毯间，一条穿越山谷的水泥路，一头是高岗一头是村舍，轻风漾动的微澜里，村庄破碎后又被重构，我盘山而上，逡巡山脚，被一种巨大的噪声包围。

人们不回头地走在七零八落的路上，顾此失彼。每座城市都有后村的儿女，但能安放灵魂的地方，只剩皮囊般的空屋荒院。

故乡是一个人的避风港

年将不惑的除夕，我扫去老家门楣上的尘土，贴对联，辞旧迎新。

去上坟的路上，遇见亲房的姑母带着外孙女芸芸赶集回来，连忙给我们家女儿发糖果。芸芸去武汉上大学时，表姐因病去世，他的爸爸再婚，新成了家。她恋她妈妈，心里有结，因为没有工作常年借住在外婆家，打零工，复习考试。

我不由感到心酸。没娘的孩子，遇上过年的节日，不知心里有多悲伤。她笑着，但我深知她心里的苦。我自责起来，答应帮她找的工作，还没有眉目……

而时间像不经写的纸，如蒻蒻轻风，一到过年上坟，就又翻一篇。

我从城里回到挂在于北山的后村，一走上这条拐拐路，熨帖的心就起波澜。

灵魂不用对证和扫码，一眼就确认了。我看见了泥土、山冈、野树、老泉，看见了无用场的旧农具、打麦场、土房，开上汽车的后生们穿着洋气，小姑娘们拿着苹果手机刷抖音。村巷里，不断有 WiFi 信号跳出来，互联网无界无碍又无边无际地联通着天涯海角的世事和人心。凡早先不种庄稼的人，他们的生活明显比种地时改善了很多。地荒得越深的人家，退出农村越早。十有六七的人家跑到街上做生意，不少人携妇将雏去了更远的他乡。哪里的黄土都养人，走远的亲人各有活法，多年未曾谋面的他们，奔波在拼命索讨的不归路上。

回到生我的院落，它可能是全村最小的一座台院，但在我内心里，它是最大的世场，它撑着我健全的肉身和皮囊，又装载我一路遇过的磨难。它经得起凋敝。

站在母亲挂在墙角的鸡笼前，我观看小鸡吃食。要过年了，我特意去场边寻了一把青草回来剁细，喂给它们。有白蒿、黄蒿、艾蒿，枯萎休眠的草，但凡有一点阳光和雨水，总有几苗青蒿。我感恩小草，在我寻寻觅觅时，它们像遇见了老朋友，从层层叠叠的草丛中闪着绿光，在我用手触摸到它们的嫩叶时，它们有意伸展了那一簇簇的腰身。我弯腰掐草，乍暖还寒的正月，草芽发上来的还少，水桃花有一点点红，往事一堆堆涌上心头。

有年春节，家里冷若冰霜。父母被生活的困苦逼得老是争吵，我不去别人家游玩，不去水库滑冰，也不跟伙伴们去放风筝，要么把自己关在屋里，要么跑进田里不回来，想放弃念书。一切好像无缘无故，但心里苦闷，不思饮食。不久，我生病了，全身虚脱，没有力气，祖母给我"蒸胎""叫魂"，都无济于事。天太冷了，心中也没有热望。躺在炕上望房笆眼，我如犯了魔怔，无精打采。

那个黄昏，场院里传来母亲的吵闹声，谁把我们家的鸡打死了。母亲非常气愤，吵得很凶，我甚至怪怨母亲说话难听。但就这只被人残害的死鸡，祖母含泪烫毛，拔毛，火燎，炖成肉汤，鼓着我吃了。第二天早上，祖母看见我时，我已从炕上下来，坐在写字台上学习。我感到浑身充满力量并突然长大，明白了一些世理。至今我还常常想起那顿不该有的美食，那种难以下咽，却让我吃透了生活与奋起的道理。那时许下的愿，最终送我出村。

2月12日凌晨12：40分，商业发达的后村，还在放炮，人们用满天花炮释放对新年发达的祈愿，用冲天火药燃放炫耀。

我沉浸在春节联欢晚会岳云鹏《最亲的人》的旋律里，这山这村，这院这屋，这风这黑夜，都是我乡魂时时梦回的存在。这个原本安宁得能听见庙神泉水汩汩流淌的小村，在人们抛荒土地后，在小镇五金百货的生意场上，乡亲们纷纷获取到了生活的蜜糖。从此，后村的楼房占领了两沟四坡。商业的后村不喜欢沉默，腰杆挺直的人干什么都想惊天动地，炸过十多年的山已经吞噬了簸箕坡。腰缠万贯的人压不住张扬，有人买地，有人盖楼，有人离婚，有人赌钱，显摆者热衷于招摇过市。

人心像埋在泥地里的石灰，遇潮就膨胀。早年素朴又传统的农村，裂变到丧失了本身的淳朴，守望相助共同劳作的场景不复再有，有人口是心非，有人得意忘形，他们忘了来路，甚至不思其姓。好在还有稳当的人，一直矻矻努力。

满村烟花此起彼伏、叠连高潮，在五光十色的缤纷里，我望了望高远的星空，大自然配置的穹庐，黑色的底板上星星无语，时而像打火的燧石。星星不说话，并不失于自身的光亮，星星不计较，想着没有哪种烟花的绚烂可以长久。

月亮睡了，它不忍目睹，不喜欢无度地用剧烈的炸响迎接新春的这般浮躁、放任和虚无，更不喜欢这种以占据天空为标准的人心较量与相争。于发展而言，所有跑得快的最终都要慢下来，三十年河东的三十年可能会到河西，看似华丽的往往不实，越是巨大的财富越容易过期，多余的钱财只能换多余的东西。

貌似完好与极致的当下，其实不过是物质的充裕掩盖了精神的贫瘠，油盐酱醋的日常里，由于进城入镇的大军撤退而显得凋敝。青瓦房几乎无存，不烧柴草的锅灶，已经失去升腾炊烟的功能。

母亲推开儿子，妻子送走丈夫，不是出于不舍。

有谁看到当下乡村患下的弊病：冷漠，歧视，见不得人好，金钱至上，攀比，良心丧失，缺位，失去同一生活方式，亲缘地缘断裂，共同体解散，族群涣散，三代人集体各奔东西，适婚青年遭遇高价彩礼，人情利益复杂，红白事情缺人帮忙，留守老人随礼负担重，劳动力价值越来越商品化，血缘族缘淡化……乡村振兴的开始——首先是有人返乡。

我决定唤醒这些，即便我无能为力。但希望人气衰退的村庄，有朝一日传统重归，淳朴复现，精神相依，炊烟依旧热热活活。

父亲每个年夜睡得很晚，他要把旧东西收拾归整，让庭院整齐如新。

他去庙梁上烧完香回来，拉亮房前院头的灯，找出腊月买回的炮。多少年过去了，父亲一直坚持每月初一和十五，还有除夕之夜，专门在院中上香，以敬祀天爷，在上房的正堂和灶房置香炉，按时磕头上香，从没有疏漏、简化和省略过。

他忙前忙后，直等迎年的炮声渐渐平息，时间过12点后他才掩门歇息。今年春节比往年要暖和许多，一冬天父亲没有生火，我们坐在电炉子旁迎接新年。

此刻的我与自己没有一寸障壁和缝隙。被漆黑包围的山岭，炮声不绝于耳，烟花耀天，儿子过一会儿就跑出去看看。

女儿在院中央指着满天星说："星星，你好！"我抓紧她的小手，揽她入怀。

大年初一，按年俗在中午前献饭。我照旧起得很早，但往院里看，父亲已醒来很长时间了，院角的两炉火烧得很旺，茶壶里的水吹响哨声。

父亲坐在樱桃树下，比之于他长年累月的孤独，此时他眉心舒展，心情欢愉。细瞧果树的枝头，它们开始抽芽了。节气已过了立春，树木花草迫不及待复苏。

到村里奠纸，是正月过年时沿袭的民俗。有人去世，连续三年春节要坐纸。走远的晚辈，他们做核酸检测，也必须赶在除夕上坟前回家，供奉逝者。住一个庄的人，带上香蜡纸，为逝者磕头，烧纸，祭奠。何姨比我母亲大两岁，去世快三年，他儿子是我同学，在外县乡村学校当教师，折腾了好些年没调回县。刘姨家大伯父早年是局长，便安排二弟在矿山修理厂上班，让二姨在煤炭公司灌液化气，企业改制后他们回村，刘二叔去世后，刘姨守着啥都没变的老宅子。只是她为什么坐了轮椅？望着憔悴的她，我觉得她突然老了十几岁。好在儿子都长大了，他们看起来很担当。

深夜回家，与伯父拐闲话，他间间断断地说："去去也好，人都会死。"我心里不禁难过，是的，父辈们也终会有这样一天，任我们如何逃避，都必须面对。后村还剩一半炊烟的生活，一刻不息。从一条小路到一条小路，进一家门磕一个头。

伯父的阿尔茨海默症使他几乎忘记了一切，甚至不知道自己是谁，却一直认得我，但夏家塆的高岗小路与稚童晚辈，都已认不出我。

正月初一半夜下起了雨，淅淅沥沥。雨声吵醒我，再也睡不着了。

聆听第一场春雨，喜从心来。还未抛荒的庄稼，枯草禾苗得到饱饮。尤其在老家遇上今年的头雨，对心枯力竭的我，无疑是最好的滋润。

我心里的浮尘终算落地，身心不由得轻松起来，豁亮了很多。离乡人在异乡就地过年了，许多院门没有贴春联没挂红灯笼。不知他们吃不上宽心面的年夜，想不想家?

陪孩子下镇上县上学的母亲们都已回家，村里架檩封顶、儿孙满月、脱白换青的宴席变得密集，许多土房连夜推倒。返乡回来的人随礼大方，也为拜年的晚辈备足了压岁钱。他们一年用十个月拼命挣钱，留过积蓄，过年时全部花光。开年后，筋疲力尽不想出门的人，还将继续走出去……

坐在屋檐台边的满存，显得有气无力，不知是不是戒烟的缘故，损掉了他的精神，夕阳正映红他的脸。村里人都知道，为了给娃说媳妇，他四处托媒跑，已经两年没有让娃出去打工了，最近赔了上万元礼当，眼看着将成的婚事，风一扬，又吹了。小镇的彩礼涨到了二三十万，有的女子还要房要车要五金。在这个吃饱穿好的新年，我的多少农民叔辈和兄弟，他们无心过年，彻夜彻夜地睡不着觉。

雨从房顶落在我们家屋后的雨篷上，声音格外响亮。屋中细听，砸地有声，似乎特意要让我听见。春雨不待人，山地不待耕种，年少的伙伴远在天涯，错过雨水就错过了播种。

没有遇上的好雨，不会在你回乡后，专为你焦渴的土地再下一场。

还乡的路从天而降。除了父亲留下的小院，我追不回其他失去。这里是无远弗届的精神旷宇，草木锦簇，春山茸绿。

夏家塆的人口迁徙，是一个鸟儿翩飞，带走一族庞大鸟群；一座村庄的消失，是一院瓦屋的空心，牵走了与其有关的亲邻族姻。一地碎片的后村，在我笑在我苦在我累时，这颗浅薄里藏着虚荣的中年心脏，常常反思生活倒回原地的模样，并成为我写作时的源泉和种子。

在如土地一样起伏的人生版图上，它顺其自然地滋育，成为浸润着夏家塆山风韵调与树木气色的一种再生长，让漂泊无依的魂有所归属。

第二辑 *NO.2*

此心未歇

拾上坡路，看见炊烟向西的家。几十年过去了，那扇虚掩的院门，风来风去，既掩住世间的荒冷，又推开流年的深远。我命里已经抹不去泥在身上的那层土黄。黄土黄，是夏家墕土地的原色，也是生活成为岁月的颜色。

游四方

还是个男孩时，就想去闯世界、游四方。

山里长大，就像孵在窝里的小鸟，期待破壳后羽翼丰满，又如六月的蝉，深谙泥土的出身，飞向大树天空。

对于乡下人，游四方，是去赶集、进城、上州。没意思的是上庄游下庄东家串西家。游手好闲的人四处浪，晚上点灯，被戏为"一天里游四方，黑了借油补裤裆"。

有人破天荒去趟县城，回来后在村里要美美游荡几天，特意在人多的场院显摆。甚至撂下庄稼活去庄头卖排，炫耀莲湖公园盛大的热闹，口若悬河地鼓吹城里的热辣滚烫，那是天花乱坠都不能形容的都市洋气。他们只去过一回，却像定居城里多少年似的。若是暖冬，黄昏饭后，村里的庙梁、场院、水泉，有人捅着袖管，坐成一字排，靠在石墙草垛晒太阳，开怀地说笑，把冰冷的天都能呼热。

拉了一天砖瓦的拖拉机，水箱开锅，煨茶的火盆周围，馍馍烤得金黄，补给顶风劳苦的人。爱喝茶的人都来磨坊，给火盆里添柴，一群大爷们进屋，互相搭腔，从怀里摸出纸包的茶叶，有人开玩笑说："你还藏得深，又是女婿称的好茶吗？"

"啥好茶呀，这大叶叶子，只要每天抿两盅就好得很。"带茶人自谦地说。

"再不要哭穷了，你是磨里的猪娃子，福蛋"……

那些被岁月雕过的脸，肤如古铜。人们走东串西，看锅里搅的啥吃喝，有些人端一碗馓面饭或扯面边吃边游，偶尔吃顿大肉米饭，窜进人堆挤在树下蹲着吃。

山村人家七上八下的状况，谁都不在乎谁吃啥饭穿啥衣，不笑话人，有两窖红萝卜的不寒碜有两窖洋芋的，吃肉的不嫌弃吃米吃面吃糠的。大家结成共同生活体，只图乡村人的热闹。这个100人都塞不下的土台场院，是后村的新闻发布中心，缴电费、两金一费、戏报的通知贴在这里。还有种苗信息，红白喜事讯息，小到芝麻蒜皮，两狗咬仗，村里来了谁走了谁，大到天上飞雪，火箭上天，哪些人坐班车走了哪些人坐火车回来，有热心肠人记着流水账。好事情从这里揭锅，坏消息从这里传开，谁家遇上难肠事了，一搭想办法出力，然后散场。

碰见刚进村口提拎着大包小包的人，他们刚刚跟集或进城回来，袋囊鼓鼓，有时候还带回置办的大家具，用背篼背，用牛车驮。路坎上的乡邻们老远打招呼："跟集去哩吗？"他们衣着光鲜，衣袖衣裤上是熨烫得棱棱展展的线条，头发上抹过油，得意地说："就是嘛，进了一趟城，"还不忘追加一句，"城里人蜂一样，吼在体育场摸奖哩，歌星演唱会欢得很"。我这些乡亲呀，去繁华的街市里浪时，总会一改平日的邋遢，先要认真洗头洗脸，接着拿出压箱的新衣，换上蓝制服毛底鞋。

第一次进城，父亲领我走在十字街，灰白的马路和看莲花的人流令我晕头转向。回村后我给小伙伴炫耀城里宽阔的柏油马路，军绿的北京吉普，高高的路灯，莲湖的旋转木马，彩绘的莲桥，比人高的石狮子，倒挂湖面的垂柳，照相的汉白玉牌坊，饭馆的牛肉馄饨香味，骑自行车兜风男孩们的满脸阳光，女孩们白净漂亮，花裙子如一朵朵云彩，从我身边飘过。

那一次进城，我把魂遗了，游县城乱了神，做梦还在逛游。那满当当的琳琅新鲜越看越迷人，撩人心魂的歌声、市声越听越陶醉，勾着我伫于街头，馋得咽涎水。无限的美意，像堵不住的河流涌心头。城市咋这么美！楼房为啥又多又高？

顺南门口下陡坡，是吃喝玩乐最欢的街，卖吃食卖玩具和卖新衣的铺摊云集。我搞不清楚为啥县城里啥都有哩——新华书店满架的书籍散发着油墨气，供销社柜台里十几个洋瓷盆子堆成小丘状的水果糖，隔门传来沁人心脾的甜香，还有大桶里冒着热气坐满食客的油茶麻花豆腐脑摊，在木勺搅舀里翻腾出扑鼻的香气，以及面皮荞粉搭在火炉上温炒出的油香蒜味，飘溢满巷的油泼辣子味和醋香，还有挂着我不认识的阿拉伯文的清真招牌饭馆，飘荡在街的牛肉热汤味，留下难忘的遗憾。那些吃过瞅过的城中美食，此去多少年再未相逢过。

还有四周被堵得严严实实，仅留一扇卖票小窗的电影院，许多人在门口围观，侧耳听到译制片中的男中音："生活就像一盒巧克力，你永远不知道下一块啥味道。""是吗？我相信奇迹每天发生"。站在铁栏杆门前，直到电影散场，我仍在回味。人群碰开我，我才意识到父亲还在等我。那时候真没见过巧克力，这光怪陆离的城呀，原来这样美！可那双站麻的腿如被灌铅，钉在那儿，走不动路。

后来的另一年暑假，我们家荒地多了一份意外的收成，父母高兴，他们把我们托付给从村里往水泥厂拉花土的熟人，让把我俩捎进城玩，在我和哥哥坐上突突突的拖拉机，无数小伙伴还在村口追时，我们内心热血澎湃，无上荣光。

沿途的白杨树、青瓦房和田野向后退去。到抛沙河后我们跳下车，两腿蹲得发麻，瞅着望不到边的平川大坝，在盛夏的纯蓝天幕里，我近距离对视到眼前万仞峭壁直矗于苍岭之上的鸡峰山，那貌似甲骨文"山"字形的轮廓，宛如扣在盆地的巨大宝盖，巍峨惊人。望着高耸入云银光闪耀的电视塔，我们揉揉酸胀的小腿，顺马路牙子，迎着明晃晃的太阳又连赶了10多里路，过石嘴头过高桥到了西关。

哥哥和我轮流捏着汗涔涔的15元钱，每走一段路都要掏出来数一数，总担心钱丢掉或不翼而飞，这可是父母的第一次大方，让我们自个拿着钱来花，而且没有交代用途，也不让我们带回白糖或雪花盐。

在城里胡游，我们脚上像蹬了风火轮，一会儿进大商店一会儿逛书店，一会儿游公园一会儿到吃食街。太阳有些刺眼，那巨大的圆盘不像四环素药片般黄亮，而像一面玉镜。城里的好东西太多了，15元钱明显不够，即使还有再多的15元钱，也不够花。我和哥哥两个人要了一碗牛肉馄饨，连汤都喝干净。还剩14元钱，哥哥想买一本武侠小说，我却想要一本字帖，商量来商量去，都没买。转累了，我们坐在商店外的台阶上，张着口渴的嘴巴，看城里娃娃吃冰淇淋，哥哥说："买根冰棍吧。"

我说："巧克力是彩色的吗？"

我们心照不宣，哥哥拉我："你更饿还是更渴？"

我摸了一下肚子，又忍着口渴，一人吃了一个现烙火烧。

我们顿时精力焕发，跑向之前看过卖足球、篮球自行车的供销社商场，等我们算好账，决定以共同所有权买一个口琴一个小收音机，并打算花光所有钱不坐班车跑40里路回家时，我们拿着售货员递来的东西爱不释手，她催促付钱。然而一摸衣兜，顿时傻眼了。小偷盯穿布鞋的我们兄弟俩很久了。由于挑选喜爱的东西时过于兴奋和投入，忘记防范了。

美丽的大县城呀，你咋能从小给两个少年，在对你的神往中划出一道伤口呢？我们失魂落魄地回家，那晚的丰泉山上，月亮忽明忽暗，风忽大忽小，我们一次次摔倒，像受伤的绵羊，乐不起来，实情又不敢告人。打那起，我彻底改掉了嘻嘻哈哈虚头巴脑的毛病，再不对伙伴讲城里的光鲜稀奇。

15岁那年，父亲为我办理了农转非粮户关系，我离开一谷玉米丰收的小镇，到了白龙江畔的陇南卫校，但并不指定就能变成城里人。偌大的市井有我的三寸之地吗？鳞次栉比的楼房有我的家吗？从此是不是就永别了后村？我不知道。

在夏家垱山坡，头顶骄阳一寸寸挖地时，我内心常升起一种梦想或抱负的东西。汗水往眼睛钻时，我默念"天将降大任于斯人也，必先苦其心志，劳其筋骨，饿其体肤，空乏其身"，来抚慰困苦的少年心。

随后，我如一枚草籽被脚泥带进城里。进入远方后，我走过不少城镇和山水。命运没有欺骗我，如今我们兄弟俩天各一方，安定了下来。回想出后村时，理想并不能对周游四方的人指明道途，谁的未来都不能一选就是风生水起。

小镇修通高速公路后，不再翻越林密路陡的丰泉山，如一团乱麻被捋顺取直，这是发展的手笔。乡邻们端着饭碗边游边吃，日暮时分顺小河游转，蹲在峡口梁上抽烟，看路上风驰电掣的汽车，黄的光白的光横穿而来，喇叭声回荡在山旮里。有乡邻说：他在庄稼地里干累了，铺几捆麦子在身下，靠在土坎旁睡觉，他左耳贴地，听路过的小汽车。

他说："车边跑边喊，跑快，跑快。"

飞转的车轮是汽油发动机释放出的马力。人就得像汽车摆脱捆缚往大道上跑，往城里走。不管城里要不要，出山的脚步先撤离。

山里除了满天的星星，陷在泥潭里的人周身是汗。而城里的马路每天清洗，干净得能捞凉面，地铁的每个站口摩肩接踵。

游过四方后想，到处的星星都放光，只是我们有没有被蒙住明澈的双眼。从心而论，乡村赐我灵魂，城市给我福报；乡村养我厚道，城市供我安生。三百六十行行行出状元，卖小吃的人凭勤快日进千金，蹬三轮的快递小哥凭跑得快养家糊口，种菜蔬的农夫凭勤劳满园瓜果，泥水匠靠垒砖头谋生，摆地摊的小贩凭吆喝做生意，风雪中的扫路人凭吃苦换生存……

长大后，不再为生于乡村而自卑，给过我憧憬又养我的地方，是我的根基。《阿甘正传》里有句台词是"辨不出哪里是天空开始的地方，哪里是地面启程的前方"。城市收留异客，接纳所有众生，我感激来路上鼓励我的人。贾平凹说人是走虫，陈忠实说人是贱虫。阿甘的妈妈说过："往前走，先忘掉过去，就是跑的意义。"前路将黑，四方生生不息，人们奔来跑去。

我和朋友步行过桥，清凌凌的河水不知深浅。手机显示：11月22日，晴，西北风，风向多变，晚起云，最低气温1度。落山的太阳铺在河岸，波影晶晶亮亮，高楼华灯初上。

时间带不走故乡

时间给院落铺上苔藓，雨从房檐渐渐收住时，朝阳从山坳升起。风恰到好处，雨绵稠起来，金灿灿的太阳成了山里面的稀客，湾地小溪恣意地流淌。

雨贯穿季节，把大地给浇透。雨后天晴令人舒畅。阳光自云端明晃晃地洒满后村，万缕金丝让满院苔藓葱葱盈盈。想起小时候，当太阳出山两房高，我们抓满地碎土扬在空中，用树枝抽打斜照墙体的阳光，浮尘飞舞。我们比赛抓阳光，二牛吹他有功力，能把阳光灌入瓶子。我们用玉米秸秆作秤，给大豆麻仁称重量，从地上插棍当日晷，一边驱赶晒场上偷食的鸟儿，一边看日光一寸寸向房檐推移。

那时后村住着祖母、伯父伯母、父亲母亲，还有哥嫂姐姐们，一如山沟的田梁坡场里长着有芒无芒的麦子，又如照过晚秋苹果树的太阳同样照过初春的樱桃树，一样让果实成熟。家院里鸡鸭成群，孩童满地，路口巷尾，人来人往。而今后村人影稀疏，不是生育减少，而是人们先出村入镇，后来举家出门去天南海北打拼。村里人往镇上走，镇上人往县城走，县城人往都市走，都市人还想着往外国走。城市如一块巨无霸的磁铁，招引着庄稼汉，厌弃一辈辈人务作的泥土地。

出于对烂光阴的畏惧，阿家与儿媳妇三天两头吵嘴，有人在拍土坷蛋时，钻进洋槐林就喝了农药敌敌畏，山上传来号哭声，把一村人叫上了山。攒劲的小伙姑娘设法出逃，就连下村的哑女梅，被父母托媒远嫁到了安徽，还续根立后生了儿女，办起了红火的商店。每个出门回来的人，都风光了起来。裤腰里别着手机，见面发的纸烟是红塔山，女娃娃向往嫁到城里。人的渴盼变成一疙瘩埋在泥地的石灰，潮雨后控制不住地膨胀。大家卷起铺盖南下北上，蚁群般迁徙，在高楼大厦宽街深巷，喜欢上了工资这个生词。落脚的城市开始养活如花的梦。

城市为梦的战场，乡村当梦的后方。在我的村子里，伯父那一代之后，通过考学吃"皇粮"的只有9个人，也有人考上了研究生，有一半在大城市安家，但更多更多的人，依然无法离开这片土地。

一过春节，男紧随女，女紧随男，浩浩荡荡追汽车赶火车。只要是车就坐，能坐多远先坐多远，越远就意味着越好。一拨连一拨地出走，很快把后村腾空。几百亩农田撂荒，屋顶烟囱空等白云飘过，后村大伤元气，没有一头牛一把犁了。

昔日布衣的小镇，随江武公路穿过后商业气越旺，车流如洪，一点儿不亚于城里，有服装商贸城、网吧，有 KTV、农家乐，有酒店宾馆、饭馆茶楼，有驾校、彩票投注站，还有四家大超市。附近的乡亲来此赶集、卖卖和买买。

这条街在乡人心中，不亚于北京的王府井，上海的南京路，广州的北京路，所有的交易和闲游都充满烟火气。

后村人搭乘一条命中的船，纷纷鼓捣生意，有人很快赚到了第一桶金。他们下海的壮举，不是谁运气好去城里摸奖，一把就中了汽车，不是谁守株待兔走运，抱得天上掉下来的馅饼，而是那山山沟沟的薄地，根本养不活一家子人，除了一天三顿饭，还想着活好。勇敢的人先抽身，再连根从地里拔起。爱闯的人常进出派出所，村长跑着给老母亲报信："你家狗娃，被派出所的人抓走了。"好多小孩听不懂，传成了"拷子所"。

小镇像轰轰烈烈跑向开放的觉醒者，摆地摊、卖百货、收山货的人，涨潮般填满街，让小镇成了一天天繁闹起来的商业大市，聪明人当上了万元户。后村涌现出不少万元户。当年社火队在街上耍尽威风，爱打群架的"小地痞"聚于后街，一打听便掉头解散。后村如身后的大山，瞬间强大起来，像大个子人站于人群。

少年时不知天高地厚，曾为自己是后村人骄傲，虽然那些与家穷的我无关，本心不该攀附，但每每听人夸后村有多少多少万元户时，我内心还是生出不知发源于何端的身心燥热，而自我陶醉于强大，仿佛他们富有我有光。

其实一切早已埋下必将变异的种子。暴发作为新生的一种现象，迷惘来自理不清界线的如何应对。人们绝料不到，一个20世纪90年代初就挂上小康村牌子的村庄，今天与农业断绝关系。人们连一日三餐都快餐化了，每到饭点，就有小车进村卖面条卖饭食。那辆按时进村的摩托车一到，人们一拥而上，享受生活不用擀杖案板和生火开灶就可饱腹的便利。

人分不清对错的还有很多。一座古村四起的楼房坚固广大，锁门的院落蓬草遍地。夏家塬一带富裕了，有人脖颈上挂着金链子。我蹭着夕阳品味向晚的山村，心里没有傲娇，而把余虑讲给把梦照亮的月亮。

送别亲人，坐上越跑越快的高铁飞机，在霓虹下思量：风生水起有楼有车有滋有味的后村，哪些不可挽回？哪些将要抛弃？这不仅仅是后村的变迁，也不是两万多人小镇的事情，而是所有泥地脱逃换了活路的人残酷直面的世变。

常常为年幼无知而幸运。自以为见过世面，比起乡亲们，我的经历又何其苍白。他们弄清了城市的更多秘密，口若悬河讲述着华丽外表下的内伤和阴影，繁华和落寞。

去他乡的人，带一部分水土装入行囊，留一部分存放故乡。

一回故乡，我稚气重生的心就会倍觉失落：不想毁灭的都在消失，就连起伏的山脉庄落，也在时间移逝中处处遽变。

离乡的跑道上灯塔闪烁，夏家墕山道上车驰鸟追。新乡土上的生活火热万丈，星空明澈，河流深长，没有谁愿意熄火停脚。回到后村的人，谁还是个少年？麻木的我已能平静地接受一切发生。亲人还爱着并福佑我们。根在后村，灵魂就飘飞不远。执着地坚守自有意义，远方的路又明又亮。

在小镇，风行草偃

仲夏六月初六的太阳，家家户户晒衣裳晒棉被，晒陈谷旧粮、坚果种子，也晒着一湾湾黄土地和老街上的石板桥。

桥西头是蔬菜集，东头是粮食集，有烧酒坊、醋坊、有药铺、杂货铺、铁匠铺，有饭馆、照相馆、邮局学校、客栈旅馆，桥下是清凌凌的小河，岸上青草葱茏，赶集的马、骡子和毛驴，低头吃草。

大太阳晒透街角，还晒着人影寥寥的巷道楼房、四山的村院麦地。有的麦子倒伏在野，有的被雨泡出芽。太阳从偏偏到直直，照得油漉漉的树木明丽滴翠，却听不见唤牛声和磨镰声，看不见准时的炊烟飘摇。

无论单日逢集的拥挤，还是双日背集的冷清，马路上车来车往，到处是堆成山的药材。清风徐来，满街飘散着药香，还有饭庄菜馆的菜香、酒香。

经过早年满仓谷堆的粮站，如今它已与粮食无关。以农为生的时代终结了，没有毛驴车、牛车、架子车的街道正在城镇化。站在宽阔的马路上，一抬眼就看见满乡人坐在车上闯天涯做生意。他们是卖货郎、包工头、客货车司机……

老远瞅见王婶，用手推车推着几麻袋艾蒿，药贩正和她边过称边讨价。小镇生意热闹，但昔日拥挤的牛集上没有一头牛，我也失去了与牛为伍一生的舅舅。过去角角落落的事情，此时来去的人不一定知晓。我走进一家熟悉的理发馆，却如穿越般有种站不稳的虚幻。理发馆生意格外好，男女老少排队等，这是小镇最后剩下的不能被网购取代的行当。徘徊旧街，阳光照进排排店面。我对着镜子里胡子拉碴的自己，默念给过我希望的人。他们对我的好，我永世难忘。

横穿过街，进入市场搬走的西街，一些事像鱼漂儿浮出水面，历历在目。石桥两头的老街店铺林立，理发馆、澡堂子生意冷清。夏天伫立街中，就能闻见太阳把一条街道蒸出汗水淋漓的味道。人群熙攘中，他们扛着整麻袋粮食去磨坊，背着满背松木柴火，拉着轮胎压瘪的架子车，身上飘散出骄阳焐出的汗腥。

小镇人不服命运摆布，但害怕暴雨中的冷子（冰雹）。世人都要受罪，又多数为情所困，不停劳碌辛苦。为了还愿和尽责，为了对得起那满堂儿孙，那白日三顿饭晚上热炕头，就要努力活。

或许是大山把人心困疯了，便不顾山水绝美，风云绝美，花树绝美，而无视土地扬长诀别，一个人带一班车人集体离乡。

小镇与大山，如同父母，高在堂上近在心里，又如姐弟，亲在血缘疏在别离。我们散开的手掌，无力承接祖先的遗留。这方用土石砌成的乡山，人之风骨方正贤良，性情淳朴温厚。伯父从康县调回小镇教语文课，是全县不多的写入县志的高级知识分子。他爱生如子，严加勉励，村村都有他的学生。有一天街上聚众打架，堵住了车路，他挤入人群，打架的人看见他叫了声牛老师，低着头立马四散。

而今，人心添了多少忐忑诡谲？仅凭表象，我已不能看清乡土的五味杂陈。出走的人们沉浮在北上广的某个角落，躬腰在新疆的棉花地、山西的矿井里。他们最开心的事是与妻儿通话或者在后村的微信群里说上两句话，这些算不上问候也不是祝福的话，就像油盐酱醋，有着千滋百味的心结。

多年来，一直以为长夜长风落花流水为无价信物，所幸山佑我，厚土载我，亲人养我，依着这座山，向阳而居低头耕耘的人舍不得我，我便无须穷追嵌入心魂的泥身标签。山还是那座经大地震未移位的山，是高速公路穿过依然雄浑的山，是草场长成树林的山。

省吃俭用的宽叔从地震过后，每天喝两杯上好的红川酒。他变了个人似的，人们都来寻他求解，他成了个会治心病的高人。

林木蓊郁，深不透风，已经找不见上山的土路。

蹲在灶头架火，围着灶台烹制饭食，供远路来的亲戚坐在院中欢聚。父母老掉的牙已嚼不动一些食物，往事云缈雾茫，现我原形，让我忘不了故去的人。

在黄昏唱歌的风

黄昏的炊烟，让暮寒的后村多了些热活。村口坡路上，跑来牛群羊群，还有驮着农具收成的牛车，背青草柴火的人们，赶着牛羊紧脚回家。

一家人下地的念书的，全挤进屋。父亲擦拭农具上的泥土，让它们反出光。母亲在灶房做饭，灶头闪耀的火光让灶房不至于黑得看不见。娃娃们写完作业，给小狗喂食，拾起一根棍子，追赶不听话的小鸡们上架，顺便捡收鸡窝的鸡蛋。

我把锄头靠在门框，把草背篓放在屋檐台，牛过来扯草吃，耕了一天地，它饿极了，但看在一家人的份上，不表现出每到此刻就周身散架的筋疲力尽。它之所以不怨，是明白这出死力的劳动是最轻松的，而没完没了的操心才叫苦。

在这个每天要上山下地的后村里，命中与牛为伍。我们的工种叫修理地球，一片片山坡地和水平梯田，按茬翻耕。这是种庄稼打粮食的需要，是一家子人在一口锅里，柴米油盐都不能少的需要，还有供儿女到小城镇里念书，租房生活的花销。它善解人意，不存在我们谁是主谁是仆，谁是发号施令者谁是埋头流汗者的关系，我们相伴，亲如兄弟。

牛的眼神，牛铃声、哞声，父亲的叹气，包括晒得流油不找凉荫歇息的倔脾气，都心有灵犀。从下地学耕算起，挥了多年的鞭子，从没有抽打过它。遭难肠时，我空扬的鞭子最多抽打几下草地。其实我连鞭笞草地的资格都没有。因为草养活着牛，牛养活着光阴。每每在我把草地打得一片稀烂，草叶草芽折断时，我便憎恨起自己的粗鲁来。乱草之下，还有蹦跳的蟋蟀、蚂蚱和蚂蚁，它们是无辜的，不分昼夜地唱着歌，为困乏的人们免费演奏交响乐。牛看出我的失落，用鼻子拱草地，拱我的脚面，一边拱一边望着我，倔强的它眼含柔情，充满宽容和谅解。

牛在前面走，我跟随到地里，它主动站到没有耕完的地畔。我缓慢地套上缰绳，挂起杠头，把鞭子朝空中一挥，牛就下力气拉犁，野茫茫的地里，犁铧像翻云一样哗哗地翻土。如果要翻出野草的深根密须，得把杠头抬起，杠把抬得越高，杠头就扎得越深，泥土就翻出得越厚。牛蹬紧前腿，埋下头，缰绳就扯直。草深板结的土地，牛得卖力耕。它明白深耕浅种是这片土地上的生活，这一垄垄黄土地是我们的命根。它毕竟全力支持我，成为满乡里种出几山粮食的匠人。

有时候放下鞭子，用吆喝声唤它掉头，"嗷"是向左转，"吁"是向右转，种完麦糖地时，我只在糖上压一小块石头。人们笑话我不会糖地，舍不得使唤牛。而我清楚这世上我若不爱它，便无人心疼它。它不会说话，除了耕种，还是我的友伴。在我从这片地里第六回种小麦时，隔一年的耕种倒茬，牛从没有向我表达过劳动带给它的疲倦。它一直是我的好帮手，即使在它身体不适时也努力硬撑。只要我坚持上山把杠头下进泥地，它就能忍住病痛不顾一切深犁，绝不屈服于杂草缠根，不屈服于板结和绣着料姜石的黄土地。

傍晚，一顿青草拌麦麸的晚饭，是牛的幸福时刻。除了下山时在半路水泉埋头喝过一气子泉水外，它整个身体饥困难耐。我赶紧丢下鞭子，把草帽挂在墙上，把杠头卸到耳房，摘下牛笼头，抱一抱子青草放入院边石槽。牛儿跟随我来，站在大椿树和石榴树间的石槽边，一边摇着尾巴，一边有节奏又愉快地咀嚼，好像它就是天底下最幸福的牛。

后村里最大的事情，莫过于劳动之后的此刻，牵牛饮水，吃饱进圈。卧进圈的牛，感觉到一种浑身解放的惬意，睡前看一眼天，星星月亮是晴朗的高远，稀疏，明亮，它把头往屋檐遮不住的圈外伸了伸，它要让黎明很早叫醒它。它还惦记着赶早上地，抓紧去耕完天黑前没努力耕完的坡地。

它始终把干不完的活，归咎为自己不够卖力。

一家人坐在院里吃饭，月色省去了点灯。我坐在门墩上吃第一碗饭，第二碗饭蹲在屋檐台上吃，小黄狗蜷在我身旁摆尾巴，它一直跟来跟去陪我，但能等到食肉啃骨的时机是有限的。我想小狗够笨，它不会算，也不懂历法，不年不节，我们碗里只有酸菜、白菜、萝卜和洋芋。它养在我们家吃亏了，但它不嫌弃。

天渐渐黑了，似乎起云了，风开始呼号，从院头到门前，门板吱呀，窗户纸扑棱棱响。我看不清父亲了，他在树下还收拾着农具，磨镰刀，打楔子，给架子车胎打气。父亲要让每一样农具时刻临阵以待，拿起来就能干，个个都顶用。

父亲说："劳动是像牛一样架在日头下的地里流汗，虚情空喊没用，闲摆设没用。"天阴的夜，风一阵狂烈一阵轻柔。宽叔喜欢在深夜漫无目的地夜游，熟稔了一辈子的夜风，停滞在天幕下的小路和田埂，满庄鸦雀无声。

另外一个黄昏，太阳比往日早些落山。细雨像游丝一样飞，像烟雾一样织，飘到我脸上。那些落在树叶上、牛蹄窝和土院里的雨，不着痕迹。

我照旧拾起靠在门框上的锄头上山，天色忽明忽暗，天穹越低越沉，收获完的秋野上一片衰败。除了不怕冷的野菊花，前山后山的沟壑岇梁，几场雨就枯黄成灰了。

风刮进院，吹得堵成墙的玉米秸秆作响。樱桃树昨天还绿的叶子，今天三片五片地凋零。我们在院里挖地窖，一季的洋芋、萝卜，还有即将收回家的200多棵白菜，都要下到地窖里越冬。窖上面支起木头，铺上厚厚的麦秸和荞草，再用玉米秸秆压严实，确保密不透风、雪落不进。果树和水缸，都要用草秸包起来，防止冰冻。曾经遮蔽房前屋后的树木，几夜间只剩下秃桠，任风穿行。后村通透起来，山野豁朗起来，院门一开一合，被来的风关住，被去的风推开。风展开手掌，把我们推向瓜果累累的秋天，白雪皑皑的冬天。我们静候白雪红灯的年，缄口不言。要是多说一句话，就会耗掉抵御天寒的热气。

黑夜比白天漫长，吹灯前我要去院门口看看，把松散的玉米秸秆用葛条绕起来，把窗户推紧关严，再看一看顶在柴门上的木棍被风吹掉了没有，还要再看一眼将睡着的牛、鸡、狗，拴好缰绳和圈门。另外要打着梯子和手电，查看置于墙台的铁锚，在不在老鼠经过的位置上，最后用火棍把填在炕眼里的麦衣搅一搅，以确保后半夜保准燃烧，不让亲人感到风和冷。

越是天冷，我越懂每天重复这些琐事的重要性。世上有千难万难，其实遇到的不过几难。乡里人一遍遍烦琐的耕种，盼得其实是安详福顺。我们共同挨过长冬，等出走和失散的人如期回来，等春山复苏。

站在院里，风让树叶全落，旷野一览无余，现出这片土地曾经的丰腴与现在的身孕。我辨不清方向，无根的云朵遮不住骄阳。云环绕四山，包围着鸟儿飞走后的天空，漏出来的阳光，安详地把村野照彻。

风向山打听藏在田野草垛间的秘密，问走路缓慢的父亲，谁明白世间的甜是无数隐秘的苦换来的？谁在乎枝条高过屋檐的生长是阳光甘霖的功劳？谁还敬畏泥地里挣扎的夏家垴人经历的苦辛？谁又算过靠墙根抽旱烟晒太阳的人和出家守庙、居家修道的人，度过弥留世间的时光是不是一样久长？

长老的椿树、桑树、石榴树立在院边等我，它们担心夜归人没月亮时迷路。后村黑得鸦雀无声，锁门闭户的院落更黑，听不到夜猫游荡老鼠追逃的动静。山野俱黑，星空便分外明亮，照着劳累一天夜归的人，护送他们再晚也要回家。

拾一片落叶，就能听到故土的心跳。父亲把深积一秋的落叶扫成堆，烧成灰，再施给树。倚靠门框，风呼啸而来，把院门紧闭。迎接我的风，并没有不理我的意思。

急促促和慢腾腾走的人，要么走在争当标准城里人的路上，要么一辈子是个乡村人。他们拼命淘金，但人生不一定如他们所期。城市吊高人的胃口，勾走人的魂，却不兑换在所不惜的努力和牺牲，不理所应当地证明奋斗的价值。

好在乡村给离乡人发过一张永久有效的还乡证，写清了随时告别又可以随时掉头。这如同童年的风雪来临时，我们可以躲进暖融融的草垛。土场上的风拧成绳，卷我们钻进秸垛玩耍，听欢愉的风打落叶，枯枝悄悄孕育新芽，被沙沙的岁月和雨水养着，成为春天的坡林。

天气一阵阴雨一阵太阳，并不影响一辈子陷在山地庭院里的劳作，此生此世伛身黄土，并没有明确的目的、愿景和理由。几垄薄地无论旱涝灾荒，总要想尽办法多打出些粮食，甚至固执地去做与老天较量的事情。在艰辛又久长的春秋里，没有计算过经受的挫折、负重与不幸，任岁月日复一日早作夜息。

我的农民父亲，一辈子不甘心地活着，特别卖力地把认为一个父亲应尽的人世之责尽完毕。我这个常有过错的儿子还乡上山，不过是对过远的回念和祭奠，从那人生之舟流经的岁月之河里，寻找沉浮于沙砾还依然放光的金子。

往事一点点全靠了岸，我停下桨。

后村人一开始盼望儿女长大，是想尽快分担繁重的农活。在倾尽其力让家人吃饱穿暖后，他们蹲在院角落，靠在土墙头，为肩膀支不起光阴而苦恼，为娃念书盖新房娶媳妇而焦心。许多时候，他们独自进行着比思想家还更为复杂痛苦的沉思与冥想，最后在并不熟络的人情世故里求这求那，全力铺路，为的是让儿女不重蹈覆辙，免受磨难。

为此他们到了精力已不充沛的年纪，仍然不顾体力与重压，拾柴，挖地，种菜种药，想让儿女念书的路走得更长一些，他们照旧起早贪黑，在年集上赶小生意，尝试种新品种，冒险建圈舍，月亮下在河里捞砂，贩运，开荒，不吃肉菜不穿新衣，用外面挣自个省的浑身解数，企图以身心劳累的变形，乘以年复一年的秋种夏收与无法计量的汗水，从而得出丰歉不定的收成，供养儿女以另一个积的形式，开启未知的二元一次方程。

在父母费尽千辛万苦让我们有幸脱离后村走上求学路后，他们确没想过插上翅膀的儿子，从此将与老家疏远。在盼到我们结婚生子后，他们除了喜悦的忙碌，又沉醉于乐享天伦，全然忘记岁月在身后追加给他们的苍老。我们撑起一个个小家后，老家渐渐成了闭眼就想起的很远的路口。

携带妻儿，回到生养我的小院，这是任何浮华都不可能替代的我内心最隐秘的一角，让我始终厕身与大山乡野的血脉兄弟同甘共苦。风提醒我亲人的年老，明日未知的天气提醒我，一些果实要连夜采摘，荞已落过几场霜。这恰如白居易在《村夜》里写的"独出前门望野田，月明荞麦花如雪"。听黄昏唱歌的风，能够重温生活。后村的山河与亲人，晴天下地雨天家务，一切如常。岁月追赶他们走上下坡路，原来，一个剥离乡土的人，不是和村庄关系生疏了，而是拿不出什么来还。

风四下里扫荡，雨收住了线，阳光从云缝探出头。天空瞬间晴朗，大地散发着潮润的和煦，玉米挂满架，亲人们在小院盼我，说起就起的风叫我……

山堵不住风，说明寒冷快要来临。

生如转蓬，风拦不住季节轮回与无常。一辈子的遗憾就在黄昏后开始妥协。空山落寞，是苍凉的风把子嗣全部交给了大地。我知道风在野地唱的歌，知道枝条伸向屋檐是树的心高。暴雨过后，树在天黑掉的村口等我，风摩挲出声响给我指路。

走在坡路上，看见炊烟向西的家。几十年过去了，那扇虚掩的院门，风来风去，既掩住世间的荒冷，又推开流年的深远。

落日一寸寸往山谷里掉

　　我不止万次走在这条路上，从木门木墙的北街再往北走，拐过清真寺，上柳树坡，一排排白杨树和电线杆齐刷刷地退后。

　　祖居的屋院在夏家埫北山脚下的小山村，车子每从西狭隧道穿过，我便兴奋——秀岭堆叠的后村就在眼前了。

　　一天最好的夕阳洒在商店门口，听戏的二壮靠麦草垛睡着了。怅望河谷，村野被晚霞装扮。过耳的风，提醒离乡人去四处看看，催促我到将断流的河边去打捞快遗忘的东西——密麻麻的树双河的石头。依着山脚，田野里崛起了幢幢小楼，变电所青砖院墙下，河草蓬蓬。停留童年的河岸，浪花摩挲过脚面，夕阳照亮清凌凌的河水，罐头瓶中游着摆尾的小麻鱼。风吹过房院，烟囱熏黑墙壁。风滞留胡同，几经盘旋从巷口吹去，那短暂的开始，冗长如蚕丝般芊绵的结束，都起于孩童时代的热望。火燕子发出打战的唧啾，满天红霞不理会一群少年过早的感伤。

　　风将吹过采撷回来的芦花，这蒹葭的来世，又能存留几天？

　　从脸庞飞落捧在手心的树叶，绿意消殒。易逝的光阴呀，在多年前就告诉我，千万不要去跪求万事如愿。每次路过小学操场，望着熟悉的街角浮想联翩，戏楼空洞，跑道坚实，不由想起下课后，在烙火烧的炭火旁烤火的情景。

它们温暖如旧。即使树会死人会老，但老街老屋老庙老泉老作坊仍将存活。

温暖的霞光恰好铺在校门口，碰见还没调进城的老师、挂铁钟的老柏树、没翻新的旅店、一街的货郎摊贩。卖麻花卖锅盔的小摊上，悬挂的二维码被风吹动。一群少年抓起石头，在河滩里比赛打水漂。

风息星回，天气预报说这片山谷将下大雪。在瑞雪初临的老地方，我从中学穿过街道经过邮局，走过卖柴的街，朝车站走，越过浅桥下被雪映得晶莹的双河，岸边没有菖蒲、藿香的馨香。人们走在纷纷扬扬的鹅毛大雪中。脚下响起一阵阵的踩雪声，来自村镇的虚静、乡野的安宁。

我们登上山顶，满地白盐让小镇如雪国。

遇上阴霜天气，小镇人闭门烤火。街铺打烊，无人的路上，我又一次趁着暮色，拎着一本书回村庄。站在一头毛驴前眺望四寂的村落，早年骑毛驴的人现在已抱上了孙子。这是全镇最后一头驴，将在度过这个夜晚后卖向远方。初冬的晚阳投射在山墙上，亲人团坐于土炕边围着火盆煮茶，焐热浪子的心。

就看看雪吧，大雪将埋没人还想奔闯的念头。

人的谋生如行乞。一切都臣服于大雪了。风在呼号，入夜的落雪沙沙作响，年的流逝让人心慌，装梦的蜜罐终因没能抵抗过严寒，硬被冻裂。

刘醒龙说再伟大的人回到故乡都是孙子。无足轻重的我见过一些名山大海，但手艺风俗失传的后村，我已无处拜师学艺。墙角炉塘里的火柴棍，点不亮耳房里的油灯。过梁风一来，墙缝里的风就吹灭灯盏和火苗，父亲在黄昏里赶着做完手头的农活。落日斜漫屋檐，赶走土墙一身的晦暗。夕阳拉长坡野，一寸寸往下掉。

后村的太阳落山了。

我从头数哪片地还种着庄稼，谁家还有牛车，赶集人常走哪条小路。看见坐在草坡上不放牧的王五，用一把旧镰刀反照阳光，通过锃亮的刀刃，把光线收入装牛草的背篓里，天不黑不离开蓬花如星的坡地。他自言自语，仿佛在对牛说话，诉苦，看得人落泪。他知道没收割的玉米姓啥，不听话的鬼针草越地界长到了谁家秋地，蟹钳一样的瘦果长着倒刺，粘满打山人的裤腿。他每天都跑上山梁，目送行走了一日的太阳归山。羊地沟树林里，几树火艳艳的野山楂映红水泉水坝，映红后村弯向山肩的月牙嘴，让一坡南蛇藤倒悬在金色的土坎。

减速的风，让夕照用尽全力，晒没饱荚的黄豆，没干透膛的柴火。

落日深知它们的心意，在快落山前似乎又故意升起，把将入黄昏的后村探照，给高岗庙墙投上晚霞，把已经过去的早晨、正午和下午，翻晒一遍。

凭着打一个哈欠后将消失的日光，人们种下最后一把豆籽，栽下一垄菜苗；人们捡起遗在地里的麦穗和洒在半路的柴草，走完山湾最难走的路，放下水桶扁担，扫一天的落叶填炕，数够一圈的畜禽栓门。落日心疼耕了一天地还未下山的牛，心疼院边树下慢腾腾的我还没写完生字，便把日光的角度偏向我，拉斜，照展，保证我答完作业题。太阳喜欢我得满分，祖母炒一根葱两颗鸡蛋奖励我。

夕阳长时间映在西墙，把强风雨泡得坑洼凹凸的矮墙，照得像一大块烤馍片，金黄干脆。它还照着猫尾巴一样欢摇的毛年草。高檐低檐，给大地切割出形态各异的阴影，上房与西房合檐，大树和小树重影。夕阳越掉越快，偏离一台台房院和土墙，离开苔藓丛生的大地，再没有一道影子。靠草垛晒太阳的人不情愿地起身，刺架林梢晒着衣服被单的人收筐回家。喊我吃饭的是祖母。隔着场院，我问"啥饭"，祖母说，"好吃的"。跳下土坎隔着院路，闻见饭菜的香味。一盘热菜，用一只洋瓷碗扣在烧水的锅盖上。夕阳顺石墙照进灶房，跑散的烟气里，几十万光粒团聚于从窗而入的光束上舞蹈，让我看清祖母脸上的皱纹。

夕阳落窝后星星跳出来照亮。玩着忘回家时，祖母做好饭在大塨等我。天一黑她就满庄寻我。如果摔跤或被虫蛇咬伤惊吓后，祖母进7家门讨要7种颜色的花线缠绕鸡蛋，蒸熟后依在门框呼唤："坚坚娃，吃馍馍，喝汤汤哩！"夕阳送着软风，我边进门边应答："回来了，回来了。"也许因为这乡俗的保护和善意，我从未在夏家塆几十里地里走丢，哪怕摸黑跑入幽深的沟岔，也没迷过路。

太阳掉进了山谷，赶路人回到了家。夜幕迟缓地降下来。"十七八，等一下"十五过后的月亮要等入夜半响才出山。风儿停下跑，云影停住脚，天就变了。树林多的地方夜路长，有人跳过明镜似的水潭，吼着"双扇扇的门来，单扇扇儿开"。

穿行在溢满豆香的后村，那盏院灯一直亮着，那扇院门只是被祖母虚掩，又被大风关闭。但脚到院口，门就咯地被拉开，亲人定定等着我们。傍晚的山村，传来婴儿出生啼哭的喜讯。

我的身上带着泥

我命里已经抹不去，泥在身上的那层土黄。

黄土黄，是夏家塄土地的原色，也是生活变成为岁月的颜色。抬脚上山，树林就横陈面前。还是放牛的山割草的山，捉松鼠追野兔的山。

乡亲们拾棉花回来，荞麦正在寒霜中收割。一同出门的十多个人，又有两家留在了新疆，孩子转学坐飞机去了那里。

山上的药需连夜挖，如果山西药贩子开卡车走了，桔梗、党参便卖不上好价钱。

小镇比往时多了赶集的人，沿街新开了奶茶店、熟食店、烧烤店，建设着步行街。饭馆门口围满食客，马路上穿羽绒服的男男女女，多过了穿布袄的人。拥挤的车站拉行李箱的人，超过了背背篓的人。年轻人视频聊天，拍抖音。人群中如果突然吼起秦腔，那是老人机的铃声穿透闹市，但老人听不到。

快过年了，车站涌满回乡过节的人，他们是正月出门的小伙姑娘，夏收完离乡的娃他爸他娘，是几年没音讯贸然一脚戳到夏家塄把小镇人吓一跳的见过世面的人，油头粉面，不像老板，就像干部。

他们是平凡的人，这儿是他们过年歇脚的驿站。

怀着朝圣的心情上坡，左拐右盘向小镇以北最高的山走，山顶是洋槐林，山腰有细泉，山崖上怪石嶙峋，山脚下村野沟深，四周是一级级旋转隆起的梯田，组成连绵的土梁高坡。

成片的庄稼填满童年。我们在村野间玩耍，弹弹珠，来瓦，打鳖盖，捉迷藏，荡秋千，亲人和乡邻忙着去挖地，担水，碾场，择菜，淘粮食，听见院畔的呼唤——"黑炭哦，吃馍馍喝汤汤哩""满银哦，吃饭了""狗娃哦，你游哪达去了，赶紧往回走""碎平哦，快点来，你舅舅和闰生来了"。这坡地上，生长过金贵的小麦玉米大豆高粱，牛羊低头吃草，小鸟欢唱，土路上有踏起的绵绵土和伙伴跑远的身影。

后村矗在夏家坬怀里，面沟朝坡，不是土台，就是土洼，站在山顶，望腹地上狭管般的小镇，看顺山靠水的座座村庄，田园丰稔，世俗美好。

人间香火，从一年祭天拜地又祈福求雨的事件中，连同小时候认过的泉拜大、树拜大、石拜大，和所有庙会、传神、唱戏的礼节规程，一起在血脉流动。

向北望去，它是层峦叠嶂的西高山、仇池山。向西望去，它是高耸入云的剪子山、云雾山。向南望去，它是连绵不绝的五仙山、天寿山。向东望去，它是崇山峻岭的天井山、鸡峰山。这种站在群山之巅的感觉，有松风相伴，让心潮澎湃。

放完牛，割满草，游四方、吃酒席的人顺羊肠小路下山，与汗流浃背的人相会，旷野吹过酣畅的风。从没有什么劳动，能比这挖地、拾柴、赶集、磨面、盖房费力。只有劳动，能让人活得有尊严，只有筋疲力尽，能让人睡得瓷实。

我坐在山坡上提弹弓打鸟，用麦草棍编蚂蚱笼，在小潭边用水草做水车，藏在崖窟里烧洋芋，躲进公路涵洞玩耍，仰卧在草地上数云，坐在高坡上数汽车。那时候看山，它们万古不动地阻挡我们眺望，心里不禁生厌："这挡路的山。"

甚至从小嗔恨山，埋怨山路晴天土雨天泥，一下雪就封山。

阳山坡放牛的人说："大山是空的，山坡有几个地方土皮薄，从高处跳下去，能听到腾腾的回声。"我蹑手蹑脚，生怕把山踏个窟窿。还有人说山肚子装满石油，爱吹牛的娃娃说："我骑在牛背上把飞机打得嘣一声。"还有娃娃说："我在山顶，用弹弓打到乌云，结果大雨倾盆，没来及跑进崖窟就泡成了水鸡娃。"

云往南，下成潭；云往西，晒成灰。父亲用一堆堆云的颜色、流向和形态，判断来日有没有好天气，瓦碴云会晒死人，扫帚云会泡死人，燕子低飞蛇过道，必有大雨到。从清晨的露水就能知道中午太阳有多晒。羊奔清明牛奔夏，顺羊蹄窝便能找到茂盛的嫩草。

黎明，人们在挑水的路上，先抬头看一眼红咀山。特别是收种季节的早晚，要仔细观察云霞，以便做好整天的农事编排，尽量少受天气搅害（耽误）。夏家埫人说："早晨雾一雾，干粮时候晒破肚。"打勾勾的扫帚云会有连阴雨，满天的星星太稠密，第二天不是阴云就是雨。夏家埫老人还讲：大山戴帽，烧炕睡觉。那时流传乡村的俚俗谚语，是放牛娃的儿歌，还有跟随讲古今的老人身后听他们讲历史奇闻、养牛和农事的经验，偶尔逗趣说笑讲山里面稀奇古怪的事情。

连着几夏，我们兄弟俩顶替生病的母亲去邻村的高山修梯田。骄阳照着大汗淌着，砌完一截地埂的人坐下来抽烟。一锅烟工夫，连讲几个故事。话匣子打开后，讲的人听的人，整个身心都豁朗了透畅了，宽叔给大家烧洋芋，卫叔给大家唱小曲，满山的笑声绕梁，人们忘了悲伤愁闷，累垮的身体又充满活力。

这时候，一旦谁家又遇娶媳妇、嫁女儿、送老人这样天大的事情，再忙再累，又都赶忙放下活，帮忙借板凳，搭帐子，切菜碟，煨烧酒，把事情办圆满。

我不会忘记他们，包括去世的叔婶作古的村邻，不忘他们埋头弯腰的劳动。自打高速公路穿山而过后，没有后代子孙愿意拴在地里。

风起还乡，残余的庄稼夹杂在三坡七梁的荒地间，破土一拃的麦苗，正半寸半寸地长着。汽车驶过后漫卷的尘土，扬起又落下。昨天还随风吹动满树扬的秋叶，一场霜就缤纷一地，绕树根铺成一个圆。屋檐下，停放着散架的牛车，耳房窗台上，挂着霉尘落满的草帽，打麦场上，堆积着不知何年的烂柴垛。

炊烟里，嫂子从不厌烦，换着花样给老人做饭烧菜。

坐在梁上，山湾里五彩缤纷，红的是即将开败的山桃花和杏花，绿的是油漉漉的麦田和满山新芽，黄的是一垄垄油菜花，白的是把黄土地切割成玉带的地膜，紫的是像铃铛又像喇叭挂满树的泡桐花。那天的午饭，有从底水泉的溪头采掐回去开水一焯凉拌的香椿、鱼腥草。补丁般的麦地油菜地，养活不了明天。成群的麻雀，不知去了哪里？

自从没有了牛蹄窝，真正意义上的乡土就失去了。我走时，故乡没有走。我回来了，故乡已经走失。玉米的兄弟还是高粱，但村里的姑娘已没有小芳。

风把落叶铺满院门，草封锁门板，生锈的农具挂在院墙上。我如钉子仨在原地，排山倒海般想起坐在牛背上骑牛远征，爬梨树摘青杏，坐在木糖上当配重，跟母亲天麻麻亮时去南山拾柴，三伏天缠山腰去挖药，摘松果，走10多里地的水沟去割草，跑几架山看电影，没嫌过路远山高。

父辈的年老与孤苦已经来临，但应该早早放下锄头的人生还漫长地在受罪。一刻也不抬腰的母亲赶在雨前抢种。四季来山湾，春天的山坡有野草莓，夏天有山杏、水桃、蒿瓜、松子，秋天有马桑籽、番瓜，我们牢记它们生长的地方。

野菊花如一排排灯带，点亮高低的土坎。四起的风吹着没砍掉的玉米秸秆，扬起车辙里细绵的土土面。留在田里挣扎的，是我连叫几声都不回应的父辈，路头巷尾的谁家孩童，是我叫不上名字的晚辈，他们嘴里叼着奶瓶。亲人们身背肩扛，气喘吁吁，沉重的担子一刻没有放过。他们依旧土里刨食泥里踩，我祈祷并祝福他们！

大山庄严，他宽厚的背影支撑着我的懦弱与卑微。不时有飞机鸣声隆隆，从山岭之上飞越。我用灶眼余火烧热新盘的土炕，睡在没有牛哞马嘶的村庄里，任露水和晚霞安抚我，重回到地丁草桔梗花开放的原野。

大山一望明净，足以洗去充盈眼角的泪痕。我是一块泥巴，被世事揉捏成了这造型。我的眼光短浅，已经是我无可更改的本能。

薄薄的故乡是一片云

　　苍烟落照，人难以断绝的，是生养自己的地方。胎盘降临的地方，注定难以脱胎。

　　亲切的黄土地呀，一坐在上面就有一种无可替代的体贴与瓷实，让人心安神定。坐在院里看星星，樱桃树下乘凉，让人无比舒畅。晴丽的，陈年的，遗传的，流逝的，永恒的，迭变的，光阴的沉静多于热闹。但只要进院，头就能低到祖先的余荫里，与父亲共同劳动一天，就又有对村庄新的理解，提笔欲写。

　　那过去的地主当今的农民，祖辈的商人父辈的医生，都是这里的后代，都因勤俭和刚强，而让父亲有一种不可摧击的超常韧力，能承受那足够残酷的磨砺。

　　夏秋交接，我带着儿子重返夏家塆，想让他清楚地知道：他的老家在哪儿，根在哪儿。我想让儿子从小能懂得苦，并能在孩童时期就树立植根于厚土高天的世界观，并亲眼去看亲耳去听亲手去做，以加深从小长在城里对老家非常淡薄的认知，让他去陪伴他的爷爷，拔一麻袋艾蒿叶换回40元钱，让他觉察出疼爱的分量，明白他的爷爷年近古稀仍旧不遗余力在写梦造梦，教他拿上小锄头小铁锹去学习劳作，开始一个男人伟大的创造，父亲叫修理地球，哲学叫改造自然。

所幸有贵人扶我，一路遇到多是正直的人，让我受到的挫折有限，但现实毕竟沉重如铅，回避的始终不知怎样面对，如父亲不怨一切，任身上的汗尽情流。

生活对我厚爱有加，不论是当年上学、找工作，还是找单位调工作，不论是在汶川大地震中无家可归，还是后来在城里借居租房，那些小平房与大杂院，擦肩而过的人们，给过我不少关心。这种温情护着雨夜雪天赶路的我，让我咬牙闯过原想妥协的难关，又让我发现了许多超乎别人所见的生活真相、人情冷暖。

喂养过我们儿子的岳母因高血压摔跤而去世，但我们依旧得到亲人们的接济与添补。尽管我们在此前努力给父母在城里置办下楼房，但继承好老家老宅老院落，不仅仅是母亲的唠叨，主张这件事的，是千思万虑的父亲造了一生的梦。

不当父亲，永远不理解撑起一个家的重大责任，这是父亲和像他一样的农民为了儿女最基本的职责，那就是父辈一代要为儿子盖新房，这件头等大事关系到他人生的圆满与尊严。可我多少次写下又删去，不忍直叙，因为他受"文革"的影响纵然成绩优异，也被剥夺上学资格……

儿子还不知道，我的父亲是我的祖母独自养大，我这个没有见过祖父外祖父外祖母的孩子，常在小时候被人摸着头，那怜爱不乏怜悯，鞭策我做任何事首先要长心要先受罪，其次要受苦受气能自食其力。

许多年后，我常常梦见在他乡时收到父亲从小镇寄来的信。他除了关心我吃饱穿暖，更多是叮嘱与鞭策。可惜我不够用功，距离父亲定位的目标太远，但父亲不怪怨，像他对好多够不着的生活妥协一样，默认我的普通。

为了活着的油盐与柴米、供养与尊严，为了盖房定亲天经地义的职责，父亲不遗余力。他建造的房子在暑尽秋来时竣工，没靠国家也没靠我们。面对坐北朝南、遮风避雨的小院，这座院落费尽他的心血，耗尽他的积蓄。他也算终成百年基业、亲手建好家园的人。他视这些为对先人对后辈弥补的亏欠。

我的手机里一直收藏着老家的定位，甘肃省陇南市后村。混碗饭不易的时候，我佯装轻松地怀念乡间的挖地锄豆无比美好，向往"晨兴理荒秽，戴月荷锄归"的田园，却忘记了山中的辛劳。硬化的村路已没有扬尘吹落，人生有时候打肿脸充胖子，一意孤行，回过头来用农村的标准或父亲的信条考量，我们身上还没有靠撑，而老父老母却像墙中的柱子，暗撑着横梁，以劳苦到苍老换福报……

父亲改变家庭，却无力改变他错过时代的处境。他怀揣明辨善恶的心坚强过活，用一辈子到头的劳作，把他认为应该在人世的所尽之责无遗无憾地尽完。后村在打鼓传神，院树不知凋谢过多少花朵。初秋多佳日，夏家塆在繁荣中荒凉，又在荒凉中繁荣，保持着山岭的风土地气。

遍插艾蒿少的是我的哥哥。他在河西的雄关边眺望，云朵在天际造出座座奇峰，细密的流沙飞出一片雾霾。小路弯弯，像根扁担，一头挑着远方，一头担起大山。

我薄薄的夏家塆，薄如几句话就可写满的纸，又厚如绵延几架山涸蓄几场雨，却绝不空虚的乡土。

五月的麦子遍山黄

五月头，城川坝地和西汉水一带开镰，从平畴到山巅，随着黄鹂鸟"旋黄旋割、四川的麦子割倒了"的一路转唱，陇南一带的山麦次第熟黄，从青麦灌浆到柳黄金黄，麦穗渐渐饱满、倒弯，山风翻卷麦浪，披纤的麦芒在日头下闪着银光。

麦田里的小型收割机，吐着胖嘟嘟的粮食，撒一地咬断的麦草。父亲头戴草帽捡麦穗，山上撒满弯腰握镰的麦客和庄稼人。麦地之外，是栽树种药长草的梯田。

粮食呀，这千千万万粒的麦粒，满山人指它养家糊口。翻阅县志，成县除了是文雅异彩、诗意栖居之地，还是物华天宝、陇右粮仓之地，稻、黍、稷、粱、麦、菽，一样不少地生长。

十几年前麦子黄时，乡亲们虎口夺食，宁愿天晒得冒烟也不盼雨，成熟的麦穗在闷热的潮蒸下一旦来不及收割，就长出绿芽；摊满场用牛或拖拉机碾的麦子，晒干簸净的麦子，一旦泡雨塌场，就在归仓前颗粒无收了。我们赶在中午放学的空，拎着电壶去山地送饭。

父亲常带我们在月亮下割麦，镰刀割在壮实的麦秆身上，如同弹压到无数簧片上，发出收割中最美妙的声音。望着稠得挤破天的星宿，父亲说天要变了，割完的麦赶快要垛起来。我们把躺满地的麦捆，九个垛成一轮，让麦穗簇拥一起，父亲用秸长个大的麦捆剥出一顶麦帽，戴到垛顶，蛋黄色的月光洒满麦田。风寂定，人闷困，蟋蟀在石墙里唱曲，我抱着几何课本补修，很快入睡。

有一天暴雨将来。我拉着满车的30多捆麦子，在红陡坡右转弯时，由于装偏，且没有及时压住左车橡杆，翻入渠沟，幸好我低头逃脱，车没压住我。

这时，远处的羊地沟，一块麦田着火了，估计是三叔靠麦垛抽烟太乏睡着了，引燃了麦垛。一地麦茬子像被浇了油，在风中爆裂，火苗跳窜，铺卷，一沟的人扔下镰，跳下坎，放下背架子，都去扑火，只几片云飘过的时间，金色的麦地，十几个手把垛，瞬间烧成了坨坨炭灰。火开了场玩笑，一季收成就没影了。

风停了，乌云聚集，我坐在翻掉的车边接着等，等够路过的乡亲，他们放下小山般沉甸甸的背架子，把衬背搭在拐杖上，大家喊着号子，光脊梁上如豆子的汗珠，在用力吆喝的时候颤落，他们集体一鼓劲，就把我的整辆车重新摆平在路上，然后把甩偏了的麦捆又一齐往左边推搡，再勒紧绳索，我就又继续上路。

天极其闷热，我顾不上擦汗，用两只胳膊搂住车橡杆，让刹车刮在路上，发出减速的摩擦声。最后，我乘着这段宽展的下坡跑起来，凭借惯性，冲过前面坑洼的平路，以及将要转拐的一段上坡。我收起双腿，整个人压下车橡杆，脚步瞬间飘起来，只有脚尖轻盈地挨地，车轮快节奏地飞转，传出重压之下的嗡响，麦秆打在车轮的辐条上，噌噌作响，车速越跑越快，不是我拉着车跑，而是装载着几百斤麦子的车推我飞奔。

到了夜晚，山沟送出凉风，鸟群在树林合唱，水库在十五前后的月下皓如玉盘。忙完打碾的人们，带着孩童来到堤岸，躲在河边树影中，洗去满身的汗和灰土。刚刚洗完锅灶的女孩们，也来到河溪之上，洗头发洗衣裳，身边跟着扇长耳朵的大黄狗，它们追逐嬉戏，女孩们低头说悄悄话，言语热切而亲昵，大眼睛扑闪扑闪，粗辫子解开散如瀑布。有谁在土坎上吹笛子，吹得满河人抬头望，他似乎觉察到有人听见，便停止了吹，又大咧咧地背诵起课文。

这样的五黄六月，赶场的麦客坐满邮电所檐下。令人惋惜的是，那些劳动的人，前夜还给邻居帮忙收割、修房补院、裁衣缝被，早晨起来还碰见挑水，晌午时分还在日头下割麦，突然从那东梁上就传来哀号。

这是有人又不顾收割的繁忙，撇下儿女亲人一咽气就走了。

下苦的人老得快。村里同岁同伴的老人们丢下镰刀背架子，赶去烧纸和送别。院里屋里生起炭火，烧水煮菜，蒸盘，煎油果子。馍馍一锅连一锅揭，装满笸篮。

跪在草铺上，一杯薄酒奠三次，作三个揖，念叨三句话。

第一句是"你急啥吗，新麦面都没吃上就走"。

第二句是"你心咋这么硬呢，舍心把一帮娃娃扔在这世场不管了"。

第三句是"你走前咋不给我们念叨一声，也好路上搭个伴"。

走的人焦急，麦没割完的人瞅着天色焦急，口粮不够吃的人更焦急。

石墙里的蟋蟀往天明时唱，蜗牛爬上了墙台。多希望太阳往破哩晒。父亲焦虑于收成，担心我们的学费。我只顾干活，担心没有星星的夜晚天亮后下雨。

酒席上，唢呐吼天，三节铳连响三声。出坟前，"喝汤"的发丧令朝一庄人高喊，叫醒后村。

亮在天边的灯

　　小时候，常问姐姐："最远的地方在哪里？"姐姐指着山外边的远山和翻过山的大路，说："就在那望不见头的天边。"

　　昏沉的夜晚，鸡犬归窝，鸟儿入巢，鸣虫入睡，大雨自窗外连绵地下。祖母说："把灯吹了睡吧，这样学，煤油撑不到月底。"

　　写完生字，我一遍遍背新学的课文，沉浸在散发着油墨香味的书香里。油灯下，那书香混合着秋雨的潮润，芬芳而迷人。

　　1987年的秋天，我兴高采烈背上母亲用破布条缝制的碎花书包，走进了镇中心小学。父亲也已翻熟了因我的降生而补分给我家的料姜地。

　　有一天走过老师窗前，看见她桌上放着一只用废玻璃药瓶制作的煤油灯。油灯瓶很大，估计能灌装二斤煤油。偷窥这灯，心想自己何时能有这么一盏灯，能够无限制地拔亮油捻尽情地发光，该有多美，多过瘾。

　　而这样的奢侈在那个年代根本不可能。我们全家共有两盏旧玻璃瓶做的煤油灯，一盏是专属我们学习的，用墨水瓶改制，储油量小捻子细不耐用，主要用作晚上夜习功课，另一盏放在母亲的箱盖上，是一个装过四环素的焦糖色玻璃瓶制作的，里面从来都没有装满过煤油，母亲一直舍不得用，非到用时做一些缝缝补补。

如果是晴夜，我们都不点灯，坐在月光沐浴的院落，母亲纳鞋垫，剥玉米，砸核桃，我们绕着院子背课文，做游戏，捉迷藏，星星有时稀少有时稠密，月亮有时如镰有时如盘，我们睡在炕上看月色映在纸窗上晃动的树影。面对黑灯瞎火，我常常感恩家园的温暖，是能够供我读书赐我光明的月亮给予的，是如豆昏黄的油灯给予的。

油灯战胜了三间瓦房的黑暗。那盏箱头油少的油灯，是母亲把有限的煤油留给我们，尽量满足我们的学习用油。上小学二年级时，村庄通上了电，当时沾了距离街道近的光，去往北山的电线杆从小庙梁延伸向大豁垭山。邻村的同学们跑到我家里看电灯，搋着开关的灯绳开开关关，他们的好奇与羡慕，像饥肠辘辘的孩童遇见一场满桌肉菜的酒席，两眼放光垂涎欲滴。从深圳找营生回来的五叔，带回家一串村里人从没见过的霓虹彩灯，还有一台能放磁带的录音机，那闪烁的灯和摇滚，让静悄悄的乡村之夜沸腾。当时门若喧市的情景，不亚于全村人去追随66盏排灯的夜社火，去追逐升腾在夜空的孔明灯。

母亲忙完一天的农活，在电灯下做鞋缝衣，我们可以拉亮电灯做功课，父亲请来木匠，为家里打高低柜、大衣柜、写字台等家具，木匠家地多，白天在山上务庄稼，利用傍晚后的时间做工，木匠干完一天的活后，母亲要为木匠准备夜宵，在电灯照亮的灶房里，我帮母亲生火，母亲炒菜，葱香醋香飘满院落，父亲拿出春节时收藏的红川特曲酒，招待木匠，9瓦的电灯泡，让屋内通明，也让我们家的生活，在那一年明明亮亮。我们家的灯总是亮到深夜，电灯照耀着家具，闪耀出镜面般的光滑与红亮，向来游转的人们，展示着来之不易的收获。

那年月的风雨大雪，比现在要多，由于天气恶劣，停电是家常便饭，我的小学和初中的学习生活，多是在煤油灯下度过的，油灯照耀着田字格，油烟熏着我的脸。当连续停电多日突然来电时，我们便满院喊："电来了，电来了。"全村的小伙伴们跟着一起喊："电来了。"直到家家户户的窗户相继亮起来，整座山村溺于渐沉的暮色，星空对着灯光闪烁。

拮据的日子用电必须节省，当时一度电 4 毛钱，能买 4 个火烧，电价贵便不敢浪费，尽量在天黑前做完作业。祖母对灯下做作业的哥哥姐姐说："一天里游四方，黑了借油补裤裆。"责怪我们白天贪玩不用功。

上中学后，给镇税务所食堂做饭的邻居家买了一台二手黑白电视，14 英寸，到晚上 7 点后才有信号。夏夜里，电视放在屋檐台凳子上，天线不够长，遇阴云重雾天气信号很差，看电视的人轮流举挑着天线竹竿，在雪花不时呈现的模糊里，断断续续地看完《包青天》《北京人在纽约》的电视剧，然后又在一荧屏雪花中，意犹未尽地散场。

香港回归那年，我于千军万马中幸运地考上中专，父亲高兴，用两篅陈粮食和一季的 20 多口袋新麦，巢得了 2600 多元钱，托熟人在县工业品公司买回了一台 17 英寸彩电。也是那一年，镇上人和方圆七里八乡的人，路过邮电局时，抬头望那银光熠熠高耸入云的手机信号塔。大地震后，乡亲们纷纷盖起了新房，屋子里，房檐上，大门口，院角落，安装着各式的电灯，家里摆置着功能便捷的电器，村路上互联网信号不断地跳出来，传送农家多彩又现代的生活。

假若要我画出故乡，过去是群山环抱里的山村院落，溪流树林，是青灰屋檐的房屋布满台台土坎，柴门犬吠，牛耕人背，草帽镰刀挂在墙上。而今天，层层土房得画成幢幢小楼，门口树下停着小汽车。再遥望对面山冈，沟沟畔畔亮着灯火，这乡村的走动与说话、吃饭与日常，依然贮满真挚的爱和真诚的泪酝酿得热和。

我知道"最远的地方到底在哪里"时，生活已让我泪流满面。

回乡看云

11月的冬日平平常常，却有挂念。太阳在清晨的严霜后，明丽又温朗；山河在四野的苍黄里宁静而空旷。我如一片飘悬的树叶，被岁尾的寒风催还故乡。

两手空空的逆子，形如皮囊，无以为报。还是路过双河，路过戏楼、清真寺，路过柳树坝和瞳庄，回到山脚根的老家。

小小的村庄在上。青山周围是满眼的枯荒。天刮北风，阳光普洒，冷倒不明显。人迹疏落的村舍，许多门闭屋空，气虚影幻。鸡鸣犬吠，骤起三两声，如接不上气的炊烟，寡凉稀薄。屋檐下的鸟窝住着蜜蜂，垒巢的春燕下落不明。田野里，在最后一茬秋实收尽后，除了无边际的风，绿油油的油菜小麦，再无其他。

比之于阻挡不住的田野荒芜，池塘半方，在大雪来临前，我们坐在屋檐台上，晒太阳，扯闲话，屋内炉火煮得水响。来的朋友，部分团聚的亲人，有如与我同心而向的恋旧。一桩桩往事，便如过眼云烟那样从心头浮生。村庄上空，云，缥缈，鸟，联翩。我随意凡俗又虚无肤浅的文字，描述不清这些。

年老的亲人为上。推开门，伯父在暖炕。屋里还算暖和，木门变形，关不严实，门缝过宽，门帘显短，不时有冷风顺门缝飕飕窜入。窗玻璃上凝聚的水汽，布满冰纹，直吹一屋人的脸庞，吹动我们再也抚不平的沟壑般的皱纹。

大垧的风大，尘土高蹈，是小镇大风的杰作。有些变故，一旦发生就追不回来，有些存在，万般消逝仍依旧如故。想想父辈路过的崎岖，是劳苦的人沿大山出出进进的背负。他们拼尽全力在村庄出头，起初用肩膀和脊背，后来用架子车、牛车，才得以让我们自山村脱身。这些亏欠，现在和将来，不管怎样去补救，同样再难填平世事残留的缺憾。

行走在夏家墕的坡路，它们缠绕着大山，永踞我心。

装进我心的第一座山，是呱呱坠地的后村后面这座山。坐在父母的背篓里，游遍村后的大山小庄，坐在树荫下石头上玩土块、打弹弓，看见的土石垒成的高山，是生长庄稼与草木的土山。那时候，还是个少不更事的小孩，体会不到生活有多沉重，他们肩背粪土与收成快步如飞，生怕稍一慢耽误或者错过农时。没心没肺的我，不顾他们劳累得快将散架的身体，还任由大人背着，穿行于毛年草羊角刺戳腿的弯弯小路，得意扬扬，瞧这瞅那。我们走走停停，头顶上有鸟儿有白云，身后面有牛群羊群有松鼠野兔，它们在追。在家门口，我还不止百回地看见，亲人们给衣衫褴褛、背着口袋、拄着棍杖的外地讨饭人几把面或两个馍馍；围着挑担子的货郎客，换几件家什和针头线脑。从他们心地慈悲的举动里，我深受这种力所能及的良善滋育，得到感化而变得宽厚。也许是老天偏爱叫"瓜腾"的傻孩子，在祖母的祈祷中，最终走到春天。

第二座山，是我们劳动的山。那时候已经学会了热望，懂得了形容与描写的多种修辞，产生了摆脱和逃离的渴盼，感觉是钻天的山阻挡了我们的路。连绵起伏的大山如同戴罪的过失者，就连每天开门迎面、圆如谷仓的"小镇麦积山"，也不好看，让人从小生恨埋怨。一屏屏、一丘丘青翠得反光的山峦，因为我那时的不理解，而视它为绊人的多余，害人的障碍。那时候，我赶着牛儿在山坡放牧，伯父和父亲带着我，在山顶指给我看大路，说远方的去向。从此以后，我常怀心事地坐在山顶，细数挂在半山和谷里的村庄，数上山下山和穿镇过镇的汽车，心中生出一种碧波荡漾的涟漪，又埋下许多种子，在潮润中发芽，那是对世界由衷的向往，藏着秘密的梦想。直到得了机会，拿到考学的录取通知书，兴奋地跳、跑，藏在被窝里偷乐，不待翅膀硬朗，不等羽翼丰满，不愿回头多看，就身也不转拔腿而逃，心想着恨不得飞，巴不得一去不归……

第三座山，是远去他乡后梦到的山。它的四至、轮廓和天际线，在我的脑海里储存下一幅活态的画面，一想家时就全部浮现。它让我感恩所有的深耕浅种和汗水淋漓对我的滋养。在武都、兰州和云南，我没少从半夜惊醒，望着窗外，在有星月无星月的黑夜，一遍遍写故乡，写家山。归来非少年，山还是大山，亲人还是亲人，但他们迟缓的脚步已猝然进入生命的严冬。让亲人过上好一点的生活，是埋在夏家坳的愿望，那份浅稚之心，似乎一直鼓跳，还自带憧憬的光芒。满山的小树长成了大树，飞走的鸟群遗留下空巢，溪水常流的山沟，新修了绕庄的水泥路，翻梁越谷，环村通野。坐到烟味浓醇的院里，面对举不起镢头的泥地，繁密的野花像欢迎来客一样拘谨地笑，怕发出声，怕被人瞧不起。人群的讥嘲与冷淡，鸟很在乎，翻山越岭的豪言壮语被风吹散，许下的信誓旦旦，以及春天呼唤的诺言，因为理想全无，而踪影全无。

树叶落净的后村，树枝空拍着手掌，我心负疚，主要是多少年后我并没有让亲人过上好一点的生活，小时候的无能为力，在将近中年时仍旧无能为力。承诺要给要还要报答的幻作泡影，人生下半场时还没有实现。过不好的，终究没过好。要失去的，终究没留住。母亲说："这几天庄里有 4 份人情，加上亲戚家的要跑 6 个庄，得花 800 元钱，小龙娶媳妇了，小芳嫁人了……"我抱着女儿，似乎听出了她应付不过人事的吃力，和显得当不起一家之主要让步的退缩。

我想，我们兄弟姐妹各自为家，都渐渐忘了以前的岁月。身为被笔墨染了一身毛病的人，总会挖掘自家的伤痕来"炫耀"。大伯是偏穷山乡的人民教师，学生是数以千计的农村后代。父亲是农业社乡村医生，医治几代人的头疼脑热和小病小疾。他们身为文化人，虽然在富起来的乡村里已经过气，极尽卑微，甚至在年老后被人遗忘，但望着他们的身影，听他们至今还给我反复嘱咐的话，心就全明白：他们简朴地活着，是用不屈命运的平凡，在千磨万击的坎坷里，战胜蒙受的冤屈，做着顽强且不甘服输的超人。苦难的年头里，他们如牛如马地劳作，顾全风雨飘摇的家，他们一声不响而又躬身埋头地带着我们生活，并努力让我们极力吃饱穿暖，尽力给我们升学的支持，全力为我们创造少参与劳动、安心学习的条件，然后在我们长大成人时，有业可就，有轻巧饭吃，有资格在人群中平起平坐，有能力在社会上娶妻生子，这是不善言谈的父辈、不曾识字的母亲，人生底线的尊严，活在世上的为儿女尽职担责的尊严。他们倔强地活下来，干净而磊落。他们用虔诚获得命运的宽爱。

父辈在上，高可比云。我清清楚楚地目睹，他们从听力减退、记性模糊开始，吃热气腾腾的饺子，需要细嚼慢咽。他们已从送我们站起来的高处，缓慢地走着陡峭又盘长的下坡路，疾病与年老加剧的症状缠裹上身，把他们迅疾地拖向风烛残年。但他们挺直脊梁，用刚强的灵魂，坚韧的筋骨，维护着人生的面子。活着可以艰苦但不能丧失意志，可以简单但不能失于风骨。

就这样，我的父辈，作为地主家庭出身的农民，一辈子都没有解除与土地伴生的关系。教书看病的闲余，他们种地，收割耕种的闲余，他们读书。他们是全村最早懂科技种庄稼的农把式，也是十里八乡有名的教书匠、好先生。作为男人，他们在从小与祖母相依为命的孤境里，老早找寻改变家境的门路。

他们不辞劳苦，春天夏天秋天冬天，骄阳下暴雨里狂风中大雪天，麻明子和月亮下，田地间和场院上，坚持做早起晚归者，拼着命地辛劳，让他们的子女在困苦的年代里避过背运，没有因为缺油少盐而营养不良，没有因为学费不足耽误了学业。同时在他们翻新完旧房盖起新房后，大哥和嫂子完婚，如今侄儿都是高过我几头的人，都在城里买了楼房，他们的孩子已经会把我叫爷爷。之后，父辈又把将近几十年的积蓄，用毕生的余力，为了膝下儿孙有屋可栖，在几年前分别建盖了新房，核桃与糖果、对联和鞭炮，在一座新宅一座旧院里，飞梁而过，立门封顶。苍凉的生活呀，再次发出哑然多年的欢声。所有人全然已经遗忘了，这个家庭在此前曾历经了哪些悲苦难辛？

出路何在？我停笔半年未写一字，想不出该用哪种方式表达内心的惶恐。磕响头不行，上香不行，我怕我苍白的记述，亵渎了心中原有的虔诚，对不起细针密线受尽一生苦累的伯父和父亲，就像我最担心的事情确已成为事实：讨饭的人都不要粮食了，生活的缸盆被打碎，昔日淳朴的乡村如何面目不堪……

凝望院中苗壮的树，不知它经历过多少凄风旱寒？它起初的生长未必顺风顺水，也不定天生向阳。它在幼苗时坚守自己不随风倒伏，在小树时战胜自己不畏惧霜雨，在老树时简化自己，活出一年一度枝繁果缀的模样。为此，我心中一亮。院落里竹子有竹子的气节，细长却不柔软；柿子有柿子的性味，它生时苦涩熟时甜软；樱桃有樱桃的品相，它百果先红味道甜美；小狗有小狗的可爱，咬生却不咬熟；公鸡有公鸡的天理，它不下蛋却按时打鸣。如同失业的木匠，不用钉子却有榫卯；像不过气的算命先生，他不用占卜摇卦，却善观面相察人心思。

夏家塝的太阳晒得深透，又一寸寸地嵌入后村。父亲在打药籽，我登上房顶，目不转睛地识别我熟悉又陌生的村镇：它极小，对我却是最大不过的地方。它的枯荣囊括着政治的、经济的、历史的、科学的、社会学的、人类学的种种细节，成为我生活与写作掘之不尽的有机养分，帮助我认识生活，鞭策我努力活成更好的人。这片饱含原浆的土地上，劳动有劳动的尊严，弯腰使多少力气，就孕育多少茁壮；庄稼有庄稼的尊严，承受过多少汗水，就理应出产多少收获。

"我啥都好，吃啥不吃啥一样。时间于我，剩下的就是慢慢活。"伯父随口说出的话让我心酸。喝着伯母泡开的茶，那是庙神泉的水，却治不了亲人的病。

"大伯在上，能回来吗？"父亲提醒的短信，让我感到老兄弟的孤老相依。他们生辰相连，命亦相连。有时候偷偷看他们立在风中的院门，就如回望两棵老树春去冬来。

眼望重峦，这种有苦有甘的滋长是乡土本义。生活处处十面埋伏又铜墙铁壁，人心不古，情是虚情，笑或是假笑，人为钱哭，鸟为食亡，皆为利往。我总算明白了父辈为何非要把我送出后村。剖开隐秘的家史，我哑口无言于祖先的苦难。

在夏家塝撒野，我熟识后村的一山一溪、一坡一坎，叫得上它们的名字，这里的每座山每条溪、每片坡每道坎也熟识我，叫得上我的名字；我知道父辈所守护的院角，怎样浓荫如盖雾尽天开，小院也记得我为什么下跪。陪老人说话，我才深知谁是世间那单纯的人。当年老来临，寒冬将把他们的执念全部封存。我难以入睡，独醒于五更……

群山缄默，世事如云，狗看星宿格外明，没有谁理解天空。月光洒着再有三天就满朔光的清辉，白灿灿地照亮村路。我悄悄望了望祖母的遗像，她稳居上房正堂，伯父和父亲给她摆了贡果，她慈祥的笑容默默赐福给我们。这些年日日枯坐夜夜敲字的追梦录里，每想起她就会唏嘘掉泪。好在这些年自知自己的无力，便放下了再去超越命定的事。

彤云阴冷，亲人团圆，又记起当年祖母说："走吧，走远了，就都好过了，早走早出息。"祖母嘱咐二姐："兰州的黄河怕大得很，水边洗衣裳时要小心。"

这句我们兄弟姐妹都听过的话，言语平常，却重得5双手都掂不起。后来各自成家时间飞逝，往往疏忽老人嘱咐交代的话，躲不过的灾难重压在他们身上，命运频繁地与他们开玩笑，他们从没有指望过我们的回报，我们总大意地忽略了他们心底的悲苦与伤疤。

云起了，雨稠了，山峦村影模糊了疆界。看似平静如水的生活，父辈并没有享到晚年的清福，他们有心事时，会把他们认为我不想听的话，说给孙子听。

他们简如土木，一抔一枝，方言俗语，是天底下最本分的人，他们只织菽麦，却知道自己的终极、信仰和天命。我为他们祈祷！

蜗牛慢慢爬

怎样撞进城市，我自己说不出所以，但其主因和动机，在于逃避农村泥地里的繁重劳动。

小时候嫌上学路远，山高坡陡，风吹日晒，面对每天步行的 20 多里长路，我只是埋头赶脚，什么路口遇见谁，什么鸟坐在哪棵树上，不抬头但能猜准。和同学在半路上玩耍，观察蜗牛爬行，它腹部生有宽而细的横褶，后端尖足，爬行时用软足紧贴别的物体，用腹肌力量波状蠕动，然后咕扭咕扭不慌不忙向前。

过上城市生活后，我习惯去大街小巷溜达，边走边看，所遇的迷茫就豁然开朗了。尽管在街头看见的只是表象，但也向我折照一些苦与乐的真实，目睹普通人平凡的汗水，寻常的挣扎。

每每遇见步履匆匆的路人，便从他们身上照见生活不可多的明少不了的暗。他们摆地摊，蹬三轮，如无声的蜗牛，一寸寸一步步慢慢爬。

去异乡的人属蜗牛，先天缓慢，不看路，偶尔与朋友结伴，让人敞怀，可遣释旅途寂寞。街市的繁华，让路程变短。拐到无人的河岸，能听见风的声音，有时候望着草木葱茏、繁花盛开的郊野，有时候坐在岸边细听流水、顾盼人群，心头温温润润的回念里，常常感恩这赐我们生存的人间，又感念仪式隆重的节日，譬如清明除夕，无论如何，都须回家给祖先上坟，我怕他们冥冥中还挂记和担心我。慈悲的故乡呀，需要有良心的孩子奉还。如果大哥不能回家时，面对祖坟的黄土堆，我自觉地再跪下去，多磕一头，这一头，是替千里外的哥哥磕，我绝不敢忘记。

城里人不过清明，也许因为祖先太远，泥土太薄。打小在清明节吃素，祖母叮嘱几天前就去上坟，在坟头挂"钱串子"，不剪断茬的黄纸白纸，是祀奉给先人的盘缠，也是活着的人对逝去之人的一种偿还。清明当日，动土扫墓、敬香点蜡、烧纸磕头。全家的茶饭，要做成清油拌凉菜，酸菜拌汤，菜是去年的泡干菜，或开春的新芽鲜味，人人要忌荤，以图清亮。堂屋要点灯，是用棉花拧成灯芯的清油灯盏。谁家孩子遇上身体虚弱，兄弟姐妹就满庄去索求七色花线，走一家要一根线，绑在蒸熟的鸡蛋上，谓之"蒸胎"。孩子们奔走相告，为病中的伙伴讨要花线，大人们轻喊着"吃馍馍、喝汤汤哩"，谓之"唤魂"。

除夕就更欢了，天南海北的人往车站挤，能不能过好年，前提是抢一张车票，哪怕几十个小时的慢车上，有两脚能站的角落，哪怕在车厢连接处铺张纸皮坐下，团圆就指日可见了。

从火车站往县城的汽车上，窗外风物渐渐熟悉，再从县城到小镇，翻过的山山梁梁不断让人热泪盈眶。走上村路，老远里炊烟依稀，望一眼就揽人的魂。

千思万想的家，是流浪人的速效救心丸，离乡人的养心安神剂。后村人气最旺的是过除夕。这时往日的空洞被欢闹猛然填满，村庄上空炸裂般燃放起烟花，哨声冲天，炮声入地，火树银花，掩盖了乡村的银河与星空。交上大年初一的半夜，整个村庄沸腾了，天空被占据，村庄被点亮，与每日相处的城市没啥区别。

屋外刮过一阵阵寒凉，放焰火的是光景过美的人，它们祈愿这些花炮能接着带来财运；生活还不如意的人，也尽力放两炮，以求赶走霉运；办厂扩院蚕食集体的人，被沉默多年的乡亲联名举报而以村霸铲除；昔日满村人觉着可怜家家户户都给借钱的祥子，在外面打工跑铁货生意开上了汽车，一年到头回村一闪，却压根不提给乡亲们还钱的事；当上贫困户的几个懒汉，在乡亲帮他们盖上新房后，还希望帮他们找个媳妇安排个低保；平娃两口子打工几年的积蓄，加上从亲戚乡间凑的16万元彩礼，待一办完小儿的婚事，刚吃罢酒席，全家四口就锁门去打工了；日子过得不起劲又好面子的退休村长，一听见谁家要过红白事情，就连夜出村游走数天，说是出去躲份子钱；坐着飞机回乡一身名牌的年轻人，拿着苹果手机在雪地里拍抖音……

后村人挣扎在欲望中，开三轮车的人遇见开轿车的人而眼热；少有人尊崇实诚，少有人指靠亲伦道德……

这五味杂陈的悲欣交集，有生机也有失望。或许人们对幸福本质的认识有偏差，对人生的追求错轨，团圆为上的春节忽然沉入冷寂。剧变中人们逐利而存，固守传统的人，恐怕得做一个逃兵。

大年初一夜晚，站在梁顶环顾，红灯照暖了年，远山高村明明暗暗，烟花爆竹在四空发出束束亮光，却归于传不远声响的一片流光。望着邻村四起的焰火，我突然感到自己已经越来越没有能放出光的勇气。我的行走止于黑夜，又止于暴风雪。身处闹世，却喜欢躲入乡下的墙角屋檐，像木头怕说话，不爱紧追和迎合，只默默地赶长路，低下头慢慢爬。

小镇还出过不少大学生，有人落户海外，但他们都不如办厂、卖菜、卖五金百货的同伴，我祝福发家致富的他们，又敬祝离乡打拼和回乡创业的年轻人，正是他们敢闯敢拼地追梦，才从家门口走出村口，走到小镇，走往县城，走向省会、首都和沿海城市。

我无颜会见童年的友伴，也想不出用什么理由，去劝阻炫耀。在看过这些流金溢彩的烟花后，我躺在热炕上迟迟不能入梦。我找不到曾经夜里望天的木头窗棂和房笆眼，但我深深地铭记，10多岁时的夜空星河朗朗，静谧，深沉，广大无极，大地之乡万籁俱寂，天空之城肃美明澈。

我想起自己是只幼小蜗牛的时候，没有力承，却坚信抵达而不停地爬。学习杜牧的《清明》时，最爱"借问酒家何处有，牧童遥指杏花村"的意境。老家没有酒家，我却做过骑在牛背上的牧童，没有杏花村，但小镇三月漫山遍野怒放着水桃连翘山杏花。

乡梦云遮雾罩。70多岁的五爷五婆，只是庄里看家护院的代表。他们每天早晨骑着兜式电瓶车，送孙子到小镇上小学。太阳将要落山时骑车过北街，慢慢往山上爬，夕阳照着他们。他们见我会郑重地说："村里多需要学校呀，生活节奏快得让人惊慌，人们都只奔挣钱，修这么宽的路，留我们这些人守着，能有啥用？"我感到他对我说这番话，酝酿准备了好久。

正月初三，我蜷在老家院墙旮旯打盹，一架飞机从后村上空飞过，向东台坡飞去，远远看见明晃晃的机翼和舷窗，十几秒钟后消失于云端。

望着飞机我追随良久，城镇的高速运行，我总匹配不上，就像一只蜗牛爬遍全村的土墙土院，需要整个春天。我抚摸灶台、饭桌、土炕、炭火和油灯，它们土头土脑，养活过一家人，遂放下私心：自己都跑远了世故了，凭什么要求故乡如初？

看 戏

苍天厚我。在贫乏童年给我顶高兴的事，是跟随父亲到乡庄川坝看戏。

小镇的唱戏，有对岁稔年丰的祈祷，对一方清吉的酬唱，也有对世间劳苦的敬祝。最初感到看戏的那种凡俗幸福，在农村从没有哪件事能让人把繁重的农事全部休歇，四处去赶戏。

在夏家埫，打柴赶集和走亲访友的半途，抽旱烟的人就想站在高处，望着低头曲腰的川流，使出吃奶的劲，从丹田深处吼一段秦腔，声如金石，拉腔满调，端起端落，既解闷排忧，又缓人乏气，酣畅淋漓……

迷人的戏声入夜后传来。那高挂的铁皮喇叭，形如银花吐蕊，声如天宫奏乐。其中一对架在戏场的树权上，另两只悬挂在戏楼口的高空。

人间四月天，当是春夏之交。以往的村屯镇寨正好戏连台。庙会的戏从二月二"龙抬头"时开场，一会接一会。戏声惹人，戏迷戴顶草帽，备好卷烟水烟锅，搬上板凳，纷迫沓往，披星而去，戴月而归。但今年的夏家埫，却因新冠肺炎疫情停止聚集，三山九梁冷清着，听不见戏声鼓笛和欢声笑语，乡亲们少了闲转笑游的热闹，失去了奔走求乐的快意。

那是一年一度农历四月初八众乐庙会，它与香火旺盛的鸡峰山庙会同期，是释迦牟尼诞辰日。小镇由于通衢三县地连八乡，集市如潮，商贸发达。

几十年来，风生水起的生意人，一直托灵山秀水的福报，每逢唱戏，纷纷捐钱资助，祈求生意兴隆，届时会邀请县剧团欢唱七天七夜。

所谓大戏，是与戏箱小、戏子少、在乡乡村村庙会稼穑期间唱的"木偶戏"相区别。"木偶戏"班小人少，自唱自乐，设帐作帷即可随时随地演唱，它以木偶道具上场，以制动变换做出舞文斗武的动作而出场，唱者不化妆，发其声而不露其面，田间地头、院坝麦场，说唱就唱。大戏秦腔剧组阵容强大、戏本表演完整，才有台面，配乐器班，须有足够多的演员，表演十分专业。但同样朴实、粗犷和豪放。在小镇的山野沟岔，随处可见端着土巴碗靠着麦草垛，吃着油泼辣子馓面饭或宽心面，煨着红川酒罐罐茶的人，吧嗒吧嗒地抽着自种自卷的旱烟水烟，与爱唱秦腔的人一起，构成了成县农村生活最地道最有韵味的标配。老一辈的善于叫板，小一辈的不学就会，男的起唱，女的随唱，群口齐唱一阵社火小曲，觉得不够过瘾，就摆阵打擂台，吼秦腔，不论是谁清吼两句，听起来都像模像样。

我们兄弟姐妹从小在镇小学念书，操场是打麦场，东头有雄伟的戏楼。我们课间时登台比武，回声绕梁。戏台前台的中心是悬空的，横铺着木板，马童空翻，一脚踏地，发出腾腾的震响。

开午戏前，先唱一折子戏。加演过后，戏场里已经人山人海，除了合围戏台的人群，后面满满的是各种小吃、百货，杂耍摊前更是几层的人头攒动。提前赶来抢站在戏台前位的几百号人，是最忠实的观众，他们头顶烈日，纹丝不动，专注地看戏听戏，没有人晃来晃去。

最难忘的是赶夜戏，那是一年到头最欢的戏。桑葚樱桃次第成熟，春天过尽。父母早早做完农活，吃过晚饭，就往戏场走。一路都是去看戏的人，大人们盘问："今晚唱的啥戏？"我们趁机聚拢，小跑着先到街口。戏场上空，散布着一片让我们镇定不了的光亮。

开戏前的喇叭，放的是录音磁带。唱声嘹亮，有时好像是红脸，字正腔圆，如激流澎湃，自中流击水，翻浪迭起，有时是黑脸或花脸，声如冰河破裂，尾韵高荡，久拖不绝，有时是白须老生，叹唱不绝，黑须须生则气盛刚强，骁勇善战，激昂悲壮，有时又是花旦与小生，温柔浅唱，腔音婉转，妩媚动听，有时只有乐队长奏，连环空绕，是小兵上场，或举文礼，或斗武功，有控诉又有倾诉，但在街口探头探脑下细聆听，都好像是从天空闪烁的星河里，稀里哗啦飘下来，又像从孟家崖山后洞沟山隙里，被风被河冲出来的。

未到戏场，心已飞进稠攘的人群。那煎得金黄的油糕在等我，玩具摊前拥满了小孩，照相师摁动快门的闪光灯吸引着我，煮开锅的酸汤扁食浓香四溢，5分钱一杯的橘子味汽水迷着我。

戏场北坡的两台土坎上，坐满老少妇孺，有怀中抱孙子的，有给娃喂奶的，有四下里寻人的，有借着黑夜见面相亲的，更多的是抽烟的人。一边看戏一边抽烟，估计是小镇人最舒坦的享受了。月光下的戏场半明半昧，吸烟锅的火星亮亮闪闪，抽水烟锅的人咕嘟咕嘟，吃卷烟的烟头明明灭灭，从戏场外看去，像是从满天洒落的星光，无数点，无数盏，扑闪扑闪。

灯火辉煌的戏台上，吹拉弹唱，击鼓扯弦；拥挤的戏场里吃喝玩乐，讨价还价，戏场外小摊密布，博弈套圈，气枪射箭，狗皮膏药，劈砖神功，马戏杂技，有卖热闹的就围一群看热闹的……

戏唱到中腰，第四天上午，要专门为山神唱一台寿戏。看戏的老人格外多。孟夏，深茂的草木拥住戏楼，众人的踩踏把满戏场的草地草坡踏出嫩草的香气。大树为戏场遮荫，葱茏的树冠搭上戏楼屋脊，瓦松长出一拃多长，端瞅着戏场。

戏台口挨挨挤挤，聚着十多排穿藏青制服灰裤黑裤的壮龄人，也有包绿头巾蓝头巾的农妇，他们如枯苗盼雨的眼神，看得懂戏身听得懂戏文，时而紧张沉思悲愤握拳，时而拍手称快啧叹叫绝，他们进入戏境里，穿越到历史的年代里，忘了台上是演戏，动情处忍不住泪水潸然，又为丑角的滑稽自嘲大笑不已。

百屁不懂的是像我这样不识子丑寅卯，更不知金木水火土的少年，只图看戏的欢乐氛围。我穿梭在戏场，不小心碰掉坐着看戏人的草帽，提防着压住口袋里被手汗弄湿的5毛钱，盘算着买啥。那些看戏的人，为图体面，多数戴着新草帽，但再怎么遮掩，却挡不住他们下地拾柴磨面淌出的汗味，盖不住日头炙烤晒透腔的青铜色肌肤。即使在明月下，清风徐来，那长期与牛羊为伍的汗腥味儿，含混着吐出蓝烟的旱烟味，飘在空气中，弥漫在戏场。

有一次，我斗胆钻进戏台，近距离观看了大戏的幕后台前。第一次认识了好多乐器，那熟悉的是板胡，伯父曾有一把，在他闲的时候听他拉过。文场戏还有二弦子、二胡、笛、三弦、琵琶、扬琴、唢呐、大号等，武场戏还有战鼓、干鼓、堂鼓、句锣、小锣、马锣、铙钹、铰子、梆子等。躲在拉幕布的角落，我看演员们在后台化妆，排队提道具，等候出场。坐在戏台两侧的乐队，个个神情专注。

跟着鼓点配乐奏乐，大铜锣震天脆响，小铜锣音酥韵轻。唢呐声音悠扬，能奏出欢快也能奏出悲凉。扁鼓统领着全场，铿锵洪亮，声压各器。干鼓如炒豆，嘣嘣钢脆。板胡、二胡、三弦、扬琴响起时如同插曲，在剧情深处或情节起伏跌宕时拉弹。它们那剥茧抽丝般的旋律，扣动我的世故麻木，触动我的心房，靠近我的灵魂。它们如在一个频道，张弛有度，快慢有节，独合有律，达到数十人心手合一的默契。

大约就从那一回起，秦腔的韵味在我有限的民间文化信仰里，摄住了我的魂。

县剧团改制为公司，我们这代人的孩子已经长大。小镇在原址新建了钢筋水泥的戏台，拆除了2008年汶川特大地震震破损的那座戏楼，现在取名为"文化舞台"。小镇逢会过节继续唱戏，但人在天涯，戏场少了往日的摩肩接踵。按照宗亲地缘轮流坐庄的众乐会几近解体，前来演戏的是县上派来的"送戏下乡"演艺剧团，名角云集。

小镇沿袭了祖辈的庙会。爱看戏是他们对生活保有的热爱。小镇里几个戏班子和一群戏迷，闲暇时用唱戏表达喜乐开怀，传送民俗意趣，化解哀怨悲凉。小镇人爱听秦腔，离乡去远的年轻人想家时听曲子，看直播，念的还是秦腔。名角一旦临场，便吸引来十里八乡的乡亲。

戏场里，夜凉如水；戏场外，远山如钢。戏场知道我的童年。

连续几天唱的是《三娘教子》《长坂坡》《斩单童》《火焰驹》《周仁回府》《二进宫》《拾黄金》《下河东》《窦娥冤》《铡美案》，夜戏毫无铺垫，观者心无杂念，一折就升华成天籁、地籁、人籁里最美妙的心声最感人的绝唱，令人如醉又令人清醒，那么欢愉又那么忧伤，仿佛听出了未料的新生、猝然的苍老、苦难的孤独和悲绝的消失，听得清如意与遗憾，狂热与淡定，精彩与佳话，世事与人生。

暮色四合时，坐着看戏总比站着看戏舒服，但追角看戏的人都站着。这些爱看戏的人，要比不看戏的人更懂得世理。迷上唱戏的人，一天不吼半曲，便周身不畅浑身疼，像丢了魂的蔫猫。一出出戏来源于生活，但又美于生活。对于山外是山的山里人，只有这宽音大嗓的秦腔，能消解他们劳苦光阴的大喜大苦，能从热耳酸心里大彻大悟，而活得无愁。

恰逢农历四月初八，洋槐花开花又落。"不听秦腔，肉菜不香"。2020年孟夏，小镇第一回没有唱戏，我做梦徘徊在空荡荡的戏场。在樱桃甜美时，天高日朗，麦子灌浆，开着拖拉机奔跑在山道上翻塄越梁的汉子，立在驿道的官路上，尽着嗓门儿吼起秦腔，那吼声吼来了吹遍旷野的风儿送来的山雨，吼青了破土而出后旱渴已久的玉米苗，吼走了灾荒之年遍野逃窜的野獾田鼠，吼回了颗粒归仓的五谷丰登，又吼来风和日丽才有的晨露，吼走连天堆积暗沉的云霞。我伸手抚摸亲过我脸的小河，走过北街，驻步母校，那欢跳不已的被岁月厚爱有加的心，仿佛正上演一折子连拍敲打的紧锣密鼓。它用多律合一的奏，无压无阻无拘无束的唱，宽解悲欢离合，道尽世情沧桑。

人生如戏，轮番出场。上千年古县马车踢腾，两百座村寨齐吼秦腔。古调新韵的小镇，深藏着高天厚土的龙脉地气，蕴含着双河流淌的微微碧波，还有高房低院的千愁万喜，万民度活的开怀酸辛。我常常怀念山村人山人海的戏场带给我的欢乐，带给乡亲们延颈举踵的追随。

这一切，全都寄托在扯展嗓门高唱的秦腔里。

唯有山岭不虚薄

沿着南山走，转过一道弯路，又连着一道弯路。丘陵叠起的层峦上，车子盘过花木交茂的林海，从一道道折来折去的路上盘旋而上，有灰松鼠和红腹锦鸡在路上休憩、觅食，等你打喇叭，再给你让路，仿佛和你做游戏。

这盘盘弯弯的路，盘过一片片庄稼地和一垄垄核桃园，又盘过一片片树林和一座座山峰，弯过摩天悬崖上横挂的锅巷梁和白崖溜，又弯过松树参天松果累累松涛阵阵的长沟和野花满路杂花生树群花成海的山坡，心情便如云开雾散一样有太阳出来，又如花一般美好起来。

从小走弯弯的山路，最熟悉这"之"字形的崎岖。记不清走过多少回，也没有细数过究竟有多少弯。但我知道，弯的尽头是弯，一排排青山的尽头还是一排排青山，过了长沟，走到大坪，往最高的山峰爬，就上了四季云飞雾绕的鸡峰山。

在与天最近的岭上，天空压低的云，林涧升起的雾，合成为乳白色的水汽与烟波，像飞逝的时光一样在奔跑。

我追不上云，赶不到人海的前面。但顺应自然并坚信前方有路，更喜欢这寂寞无穷的山，在夏日的风云雨日里，散发着深蕴过千万年而勃郁生发的大地芬芳。山之所以崇高，缘于它厚载万物，水之所以流长，缘于它一路接纳百川。

山四季不语，仙养花草，却不事张扬，不求索取。也许是先天惰怠，我骨子里与这万古不动的山，翁郁成林的草木，性灵默契而相投。

山上有我最好的朋友，是一名治病救人的医生。我去看他，有一种拄杖无时夜叩门的随意。避开热如火炉的县城，一上这座山，就仿佛大山的溪流草树自带静气，让焦灼不安的心瞬间安顿并欢愉起来，久违的山风弥漫着野花的暗香，抚慰着我，如同到了一个无愁无碍的清凉世界，一切都归于天籁了。

盘完这几十道曲折蜿蜒的路，停歇在群山叠嶂中的万壤之巅，眼前是沟壑纵横、飞云漫卷的碧岭苍山。是曲折把陡路引向高山，让我们能一览众山小；又是曲折用弯路，把山里人送下山，送往山外面的世界。路上，有收山货的车，有肩背手提汗流浃背的赶路人，有四处游走停靠叫卖的蔬菜水果小摊，他们都在这弯弯的山道上行走，劳动，流汗，渴盼能有一天走上平直的通途，走出山外，但生活中确实有许多的人，一辈子生在此老在此，注定长眠于山。

身陷人潮汹涌的城市，从15岁离乡在外算起，在霓虹闪耀的城，我常常会有不能落脚的多余，在不能扎根的城市，想起童年时被排挤和伤害的后村，世界便没有了我可去的地方，一次转身过后的我，就再没有能第二次转身的选择，我仿若无所适从的人，进退失据……为此，我羡慕过小草，崇拜过小鸟，它们都以自己的强大，完成了理想的实现。我向他们学习，但还没能毕业。

20年里，孑然独行于海海尘间，在碌碌世场求生计，常有寸步难行无路可走的时候，就会想起和遥望这段通向云端的山路，它应当是徽成盆地上最艰险的一段路程，是成县人心中的飞檐走壁，也是最能够考验人心力的一条天路。无云的时候，路挂天上，起云的时候，路架云海，任何时候从这里路过，都有一种如临虚空的心跳与超越：没有人不能走的路，没有能比人还高的山。

20出头的年纪，心里面执意要追求和战胜的很多，梦如水渍，在纸上晕染。多少黄昏，我从南山脚下漫步在东拐西绕的弯道，穿入山中陡峭的小路，极力向高峰攀岩，却爬不上山巅就半路返回。现在我不敢再说年轻，更不敢提及梦想，为了不被他人嘲笑，我悄悄写我的《山河素履》，悄悄地与风吹云散的岁月妥协，过不去的路，就让一步，上不去的山，就歇一步。我明白了天高地厚。

这时我看见远方的山野，像绿色的狂浪，在山风的吹动里波涛汹涌；我看见苍翠的松树，像捍卫山野的卫士，在松涛欢唱里与清风对歌；我看见各种各样的草药，柴胡、升麻、川芎、五味子，还有千姿百态的山花，蓝色的桔梗花、龙胆花、红色的牵牛花、蜀葵花，白色的莱菔子、一年蓬、夜来香，还有一路花香的十样锦，在晚风下婆婆娑娑，争芳斗艳，它们有的灿若云霞，有的浩如繁星，有的全瓣盛开，有的含苞待放，有的已经凋谢，有的还没长出花芽……

我们不必为迟开的花而担心，也不必顾虑看不见的路。走了很远还没有走到尽头的路，通向峻岭之上令人肃敬的高山，通往大地之柱1917米的顶端，也通往云天相接仙源有路的嵋峪峰。

太阳和雨水一如既往地交织，时间将不会太久。当盛夏很快过后，开在满山的花儿会提前凋谢，雨水开始渐渐沥沥，从越降越低的乌云里跑出来，从燕子边飞边吵的坡林冒出来。眺望钢灰色的沉沉远山，东边的山村晒着太阳，山顶的云雾一寸寸地漫下来，空气中飘起雨丝，浓密的雾像一道从天而降的天幕，越来越近，渐渐地，看不见山了，便飘起密密麻麻的细雨，飘落越下越大的雨珠，一阵山风斜着身吹来，似乎把雨水推搡到了一起，大雨顿时漫天而灌，满地煮泡，也濯洗一山的苍松、竹林、灌木丛、石径、沥青公路，打湿无伞的行路人。

带着儿子，站在城里时时可望的这道岭上，从群山之巅走到山腰龙洞，大概需要 7000 步的距离。不枯的泉眼，在苔藓茵茵的石板上细流淙淙，临崖的寺观，在松风喧喧的山林间香火冉冉。清代的宋琬来成县拜杜甫，夜宿鸡山，写诗三首，其一"天外群峰小，云端板屋牢"，描摹了仙山的神韵与风骨。与古人对话，我认识到了我曾习以为常又自以为是的许多错误，领会到了如得神助的一种豁朗，便是投怀于这万顷山峦之中，会认为县城之大都不大，高楼之高也不高。那么什么是大，天外有天算不算大；什么是高，崇山峻岭算不算高；什么是远，山外有山算不算远。这个小时候就明白的道理，为什么到现在我还没弄清楚，是因为我的肤浅和虚薄。

坐在石阶上，雨后的太阳透出迷雾，遥望远方的层峦，大山绵延得没有头尾，长河逶迤得潺潺悠悠。我想让儿子知道并从小树立高天厚土的世界观，树立"不积跬步，无以至千里；不积小流，无以成江海"的人生观，树立有根可系有情连筋的故乡观，让他懂得走过很多弯路，才能爬上雄浑的大山，让他明白花海里没有开好的花，它在蓄积待放的能量，它有它的来日方长。

我没能成为一个生活的斗士，已经是儿子面前的谎花了，我希望他能原谅我，理解我的无能为力，希望他能看待和领悟今天的弯路和花事，并能悟出带他登山的良苦用心，关于委屈、疼痛和艰苦的考验，都是寄望于他理想的种子，能在爱的潮润里，开花结果。

　　清水澄心，花开怡神。安卧在县城之上的南山自然脱俗。在西秦岭龙脉的山高水长前，我想放下虚无，沉下心去发掘滔滔文学大河里能够属于我的浪花、故事和词语，让我在长河的淘漉里打磨，把一块沙砾变成一枚普通又光滑的鹅卵石。走过数不清的弯路和石阶，我最终得到缪斯的启示：只有潜心到无心，才能明白如何活成更好的人。

　　在山中，稚女初学语，牵衣戏我前。这无疑是一次最美的旅行，漫步溪野的我沉浸于快乐，是因为还没有丢掉人最宝贵的那颗素心。人稠广众的熙熙攘攘里，这般的无忧无虑，让我想起一首老歌："小鸟在前面带路，风儿吹着我们……"

第三辑

NO.3

逝水流长

静静流逝的小河，一直装在心里，无论什么时候记起，心敞开便朗朗喧响。裴多菲说：我愿意是激流，是山里的小河，在崎岖的路上，在岩石上经过……

河风吹彻

陇南的烟云布设如一座画廊。春天是水粉画，夏天是工笔，秋天是写意，冬天是水墨画。

二十四节气中的任何一个季候，不论从哪个角度进入和观看，时时处处蕴藏着天生的馈赠，让人迷恋。对小镇来说，翻垭梁关山口来的风，顺河而袭，一路跟随河流呼啸，一路顺公路横吹，一路漫卷进西街。进入西街的风到十字街后又拐个弯，这里住着老居民，早前曾木楼林立、骡马叮当，如今冷背，刚被改造一新。此时的风很少向北街吹去，而是顺着攘攘的南街吹散了，剩余的散淡地向东街吹去，向空旷的峡谷东去。

曾经与人争辩，小镇没有那么大的风，对那些说风大的人，觉得是他们在鄙视。直到 30 年后，再次站在街道车站的雪中，那种被隐藏的虚伪与刚强顷刻解体。巨大的顺河风从两山一谷霍霍地穿过，树木上秃净的枝条，表示着对风的臣服。金子般的阳光照着落满银盐的山梁，积雪开始消融，冰河响起碎声，小镇冷清而豁亮。我承认了这冷，但仍不认为萧瑟。天气的任性，一挥袖就下一场不浅的雪，来掩住光阴的损伤，做一场美颜的修复术。

小镇是茶马古驿，也是陇南的商贸重镇。是六乡集市，算是成县以西康县平洛以东的商贸中心。十天高速公路通过后，给这个山谷盆地又多了一种进入方式，从抛沙镇上高速9分钟就可抵达，出了3公里长的西狭隧道就是西狭颂所在的西狭村，如果是2月，漫山樱花盛开如雪，层层叠叠，若赶上4月，满园的樱桃熟了，看上去像红玛瑙缀满枝头，果农和游客在采摘中说笑。

在此之前，小川还有一条修建于25年前的公路顺河而行，翻越十几公里的丰泉山就到小川，如果是盛夏，骄阳沐照着密林，如果是中秋，山林七彩斑斓，田野里的大豆金黄绚烂，如果是深冬，皑皑白雪就坐满了山头溪谷，直到开春的风和雷来唤醒它，融化它。城里的五金、农资、衣服、菜蔬和学校课本，乡里的核桃、药材、公粮、醋，都从这条路进出。还有从北山下来的车路，最早是西和礼县商旅农耕的马帮走的路，从小庙梁、红豆坡、大豁垭，路靠整个山坡隆起的脊梁直行，许多路段陡峭，平路又常年泥泞。另有一条是从化垭和黄陈方向，出南山或天寿山而来的山路，一路小鸟啾啾，松鼠追嬉，山货贩子拦在半路收鲜见的宝贝，阴湿的林中石径清泉恣肆，浅溪漫路，是步行的捷径。

有趣的是，从不同的路上来有不一样的风景。

若从高速而来，看到的是幽深隧道打通的现代生活；从丰泉山爬来，看见的是浅山丘陵的丰满琳琅和绰约多姿；从北山下来，遇到的是明媚阳光的和煦扑面，赶集人风风火火，充满阳刚；从山林出来，遇见的是草木的馨香潮润和万千玲珑，终年披挂的烟雾晨露，让人怀疑随手抓一把空气，都能捏出水来。而只有把这四条路都走一遍的人，才有深刻的理解，并生出眷念的情意来。也许你忘不了炖煮的烂肉干菜，忘不了清香的核桃甜甜的樱桃糯软的油糕，更忘不了饱享阳光、伶俐手巧、有着麦粒色健康肌肤的淑慧女子。

来过五仙山、天寿山、大山的人，都体验过小川的清寂、热烈与瑰丽。这里有西北最大的核桃交易市场，每到核桃、芦苇叶、药材山货上市，四桥的大卡车排成长龙把货装走。各种超市、商场、饭馆云集，五花八门的消费见证着他们刻苦劳动的获得。它的迷人，在春天看起来像瑞士小镇，冬天看起来又像雪乡。这中国南北过渡带上的秀美与丰饶，就如一首歌。

小镇是秦岭南麓群山中的一截狭管，如同小孩们用毛竹做的风筒。雪下到傍明停了，寒酷并没有冻僵夏家埚人。从双河而起，自东街到上街，马路两边紧连的两排楼房，已被严严实实竖起两堵屏障，风直驱穿入，马路上的行人匆匆。

他们是正月过后的离乡人，扛着蛇皮袋子拉着皮箱，一辆辆满载的汽车从小镇出发，再看看男人身板结实皮肤黝黑，女子容貌美好，孩童被爷爷奶奶拖拽着，在寒风中向汽车挥手。这期中，还有举家外出带着婴孩的女人，不知外面的世界有多大魔力，还是只长粮食的土地怎样令她们绝望！屈服于生存的矛盾中不可开交的人们，悲壮离家。

绳短不汲深井。他们毅然向城市行进，因为只有去他乡才能盖新房买冰箱，才能活体面，才能让女人像女人男人像男人。说白了，他乡的水土能生钱，不用刨土，不用像牛一样出死力，也不用把手磨出老茧，就能进厂下车间，干杂活当小跑，就能挣到养活一家人的钱。他们所住的出租屋，是昼夜嘈杂的棚户区，嘈杂的工地，打桩破桩拆楼的轰鸣声，盖楼塔吊旋转的摇臂，建材钢管惊心的碰撞声，运输卡车的汽笛刹车声，浇铸商砼的振捣声，充斥他们的耳边。

月亮又高又大又圆，人不等正月十六就走光了。他们肯集体离乡的敢于吃苦，为的是创造好光景。山河冰封，也封冻不住人们的脚步。

宽绰的街市，车流与人群涌动，背背篓赶集的人少了，路口停着开往附近乡村的汽车、三轮车和摩托车。

什字街的农具厂倒闭了，卖木炭和松木柴的人也都没了。从街头寻到街尾，遇不到戴火车头帽子的人，见不到铁匠铺和一头毛驴、牛或者骡子。连排的木楼建成了楼房，为了重现古镇，政府给每家换了木墙木门木窗，别有韵致。

一排排旧房变新，一茬茬人变老，小镇不停上演着暗斗与明争。夏家墕跑光了人后，我在双河碰见黑炭。空山显得他身高人壮。我问他："人都走了，你站在院边干什么？"他说："我等太阳上孟家梁，送它落西山。"走过好远后，我听他自言自语："我一个光棍，除了老老实实等黄土埋，还能去哪儿？"

风像刀子刮，我再次记起被严寒带走的两个人。一个是小学实习老师，一个是十字街头卖柴人。对于他们，我不会忘记。他们没能逃脱风雪交加的初冬。

夏家墕人深知：落伍意味着淘汰，所以城里有的这里一样不少，城里没有的这里照样有，比如腊月的挂面、柿饼，夏天采晒的干菜，还有簸箕、苇席，粮食酿制的醋，玉米制作的糖，将于开春最后离乡的女孩——芳。我想用文字祝福她。

后村把长得好看的女孩，说这娃"心疼"。叫芳的人，在场院或酒席上，叫一声会有几个人应，也只有花草独有的香气和世间的美德，才可称"芳"。叫"芳"的人，一来有花开草美的模样，二来有温婉贤惠的淑德，洋气又吉祥。

芳在同伴燕春节回乡后，晚上两人经常挤睡在一起，从燕的口中，芳感到外面世界的光怪陆离，城市里的应有尽有，还透露出商场的钱好挣，当服务员时还挣过小费，当化妆品推销员后用的都是高档品，每天上班前还做早操，为老板多拉个客户还挣回扣，把店里卫生打扫了还有奖金，父母过生日了还可以领孝心奖。总之，你的每项劳动，除了底薪，都另有返点。芳感到一种获得上帝般尊严的感觉，心里反问：世上有这样的事吗？劳动真能得到尊重吗？城里人咋这么文明呢？她感到口若悬河的燕子就要飘起来，飞出窗外，到那月亮上去。燕闲了就来，教芳说普通话，练一阵形体，有时候给芳拿来些化妆品和衣服。他们欢欣鼓舞地准备，好像要去一个传说中满地金子的城里淘金。

作为发小的燕，一心想着让芳到城里后，不让人看出寒碜，也看不出有第一次进城的慌张，那是当年她被人笑话的样子。燕为芳的进城做着备课和基本功训练。芳终于心动了，在燕的辅导下乐在心田，如艳阳下的山花，野，嫩，鲜。

她们躲在小屋说悄悄话。芳说："我能行吗？啥都不懂，又啥都不会？"

燕拍着芳的肩："你哪儿不行，要模样有模样，要人品有人品，还比我精，怎么就不行？"

芳问燕："去广州，没有什么不正当的吧，我听邻村的小慧被传销骗了，她妈气出一身病，小慧只好找了个湖南人结婚，都没请娘家。"

燕对芳说："你说的是没出息的，你听过夏家塝的杏儿，到城里当保姆，干了两年在家政公司当经理了。她念书时其貌不扬，连话都不爱说，才几年，活脱脱就换了个人。一次她从上海出差来找我，穿着一身名牌，背着进口皮包，衣裙和秀发散发出的气质，时尚，妩媚，城市的熔炉不经意已把她脱胎换骨了，那天她请我吃的是1000元一位的西餐，临走时送我一个太阳镜，说是3000多元的，当时我就懵了，她颠覆了我的价值观，但我想明白了，这才是人生。"

芳还是有些顾虑。燕接着说："你去跟我干，我们住一屋，放心吧，城市又不是魔窟，害怕啥？"

芳想着家境，尽管没人逼她，但思前想后，觉得应该出去闯闯。她说："我得去和一个人告别，到了城里，不是说想回来就能回来的。"

燕羡慕地说："还舍不下心上人，去给叫上。"

芳安慰燕："不要难过，你们家大哥成这形骸，就因为你出门早，往家寄回钱多，你又常年不在，他才烧包贪赌，嗜酒如徒，学顽的。"燕抹掉眼泪："我是为了娃才专门回来离婚，我要带儿子离开，不想让他有个这么失败的父亲。"

芳给燕擦去眼泪，拉着她的手，轻拍着。

看起来洒脱的燕，其实心里的愁苦快将崩溃，她将希望寄予远方。

燕要了芳的身份证号，从手机上买了同去广州的车票。

燕给芳的手机下载了微信，办了上网套餐，临出发那天，燕给芳发了100元红包，上面写着"一顺百顺"。

坐在飞驰的高铁上，芳想通了：不从泥地抽身，就得在泥淖里陷得更深。不走出破败的家，家就永远破败。女儿是泼出去的水，过了河就不是此岸人。只有自己强大了，有钱了，才一好百好。在广州三年，芳伶俐勤快的努力没有白费，霍然从丑小鸭变成了白天鹅。

20年后的冬天，夏家塆在抛远一群人时，还让茅草路荒无人迹。人们走在大路上，坐在车里，老棉袄换成了羽绒服，背篓换成了摩托车，东西不用肩背畜驮了，踩着油门握着方向盘，想去哪儿就到哪儿。

怕穷的没有傻子，多少离乡人的愿望被锤打变形。我们感恩乡村规程，致谢脱胎换骨的嬗变。是商业的繁华，让小镇格外年轻，仿佛风雨未曾给她的脸庞刻上皱纹，风雪从未在她的心上结过冰凌，让夏家塆在一万大军离乡后，以商业化手段做着公序世俗的重建。怎样接送留守儿童上学，怎样让老人有碗热饭，怎样传承祭祖敬神的礼俗，怎样不让土地荒芜。很快地，各种类似去腐生肌般的自愈，各样送货上门、托管代办、土地租赁服务，让乡村灵活运行。快递公司布满网点，银行卡和微信能随时收到天南海北汇来的钱，走街串乡的卖菜车、面条加工车每到饭时就送来食物，抖音让一村人视频拉话……

人往高处走，水往低处流。离乡不是背叛，燕和芳还在都市里奋斗，如果她们是一棵小树，但愿能在城里扎根。如果是一粒种子，祝福她们在碰壁中发芽，多年后演绎出轰动小镇的奇迹。小寒将至，一场少见的大雪盖住群山与小河。

五仙山被深长的洞沟割裂开来。双河将变成巴掌厚的冰床。沟东边是孟家崖，西边是乱峰错岭的天山。山上葱翠的是松竹，青灰的是石岩。逆风站立，身后是浑圆的大山，挂满像口袋的村庄，它们是倪家山、后寨子、瞳庄、小河子、桫椤沟、郝家旮旯、阴湾、峡门口。山背后是水磨沟、祁坝、贺沟、老庄。

麦盖三场被，枕着馒头睡。可惜夏家塆不种麦了，庄稼畜禽都回到了字典里。

黑炭迎完朝阳，去地里帮王婶收霜打的白菜。

樱桃甜美

老家的小院里，父亲盖新房时，执意没砍两棵樱桃树。家乡地处北纬33度的祖国腹地，出名的特产中，有坚果核桃，还有水果樱桃。

当唱罢"二月的鱼儿水上漂"，漫山的桃花刚一谢幕，杏花、梨花、李花便次第登场，而最令人期待的花事，就数3月人间的樱桃开花了。起伏的黄土地上，瘦瘠的乡村小路旁，处处樱桃堆雪。小雨在昨夜才润蓓蕾，第二天太阳放照，就朵朵枝枝催绽开花瓣，盛大而烂漫得无边了。山村被一川樱桃花开亮。阳春里的风儿温柔，小溪淙淙地绕过农田、屋舍和樱桃园，房屋坐拥在花树间，村庄荡漾在花海里，人们忙碌在花事中，10多万株樱桃树以最铺张的姿态开放。没有比这更热闹的春景了。

城里人和游客为观赏到好看的樱桃花，慕名直奔小川。它是成县境内四面群山合围的一块盆地，有潺潺河水穿街而过，有平畴万亩依山傍水，再往峡谷下游的西狭村去，樱桃花早已盛开成花浪翻涌的汪洋。20多年前西狭人种过多种多样的菜蔬鲜果，后来改良嫁接樱桃树，从山东等地引进新品种。为了丰产，勤劳的人们定期松土、施肥、剪枝、浇水、整园、除病虫害，从开花忙到结果，带着干粮天天守在果园里，务作着樱桃树。当时镇上还办有樱桃罐头厂，在甘肃全省都是响当当的乡镇企业。

选种樱桃树，其实是因为祖祖辈辈都有在门前地畔种树的传统，种树首选种果树，果树首选甜樱桃。祖母曾栽种过的老品种樱桃，树大果繁，在阳光下透视，能从通身绯红的果皮，看见千丝万缕果肉的血脉，这种樱桃果子小、色泽艳、生长期长、产量少，经不起存放，吃起来软嫩酸甜，地道够味。如今父亲新栽种的大樱桃，树干矮化、果形硕大，果柄长而并蒂生长，果色亮如红酒，果肉肥厚，吃起来脆嫩更甜。

春分过后，踏青赏花是最迷人的行动，摄影师围着樱桃树赏花、拍照，孩童们在树丛中玩耍，人们成群结队往小川奔去。童年的小伙伴说"回来吧，樱桃花开得正是时候""今年的雨雪下得多，樱桃花开得欢得很"……听着这些话入梦，当夜就梦见整个峡谷里被东风吹开莹莹的白，是繁华，是缤纷，是盛放……站在高岗上俯瞰，密密匝匝的樱桃花，宛如天上掉下的流云，飘散在大地，又如太阳融化的残雪，铺陈在浅沟丘陵。风吹来时，它们又像万群驰骋的绵羊，咩咩咩地奔跑开去，花儿簇簇拥拥，占据村野，把故乡铺成花的海洋，漾成花的世界。

能把一条山沟变成花谷的樱桃花，是春天的画家，它把荒寒枯寂的沧桑调制成生机斑斓的亮丽，如城市黑夜里被灯光点亮的花树，源源不断地放光，飘香。樱桃花先从峡谷中心地带，由里向外盛开，再向村庄溪流边开放，最后蔓延向山坡、山涧、山巅，我在梦中徜徉，感动于春天的到来，这不仅是一场季节的轮回，还是春回大地的万物复苏，更是一场生命的怒放。勤劳的故乡人，正在抢墒种玉米，白色的农膜铺展在一台台梯田，就像轻触便能奏出美妙旋律的琴键。大地即将变成一座工厂，在接下来的花事和农事中，将出产更多更丰饶的果实和甜蜜。

晚春的最后几天，任意走进山沟水畔，随意停留在某个乡镇村庄，连片成带又向阳背风的果园人山人海，樱桃先百果早熟，果农们哼着小曲、搭着梯架采摘，绿叶纷披的樱桃结得又红又繁，缀弯了枝头；再看一座座农家小院，总有如房高的樱桃树枝繁叶茂，枝丫上如珠如串地结挂着红彤彤的果实，伸出墙外的，供孩童和路人们采食。

樱桃上市的季节，处处都是赤玉盈村、红珠满筐的景象。此时我总记起远方的朋友，想方设法把樱桃送往外地，让他们尝鲜和觅得故乡的味道。为此，我托人捎带、捎班车，带出去的樱桃，走在半路就烂掉了，朋友们收到后心生疼惜，面对稀泥般的果浆，他们只有闻味的遗憾了。好在如今的成县，樱桃这些水果，都已经在网上销售了，电商扶贫开辟的快递通道，不论你在天涯海角，只要一下订单，由冷链包装配送的樱桃就可以完好又新鲜地送到你面前。为此，远在异乡的游子，就能吃上应季的水果，也有甜蜜的樱桃可以消解乡愁了。

樱桃让 5 月成为芬芳的时令，不论在小城街头，还是小镇集市，或者村村落落，到处翻滚着樱桃的身影，货车里、摩托上，数百只竹笼子里，全是清晨带露的樱桃，这一笼笼满盛着的"珍珠"，成千上万颗从树上跑到集市里来，就像成千上万吨的红玛瑙，晶莹地泼洒在街上。

樱桃的红润和鲜美，让一条街、一座城变得新新鲜鲜。

小川，这个只有 6 个笔画的故乡，藏着我对樱桃的全部记忆。小，却有山的雄奇，川，则有水的灵秀。离开家的时候，我照例弯腰从樱桃树下出门，麻雀在婉转的啾鸣里打落春花，藏在泥土酽香和草木深茂的乡风里。我忽然明白：只有这种前人栽树后人乘凉的乡愁，才是永恒的。生生不息又果实累累的樱桃，昭示劳动之伟大。

正在磨损的乡村

后村还在大山的怀抱中熟睡。我做了一夜的梦，太阳架在山尖上，人影叠进树影里，小河哗啦啦流淌，水被晒昏，麻麻鱼和虾米在河底的石头中醒来，我如一枚羽毛，飘浮在高远蔚蓝的天空，俯视人间。

泥沙被水淘洗，又被河床磨圆。人们沿树荫走，边走边说着生儿育女，说着多收了三五斗，老母鸡最近不下蛋也不造窝，说着谁家女儿有人来提亲，菜苗在天黑前要浇一趟水。

草木开花结果，会让山野茂盛。一场场大雨和睡得熟香的父母妻儿，以及稀泥糊糊淹过脚面的路，阻挡打定主意出远门的人。村路旁，打过滚的草坡望着我，飘过的白云瞅着我，从早到晚的太阳看着我，当草被割去，草根还认我，当白云游走，蓝天还等我，当太阳落山，开在峁梁的向日葵还笑我。

6月暴雨和腊月的雪放声喊我，山上的草房子和小崖窟收留我。山野的牛羊和四处游荡的野兔野鸡野鹿围着我，它们把我看作是与它们结为一体的亲人。

汽车从宽绰的水泥路上奔跑，家就变得近了。泥土塑造的我，在褪去市井虚情假面的外衣后，骨子里带着后村的性格和形态，像山坡上葛条的样子，不择水土，扎根荒野，能长多长长多长。这种顺于天然的野性，如我禀性。

小伙伴坐在草坡，一边放牛一边望远方，寻找可能更好必将更远的生活出路。在绿得没有边际的野地里，乡村给我的是春稼秋穑的热望，为我酸苦的童年遮挡出一小片明丽的天空。

我们在立春种麻仁，在雨水埋洋芋，在清明点瓜豆，在芒种点黄豆，在小暑种荞麦，在处暑播油菜。然后，坐在树梢上吃果子，抓松鼠。往瓶子里抓虫子，往卷起的衣兜里摘杏，把一沟水聚起来，做一个磨轮，造一个小潭。马路旁的细土上，有被风吹得变形的字：天下太平，大家"打砂锅"，赢一次写一个笔画，最后在"城郭"画上院墙，插上旗子，谁先写完，算谁胜利。有时候把牛赶到坡上后，躲在公路下的涵洞里烧洋芋，满树林找鸟群和宝藏。

这树林是密密麻麻的洋槐林。那一年跟随生产队去坡上栽树，许多人家把洋槐苗斩断根，埋在深坑里，一些人带回家烧炕了。他们不知道水土流失是啥意思，不愿让野树长到坡上。多少年后，只有生产队分给伯父和我们家，那最远最高的山顶上，长出了像样的洋槐林。因此，每年冬天就有了足够用的柴火，每年春天洋槐开出洁白如雪的花，整片坡场，树结实的根须互相纠缠，所有的泥土已经全部牢牢地团结在一起，成了满山的鸟儿生息的家园。对面的山沟不断崛起的楼房层层叠叠，有底气，有的还很霸气。他们拼命奋斗，击败了一开始就捆绑他们的命运。只要勤劳，日子一点也不会比谁差。

不怎么叫得上我名字的乡邻们，呼唤着我乳名的亲人们，继续肩背手拎。我坐在父亲垛起的麦垛上，遥望打麦场上方的星空和新月，向场院倾洒柔软的光。我没有完全脱离村庄，走出去又跑回来的人都对我说：

这片土地从没有饿过我，这让我一直坚持对那片山的回望。风无心，但收获了春风吹又生；自然并不神秘，但孕育万物生死；夏家塝又穷又小，但养活人。

田野之上还是田野，路的尽头还是路。谁能留住后村的历史，能让子子孙孙记住曾经辉煌一时的绳麻纺织、豆腐作坊，记住曾经唱红乡里乡外的社火小曲，记住电影队进村放电影，没钱买票的人，拿一颗鸡蛋进场。我想一定有人记着。在我宽谅自己努力不够时，慢慢在芸芸众生中随波逐流。即使退一万步当个拼力气揣良心的农民，在乡村持之以恒，戒之于满，不论远走他乡还是弓腰刨土，都能够接续生计。我们过多地望向远处的美好，却遗忘了在小时候许过的愿望，儿时承诺的孝顺，在长大后的另一片天地，因为自顾小家将之抛之脑后。

父亲不停地营造家业，几亩薄地已种过六七茬药材。我不断地从迷惘中觉醒，知道啥事重要，引导年迈的父亲敞开一辈子含着黄连的心，轻松地对抗日愈加剧的衰老，好好享受多年劳动的成果，避开腰一弯就疼的折磨。

世人皆苦恼。当国家元首的人，心有江山社稷忧国忧民的苦恼，当农民的人，有儿女情长的忧烦，有维护公序良俗的思虑。他们朴实的心肠相信人在做天在看，正月初一敬天地，给祖先磕头拜年，二月二在房前屋后撒灰圈，清明节祭祖扫墓，夏收后提礼当给长辈亲戚报收成，十月初一要在天亮前给逝去的亲人烧寒衣，腊月初八要给结果的树下蛋的鸡吃"腊八饭"，坐席要长辈在上晚辈在下，吃饭要长辈先动筷，有客来访要接客送客……

在我同族的父辈中，已经有 3 个人永远地告别了欢乐与苦难。大伯父害病没条件医治，留下 3 个儿子分成 3 个小家，去世时三哥还在连队当兵；堂二叔当过村干部，后来住到了街上，养大了两个儿子，咽气时在新疆；庆叔娶过 3 个老婆，有一堆蒿瓜般的儿女，他上过高中，会盖房的手艺，出门打工先伤了眼睛后出了矿难……

蒙昧的人遇事才觉悟。乡俗规程是人们终身谨守的行为规范。哪怕一个人看遍繁华归来，有天突然出现在小镇，他也要放下姿态慢慢走。他告诫自己，心野的人没有好下场。坐在烟熏壁黑的耳房里，他抓住孤苦伶仃的母亲的手，望着母亲碗中清汤寡水的酸菜饭，他心里在接受不可饶恕的自我审判与谴责。

集市上，已经没有多少与土地有关的生产资料，没有一个铁匠铺、一头牛或者一头毛驴，没有扁担木器，只剩下改造成的古街。琳琅满目的百货，比城里还多。

在城市博物馆，有木门木窗的旧房子，有犁铧与杠头，竹筛与簸箕，还有碾压过五谷粮食的石磨碌碡，摇过岁月的风车风匣，火盆与土炕均被陈列收藏，被镜灯照耀，被万众观瞻。

背柴下山的人，被造成一尊尊蜡像，让人敬畏劳动。但城市不容许灰尘，没有土灶土炕火塘火盆的容身之所，更没有爽朗的笑声。

花花绿绿的泥人，还有烧土陶罐的泥窑，也被雕塑成模型。憨态可掬的泥人，喜欢参观者抚摸它。那一窑火光通亮如灯，但在原乡早已找不见匍匐满山的土陶作坊。对窑凝视，耳畔仿佛还萦绕着制陶人烧窑人被火燎开心的笑声。

在乡庄常遇见收古董的人，不放过一件旧家具一只香炉一片瓦当，他们贪爱灰尘、油垢和铜锈。这时空落落地怀念夏家垴，有人把打猪草的那片山炸开，把捉鱼的塘坝填掉，把睡觉的耳房牛圈推倒，却终未折腾出美观。原因是，到处的房屋和田地里没有人，有劳力有技能的人都走了，没有人烟就没有魂，田园荒芜，农事颓废，屋舍空寂……

后村像蝉儿飞走蜕下的壳，徒留六足，僵俯在树干草尖。

此时此地，夏家塆算是彻底不在了。原本撑起家的土木构成，崩塌或瓦解。打小和泥的玩伴，已经在草未黄时纷飞，无数家门挂着铁锁。自打人去村空，就连那些带着祖先手汗的农具，在耳房偏厦被雨泡垮时，一同埋入这块土台庄基里。

除夕想回家过年的先人，找不到当时的土路、院墙和房门，找不到挂在屋檐下写着"牛"字的草帽，听不见灶膛炕眼火盆放声的火笑，闻不到堂屋供奉的香火气，而循着太阳能路灯，发现一截有40多个年轮的树桩，应该是院边的椿树。

他们转身，回头望星稠的天空迷黑的大地，没有烟花红灯和肉香笑声。子孙们攒劲呀，离开了这只能吃洋芋喝拌汤的后村。被几辈人嫌过却从不敢埋怨土地瘠薄、料姜石多的地，后辈们弃旧图新，把下一辈的新房盖到镇上买到城里，再不让子孙们拴在牛栏泥地里过活。

屋顶漏水就漏吧，墙斜了就斜吧。没油气子的烂包光阴早丢早好。他们把自己像土包子一样丢到火车上，又扔到不管胖瘦高低、只问有没有力气的劳动力市场。

后村的太阳依旧暖人。弯弯的河水还那样泛着银波。

钥匙还压在窗台胡基下，落叶还积在堰渠。

乡风礼俗里的道德，还能匡扶住人心。

重走在花草葱茏的山坡，打开记忆之库，就能对抗时间的磨损。

摆放一街的农具，被早年的铁匠揣摩。机器时代让一代木匠、铁匠、石匠、瓦匠、陶匠、漆匠、皮匠、杀猪匠等手工匠们失业。

这些消逝，随着生活好过将永远消逝。住瓦房楼房的人，算尽一生劳碌一生的人，都逃不脱柴米油盐的琐碎、生老病死的轮回。

泥土能遮掩时光的磨损。每天目送夕阳下山的黑炭说："天是圆的地是方的，庄稼活着靠日晒雨浇，人活着靠熬。"

留住那条河

在异乡，我断奶的流浪，总能盼来故乡人。他乡遇故知，是人生四大喜事之一。但无数个夜晚的孤旅，又让我念及"胡马依北风，越鸟巢南枝"，而让乡魂浅眠于细水长流的河上。"露从今夜白，月是故乡明"的思念和"悠悠天宇旷，切切故乡情"的真挚，终生出"浮云终日行，游子久不至"的牵挂，和"落叶他乡树，寒灯独夜人"的体味，只是为什么还有"明月有情应识我，年年相见在他乡"的遗憾，与"江南几度梅花发，人在天涯鬓已斑"的沧桑？

长坐思量，荒坡与山神庙对望的是一片垮塌的知青院，荒草顶过树梢。当年回城的人，年已花甲时相约重温庄稼地里的爱情与生活。

童年的后村宛如玻璃缸，我清晰地目睹自己完成童年、少年和青春的洗礼，那一无所知时毫无偏见地听闻和拥有的原配世界，柔软而亲切，单纯而无瑕，山水草木给我不尽的养育、寄托和期望，难登的山峰过不去的河水激发了我的意志和信念，还有那些看似迷信的朴素仪式，唤醒了我对待生命的尊严，指导我明辨远方的路，不惧作狂的风。

静静流逝的小河，一直装在心里，无论什么时候记起，都一如既往地喧响。

　　裴多菲说：我愿意是激流，是山里的小河，在崎岖的路上，在岩石上经过……

　　人怀旧时祈愿人生若能掉头该有多好。这种幻觉指使我停下来，厌倦纷攘。父亲坚守耕种好六块地。我坐在炊烟升腾的小院，火盆里木头燃烧，茶壶里泉水煮沸，麦穗被打碾的清香从山那边飘来。

　　人近不惑，点点滴滴如芝麻粒般细碎的记忆，忽隐忽现于梦里，在走过的弯路上漂浮着，轻轻一拽就紧紧入怀。

　　回头想，谁也无法把挂在山边的月亮摘下来，把已然走远的河水从另一条河流里叫回来，卑微的我更是不能。幸运的是20岁出头时，为求生计，天马行空游过天南海北。为此我特别知足，觉得人生的许多憧憬超出了预期，当年坐在桥头看过的流水与奔浪，它们一定已至大海。

　　说起小时候的欢乐，要数结伴下河玩耍、捉鱼，抓螃蟹抓蝌蚪，追蝴蝶捕蝉，有无穷的意思。麻麻鱼藏在水底石缝里，螃蟹困在泥淖里，蝌蚪浅游在河床边，蜻蜓飞在岸堤上。雨水淋湿的小河，唱着水灵灵的歌。

　　出走多少年的人无论回不回来，估计没人会遗忘这条河流。河叫"双河"，地图标注是小川河。顾名思义是有两条河水拥抱，算得上小镇最像样最宽广的河流。其中一条来自林海，一条来自荒山野岭，它们是我生命的摇篮，在环环弯弯的过沟绕梁后，最终交汇到一起，穿越东汉时期祁山古道上的西狭阁道，经过留下《惠安西表》摩崖石碑的大峡谷，注入辨水南河。

　　小镇最肥沃的良田，就分布在这一马平川的河滩两边。人们顺山而居，留下最平整的土地种庄稼、育蔬菜、栽果树。乡亲们以农为生，视土地如命，生活的指望都在地里，一人一亩责任田，九分地一分园，只有每天跟随太阳从孟家山升起再从宕沟跌落的劳动，才会结出沉甸甸的果实，供养人们吃饱穿暖。

一代人有一代人的活法，拽犁拉车闯出新门路的人，都在设法做着别人不能做的事。有人建豆腐作坊，有人把河水聚起来养鱼，有人引河水浇果园，有人建纯净水厂。河水成就着奋斗者的梦想。

周边赶集的乡邻在双河口聚散。过了双河口，就出了四山环抱的小镇街道，就变成"离街一丈都是乡邦"的地方。一靠近峡门口，山风就呼啸起来，双河从此就汇到城里去了。一过峡门口，就不是小镇了。

河遁入峡谷，一转身就没影了。

1987年春天，小镇通了第一条公路，双河口架起了小镇第一座桥梁。那座三孔的石拱桥在暴雨如注的汛期，稳坐河口，任河水咆哮，坚固地承载着彻夜不眠的汽车东来西往。从此，进出小镇的路风雨无阻，进城的人坐着班车朝辞夕返。

没见过桥的人来小镇，都要来看一眼双河桥。站在桥上，奔腾的河水从桥洞下流淌，湍急如怒，人们欣喜叫绝，热泪盈眶。开照相馆的人在桥头摆摊拍照。慢慢地，小镇人把双河口叫成了双河桥，成为方位地标。1992年，我们在老师带领下，佩戴红领巾，挥舞大红花，高喊着"欢迎欢迎，热烈欢迎"，在双河桥迎接社教工作组的车队下乡进村。同年三伏天，父亲记忆里最大的暴雨，让双河猛涨决堤，洪水淹没了农田街道，淹掉了存放我们新课本的新华书店。

循着支流往北走，经过清真寺前的小溪，就是后村的母亲河。它藏在山谷里，有一眼供给全村人吃的泉水叫庙神泉，与村东的小龙王庙遥相对峙，一谷一梁，司风管水，是后村世代信奉祈拜的"泉拜大"。我们这一代，有人拜给石头古树，还有人拜给五服之外的外姓乡邻，多数孩子拜给这终年不枯的水泉。

村庄共同体下的许多庄严仪式，说话做事，教条规程，无不向我传导着人在世上应有的真挚与良善。水泉石板上贴着对联，插满香火，贴满"夜哭郎"的符贴。我们群聚时对着壁立眼前的山崖高诵："天皇皇、地皇皇，我家有个夜哭郎，走路君子念一遍，一睡一个大天亮。"又幸灾乐祸地嗤笑夜哭的孩子，却忘了自己也是乳臭未干的小屁孩。我们整齐又高亢地呼喊，崖娃娃发出经久环绕的回声。长大后渐渐懂得这让过路人念诵的符咒，是为了合众祈愿夜哭的孩童免受惊吓、安然入睡。

神秘的风习令人敬畏。这祖先传下来解决问题的精神疗法，昭示着生命的珍贵，需要不同属相的路人热心祈祝。

一转眼又到春天，从后村出发的小溪，一路滋润着河边的草木，该发芽的发芽，该开花的开花，草长起来，地绿起来，树胖起来，鸟儿欢歌。柳条儿像少女的秀发，刘海梳展柔顺；小鱼儿浮出池塘，三五条一群，时而排成纵队，时而合围成团，吐泡泡，追逐嬉戏。洋槐花盛开的季节，后村变成一只蜜罐。蜜蜂成群飞舞，外地的养蜂人扎帐篷住在村尾，住在密不透风的洋槐林包围的水塘边。过了夏至，一贯温柔的小溪，会在某一天惊雷滚滚，脾气暴烈，毫不温顺。随着雷电交加狂风骤雨倾盆倒来，高山上呼啸而下的山洪，混流入沟渠，狮吼般冲向后村。洪水肆虐过后，住在村溪边的人家，有的房子进水，有的院田被淹，牛圈被冲毁，羊圈被泡垮，有的晒在场院的粮食，来不及收装就被冲走。一个邻村学生，跳到水塘里游泳再没有上岸。

秋雨没完没了地下到霜降时节。一入冬，小溪小河奋不顾身跑时，突然会放慢脚步，水流低洄，渐渐有气而无力。交上腊月，山溪开始结冰，溪水断流。随后进入三九，整个溪流凝结成一条洁白的冰场。我们把用废滑轮制作的三轮滑板车放在冰床上，顺溪而下滑着玩。在溪流落差大的沟谷，是男孩子不约而至的场所，我们蹲下身，屁股坐在冰面上，两条腿并放，伙伴们从后背用力推一把，那种飞快溜滑的感觉，混杂着屁股下面热量摩擦卷起来的冰凉，有一种飘然而起的快感，极具挑战的刺激。储满水的池塘更是一个大冰场，任我们跳，笑，闹，即使欢愉得有些过度，冰湖也不会裂缝。滑了几天冰溜子的阿毛，发现裤子磨破了洞回家要挨打时，脸绿着说："再也不滑冰了。"

梭罗说生命就像河流里的水。双河的水，从不因我们离归时停时流，它总是或深或浅地奔淌，又不停地滋养，即使冰天雪地也毫不减量馈送无穷的欢乐。20 年后的风声里，我已远没有少年临水而立的自信，攘攘的街市听不见河响，无人的马河坝曲长的堤岸旁，水声时而断绝。在没有河流滋养的川地上我的心便套上枷锁。

早年诀别她时，如瀑的流水从后面追来，一群少年的身影嵌入明镜般的河水，我们在岸上奔，也在河里跑。当我再从楼群中寻找河流时，河水憔悴的面容已倒映不出天空和流云。在夏家垮河前，水桃熟了，我摘几颗又黄又圆的握在手心一捏，核脱离了果胶沁出汗的果肉。

走在河边小路，来来往往的摩托车、小汽车打着喇叭，不容我细听河声。林多雨多的小镇，四处的泉水枯得像营养不良的孩童。我朝河床的水草望去，渐渐寻到了仅有麻绳般粗的河水，残喘地流淌。不远的地方，河水费劲地流入一口深潭，潭水附近有口深井，井上有电缆，是一个大型水泵。加水站的公路边，各种各样载着塑料水桶的车排队打水。地震后的重建需要大量用水。周边乡庄普遍缺水，这里的水从河道里抽，一天抽到黑，纸牌上写着"加水 10 元钱／方"。

望着浑浊的浅河我痛彻心扉，不知鸭鹅什么时候游回来？停积的黑臭死水什么时候才能澄清？

　　这些问题我不能理解，乡村的水什么时候开始卖钱了？林木茂密的山区怎么会缺水？一排排小白杨哪儿去了？清凌凌的小河水哪儿去了？

　　四处找不到人饮水源，而需要邻乡犀牛江的接济，翻山越岭长途供水。小镇在清理河流也将建污水处理厂，禁止挖掘河谷、砍伐森林后，他们在重新构筑另外意义上的夏家埫，那就是让河水源源不绝长流起来，让失去的重现……

　　许多年后，小河灌输过我们身上的血液，流淌在我们奔走远方的前脚。童年的羁狂留下的伤疤，流水洗不去。如果有一天，我们活得还一塌糊涂，或者无处可逃时，乡庄的小河还能够收纳我，让我重走来时又小又窄的路，看见又瘦又调皮的自己，如信天游"大雁听过我的歌，小河亲过我的脸"那样纯真！

　　小河不抛弃我，流水认得我。

　　早年浪迹，感受过外面世界的奇幻与精彩，城市生活的繁华与丰饶，但相比于一路见过的白龙江、黄河、长江而言，我生命的源头是后村流过夏家埫的小河，弯弯曲曲，涓涓清澈，温柔多情。

　　毕业于田野和小镇，发现拖斜的树影出乎根。驻足被拉直的河岸，改道的河水失去了婀娜的腰身，没有鹅卵石的水流打不起浪花，只在拦水坝前潺潺放歌。

　　改造后的小镇展示着穿回古镇的风貌。一些木楼还在原地等久别的人。今年天旱得异常，不像往年丰沛多雨。语文课堂上，我们争论过北方的河南方的河，举手问老师：夏家埫算北方还是南方？老师说按地理位置自然属北方。可从地图上找，小镇就在陕甘川交界的南北分界线上，既有北国之雄奇又有南国之灵秀。上中学后为了精确地辨识属南属北，我们一帮同学把头簇拥在一起，怀着对祖国江山敬畏的少年心，在一张标有乡镇的中国地图上争抢着查找和定位故乡。

现在除了我，其余曾在地图上找小镇的同学，他们一个比一个远，杭州、深圳、成都、厦门，远吗？究竟有多远，我又从地图上去找寻各奔天涯的伙伴。当我终于拥有一张标注详尽的地图后，当年的毛头小伙马尾辫姑娘，已纷散无影。

后村十天半月过事情，乡庄伙子汇聚，执事总管忙碌着，吆喝着，院里搭着席帐，乡邻们携物奔走，担水烧水，端这取那，煨茶敬酒，老人和妇女们穿梭席间，承担着酒席的各项事务，老人们脸色蜡黄、苍白，不逢年不过节他们舍不得买肉吃，鸡蛋也攒着卖钱换盐。这帮忙和坐酒席，算是一次全村人的营养改善。

噼里啪啦的鞭炮迎接远方的姑舅，尊贵的来客。

酒席上雪碧汽水，瓜子糖果，很丰盛的八凉八热。"九碗三行子配十全"早过时了。旷野泥土生香，有同学回乡，最想看的还是年少时摸爬滚打的河。同学要我带他沿洞沟看双河，来到峡门口高速公路下的河边，他对我说：这次回家，忽然很失落！我说，怕是我们年龄大了，经不起痛失和巨变。不要多想了或许会好些。他眼眶湿润，被远灯照亮身影。他说他不想去外面了，人这样奔波究竟有啥意思？父母越来越年老，咋办？我问：你当年在双河桥看浪花时，不就是要去远方吗，你抵达了没有？

他说：我本将心向明月，奈何明月照沟渠。不时有汽车驶过高速公路，强烈的光线像电波，车轮旋风一样响亮有节奏，让我们外强内弱的心灵认受——故乡人已经彻底放弃对农耕生活的指望了。

他沉默不语，我更无言以对。好在一阵逆风把我们吹醒。转身而上，大风像一缕缕绳索把我们越箍越紧。在我们好不容易拥有理想的一部分时，故乡黑夜下的河流照见的我们，其实只剩下被无数遍地打磨而缺乏激情的无奈。也许从坐上车走开始，就注定我们已经再回不到从前了。

弄丢故乡后，只剩河流在拥挤的建设和夹板中拼命存活，又在自然的蜕化和变数里残喘。古希腊哲学家赫拉克利特说：人不能两次踏进同一条河流。我童年和现在追寻的河流，都是双河。我自此去他乡又回乡，河流流着流着就枯了，断了，如一去不返的人，费尽气力我仍挽留不住。

很长一个时期，我曾偏执地认为从前慢从前好，觉得过山车般的节奏挤压了人们顺应自然的精神空间，过度扭曲了人心，但每当我惊叹于现代科技信息的发达时，面对河流我又陷入矛盾。时代与河流都向前跑，落后的是跟不上步履的人。

人生亦如此，识时务者乃俊杰。但我还是拒绝人心不古——丧失良知的利欲，违背初心的忘本，缺乏尊严的奉承。有谁还捧着罗盘一样敏感而精准的价值观？急功近利的镶取，谁都不会有更好的命运。我诧异于有后代考上一本大学也不见有多荣耀，人们对勤劳朴实与人为善会结好果半信半疑。我向河流深鞠一躬，把心房里蒙尘的故乡擦了一遍。大年初四，父亲把旧房拆掉建造了一院新房。

朋友说："有老家，故乡就有证据，灵魂不流离失所，雨再大夜再黑风再冷，热炕是收留我们的归宿。"

正月初八，我追随社火夜游，按乡俗绕庄一周，翻几道梁越几沟渠蹚几条溪，处处能闻到泥土味。原本从对面高岗下来回村，可侄子说这些年村庄扩建，上坟的老路不见了，赶紧跟上龙灯跑，不然就迷路了。

尾随在队伍后凝神探听，在撑不起小舟的河溪之上，我听见社火唱诵的小曲。

河上飘起纷纷扬扬的雪。

一地霜白

天气提前冷了，山顶上已落过几场寒霜和薄雪。

街上行人稀疏，商店门市也没有往日的喧闹。风越来越大，一阵子顺地旋扫，一阵子横冲直撞，遇着巷口斜刮，扑过路人的脸。十字路口的风有些慌乱，像来来往往四处去的人。

他们心有万虑，盛装不下的全都写在脸上。

拐到莲湖公园，广场上人山人海。一年一度的寒衣市场，显出另一番热闹。许多人围在地摊前，挑红拣绿，不咋言语。更多的人，似乎面带苦色，以此弥补和祭奠早到九泉的亲人。

世事美好，不过人间。活着的人，千难万难，但有吃有穿；离人世的人，面对寒冬的来临，不知道他们的世界有多冷寒？

在这个县城，所有的焕新尚还服从于传统。变数大的季节，节令还有它独特的深意。每逢农历十月初一，在太阳出山前活着的人为逝去的人上坟地，送寒衣。做儿女的，备上香蜡纸钱，厚衣贡食，为去往天国的亲人，送暖尽孝，祀祭先人。

市场上人群黑压压的。铺陈在地花花绿绿的纸衣，令人心怵又浮想联翩。卖卖和买买，没人讲价，说话和声细气，轻言低语，比平日多了温软和蔼。摊前都是给亲人买衣服的，个个心情沉重，小心翼翼。这些人都是在此前刚刚经历了亲人离世的悲痛，他们忽然叫不喘，就离开于病灾，离开于年老……

十月初一前夜，还有回不去家的人，他们或许是外乡人，在入夜后，面向老家，跪在城市的十字路口，一丝一绢，一纸一烛，为亡人焚送纸衣，火光下映亮的泪眼，是愧疚的牵念。

在一个摊位前排队，卖衣人选装了一套九件的冥衣递给我："放心，全套的，衣裤鞋帽都不少，九九归一。"我心里不禁伤悲，有种酸楚涌堵心门。我提着轻得只有几张被裁剪成衣样的薄纸，感觉像拎着比山厚重又掂不起的包袱。

人世的隐忍，最痛是阴阳两隔的孤独。命运之力，绝对地战胜着人的努力，就像我无法挽留亲人离去。

祖母 2006 年去世。那是辞世 5 天以后的雪天，全村人在黎明的黑暗中，在即将全部出门打工的前夜，每个路口都点燃麦草火，给她照明，红色的火焰烧腾起的黑色灰烬在洁白的雪地上舞蹈。古岑岑的村庄，因为祖母去世而复活，我们把缠着白纸条的丧棒插在坟头。最后填土的刹那，唢呐悲号，鞭炮炸响，我听到粮食从簸箕里滑落的声音，土块飞速砸向棺盖重重的掩埋声，一下下打在我心里。众人埋土的十几声过后，土已掩过了祖母，掩过了她静躺的绵软而又鲜艳的绸缎被褥。再没有咚咚撞击棺木的声响。我终于清楚了，什么是与世隔绝。走过从屋院到墓地的这一里路后，从此我就与祖母永永远远地分离了。她这一次睡去，再也不会醒来了。她再也不会给我做饭了，再也不会在我每次离家时送我了。她彻底不管我了，无论我受什么挫折，有多么孤单。祖母是从小就成孤儿的父亲的天，那一刻，父亲和我们的天，塌了。

望着突然苍老到没有眼泪的伯父和父亲，看着他们置办丧事的操劳，感觉他们比托钵要饭的人还无辜。我心里绝望地狂喊，但喉咙堵塞，发不出一丝声音，只有成河的泪水，顺两颊抑制不住地汹涌，我看见姐姐们控制不住的哽咽，抽搐不停。

祖母给了我 24 年的爱，现在离开我已 14 年。14 年里，我养大的儿子已经与我齐肩。但我还是经常想起祖母的黄土墓堆，有时候在公众场合想起，为了掩饰难抑悲伤的心情，我常常把脸低垂，偏移开人群和目光。如果是半夜醒来，无法安慰自己时索性坐起来，写点东西。

多舛的生活呀，最擅于制造这不管你情不情愿的遗憾。有些子欲养而亲不待的悲苦，是天意安排的捉弄。生死不论穷富，风颠云跑，任谁也不能控制和主宰。人对死亡总束手无策，温情的人生终要与薄凉的世界绝断。生命对人，都不定长短，不透露谜底也无法打听。活在世上的人，为什么祭奠黄土之下的魂灵？为什么相信烧寒衣亲人就能收到？也许，这是仅剩下又能做到的，一种哀思的寄托与抚平，它自架桥廊，让故人与生者心领神会。

在地摊上选好冥衣，卖衣女对我说：扫微信吧！我掏出手机，一扫，她的微信支付链接跳出来——美好的愿望。我犹豫了一下，把手机装回口袋。美好，人间美好，去天国的人怎样美好？我怔了一下，对她说："还是付钱吧。"我怕亲人去的地方没有微信，亲人活着的时候也没有银行卡，我们不是微信好友，他们没有智能手机，不会刷支付软件不懂通兑。

风吹彻，一树落叶归根，人离世，一场雪雨落地。人送走的终将不还。先逝者解脱了受罪，去了哪里？在那暗无光的地方又是否安息？

天已全黑，寂静的四野火光很亮，红的，热的，化为烟缕，飞的，灭的，化为纸灰。霜盖住满世的薄凉，入夜的风刮起满地枯黄。

不见的已经不见，愿人间多些完好，祈天下好人平安！

多少往事留在心上

挖半夏

随着光阴流逝，遗忘的东西越来越多，但少年时期的野草，我没有忘记。

绵延的群岭阻挡着山里人的脚步，满地的野草差不多都是药。在没有几条像样的大路能够带人出山的故乡，潜藏和孕育着无穷又奇妙的花花草草。

当后村的山河在沉迷于春天的美中醒来，节气进入盛夏，大山满坡披上青纱，旷野到了万物生长的最好季节。沟上坡涧的草药，长在田里、渠畔和草坡，被溪流滋养，被黄土仙养，野长着，散布着，壮苗成丛，其中半夏，对我多有关怀。

一放暑假，我勤工俭学的方式是上山挖药材，在东梁西坡的梯田地和山沟谷涧的荒地里，用镢头掏挖三片叶子的草苗——半夏。陪我的人是小四川，他 11 岁时不知为啥被外爷收养回来，和我一起念书。我们常常起早或赶午，抢着去翻耕得松软的伏地里挖半夏。这种地，由于土熟所以好挖，由于无草所以好找。

清晨，我们穿过草尖挂满露水的小路；正午，我们在骄阳似火的伏地里寻觅，如果能远远看见一株硕壮的半夏青苗，脚步便飞奔而去，心里顿时如吃到蜜糖。

仲夏时节，半夏到了叶子葱郁根茎变肥的年华。茎苗亭亭玉立，三瓣叶片如伞撑开，有的还抽出鼓胀的花穗。

半夏茎叶露出地面二寸长，一茎顶三叶，牛羊不啃，虫鸟不啄，长一株就能活一株，比杂草的生命力都强，它长得并不密集，但细心寻找一眼就会发现。由于茎苗野生，又是夏至过后反复翻耕的三伏天，我们在一片地里挖来挖去，挖到手的半夏，也就四五十颗。有时候走几座山，爬几道梁，挖一个上午，在到处已被人掏挖一尽千疮百孔的地里，我们像拾珍珠那样，最多也就挖一洋瓷碗。

回家后，我强忍着鲜半夏的毒痒，一粒粒刮净"麻衣"，让粒粒块茎都白嘟嘟的。晒干后再看，给我惊喜的胖半夏，干成黄豆粒那般小了。

三伏的太阳目无一切地暴晒，大青山被晒浑。当我饥渴难耐，为一上午的劳累而没有多大收获正沮丧的时候，老天仿佛特意安慰我似的，让我意外地发现几丛壮苗，心里一下子乐开花。她心疼我一山无人了还饿着肚子寻宝，才变魔术般赐予我几亩半夏，帮助我。我跑上前，一镢头掏出一窝，豁开翠绿的叶苗，根上悬吊的半夏足足有十几粒，其中有几粒比大拇指肚还大。为了这份沉甸甸，我连忙蹲下身，索性坐在地上，一粒粒捡拾，一苗苗抖土，感谢这份来之不易的馈赠。

一天天过去了，从沟底到梁顶，从左山到右山，每片田基本被我挖过，半夏粒晒满窗台。我把半夏装在书包，背到集市上卖给药材贩子，换来39元钱。留过新学期的学费书费，还买了白网鞋、5斤米，给祖母买了火烧、油糕，买了半块西瓜和几支冰棍。正当我们沉浸在快乐中的时候，小四川的外爷突然住院。我喊他上山，他不挖药也不回家，原来他的外爷被人打伤。

邻家的恶少，仗着他们家亲戚在信用社当头，贷了银行几十万在高村开办石矿，凭着有钱有势，堵占小四川外爷家房前那条走了多少代人的路，伙同村队干部砍树、撬石墙，光天化日之下打伤两个人，声称"他们是替全镇人教育传言炸山破风水说瞎话的坏分子，阻挡财路的人都得挨打"。他的外爷严重骨折，在医院住了20多天，他舅舅寻乡找县，掏了不少官司钱，起诉之路在他们跑断腿的两年奔走下不了了之。他们还要种地养家、供娃念书，只好忍气吞声。

这件事让小四川在小小的年纪，对周围的世界失望透顶，让我也想到父亲在面对别人的种种刁难时受尽屈辱，我们同病相怜，心情沉重，在无力保护家的自责中想着逃离。那个本来愉快的暑假，我们第一次经历了孤独、痛苦和伤心，心地单纯又善良的我们，萌生了对这个乡村的憎恨。

小四川发愤学习，他说他不想回到心比半夏毒的人群周围。

多少年过去了，我们算顶天立地的男子汉了。我不能说有报应显灵了，也不能说欺负人的人早死了，但那些确实早逝的他们没有成形的后辈儿孙，可能是过去作孽过多。如今，我们业已与村庄无关了，但对待乡亲的事情一直热心尽力，我已经原谅了那块土地，放过了愚昧的人。

后来学医，我知道了生半夏多外用，消肿散结，清半夏长于燥湿化痰，姜半夏偏于降逆止呕，法半夏善和胃燥湿，启示我人要有几身过硬的本事，才能在复杂的生活里"打铁"。我感谢半夏，是不该发生的挫折让我过早地成熟，是沉重的劳动让我懂得了生存。

故乡有生有死，即使不幸背负过的磨难，也都会在某天变成支撑人灵魂刚强的柱顶石。好在我上完初中后国家就推行了义务教育，我辈之后的孩子不用再沿山挖药和下地干活了，也不再担心学费而辍学，更不用翻山越岭挖半夏卖钱了。

山里面还长着苦半夏，陪我挖药的伙伴上完大学回四川去了。

回想那个暑假，我知道了劳动与汗水的滋味，理解了人生与世界的关系。我感恩在挖半夏的坡地，给我们塞一片干馍、擦去我们额头汗珠的好心人，他们少言少语，被人忽略，他们无足轻重，说了不算，任凭劳动把他们纠缠到为土地献身的那一天。我永远是记着他们的孩子！

这些年，我把正处于游戏年龄而在无望中挖半夏的经历，把那时候烈日下流过的汗三伏天背受的冷漠，一直珍藏在我记忆的最深处，当迷惘糊涂时，如一道闪电警醒我。

红萝卜

环顾旷野，心神就不由得投往那片田土，聚焦在那爿绿茵茵的萝卜地。

这时的我，仿佛刚从菜园里拔出来的萝卜，带着泥地的水润。

后村的萝卜有多种，如榔头一般粗，白嘟嘟的是白萝卜，是山里人越冬时与洋芋、白菜、粉条做烩菜的主食；一拃长镰把粗，红通通的是红萝卜，主要用来拌凉菜、炒菜和烩臊子、腌咸菜。圆根头的叫心里美，菜心紫红，多用于酒席宴肴。还有开春上市的水萝卜，外皮粉紫，是早春脆嫩的时令小蔬。

生活给我的美好，有霜天里甜透心的红萝卜。缺油少菜的岁月，夏家垮人储备越冬蔬菜，家家户户在院里打两个大土窖，一个窖洋芋，一个窖萝卜。

萝卜窖里窖藏白萝卜、红萝卜，上面棚上一层保暖的玉米秸和草帘子，留一角密封的窖口，需用时扒开窖口，掏几个出来，做烩菜或炒臊子。我们则不听话，只顾着钻入地窖里玩耍，找寻长着两条腿活像小人儿似的红萝卜。直到过年前，父亲才把捂实的窖揭开，多取出些萝卜，存放在有烟火气的热炕附近备用。

萝卜藏在不见天日又不受霜雪的地窖里，似乎又接上地气，恢复元气，保持新鲜。若过了立春，掏出窖藏的萝卜，会长出细密的白须，但不失水分。洗净后咬一口，白萝卜脆而辣，红萝卜脆而甜。

将半青半白的萝卜皮洗净，用热油炝葱椒，配以酸菜凉拌，或者将水汪汪的胡萝卜，用快刀切成长丝，佐香菜芝麻辣椒用滚油一泼，加上陈醋炝拌，是后村进入金柿红软的初冬后，农家饭标配的下饭菜，是大地的种植里最甘美的结晶。

炕桌上，一锅正冒白气的徽面饭刚端上桌，桌间摆着葱油炝拌萝卜丝、炒洋芋丝、辣子炒豆豉和一盆漂油花的酸菜，一口烫到心的饭团，就一筷子红油萝卜，酸辣爽口，清淡甜脆，配以老醋的酸爽和葱姜的辛辣，可口到无以形容。

童年里有趣的事，应当是在疯耍到口渴无味时，便钻进一个无人的园子，两手抓住萝卜叶缨往出一拽，萝卜便从雨浇饱的软地里抽身而出。不知是无师自通，还是受到谁的启发，伙伴们纷纷自告奋勇，抢着去拔萝卜，比谁拔的萝卜大。

然后到那孤岭上去看养蜂人。蜂群穿梭在山梁的荞花地，太阳照着野花丛中的帐篷。他们逐花而徙，循香流浪。我们给他们的小孩送去可当水果吃的萝卜。

茶缸子一样粗壮的白萝卜，从长出地面的青头上，我们能分辨出大小。胡萝卜整体埋在泥土里，只有从绿叶分蘖的茂盛来作判断，但一些壮苗不一定长出的就是大萝卜头。偷拔过几回后，由于胆小心跳，我只揪到一把叶子，就跳下了坎。自此，我只负责望风，进园偷萝卜的事，我再没有勇气。

不知不觉到了深秋，我翻过几道山岭，又一次返乡。

离开后村的时间不短不长，24 个年头如不挂果的树，在不远的小城谋生。前些天去南山，看见一片霜地里的蔬菜，当夜竟做了拔萝卜的梦。

入秋后，爱吃凉拌萝卜，这与早年乡村生活有关。我常记着养蜂人和他们的帐篷与孩子。有时候想，如果我当年没能考上学，又不想种地，我就种胡萝卜，或者做个养蜂人，也许我很适合那种生活。

上中学后，随着我们长大与念书的开销增加，家境更显困难。父亲从抛沙河姑母家要来两碗胡萝卜籽，等不及翻耕的麦茬子地蓄点墒情，就在头伏中腰的骄阳下，把种子撒进了六分自留地。那天黄昏，在村人们出于怀疑与好奇的观摩下，我们用锄头把种子埋入反复打绵的绵绵土。幸好天公悯人，种下胡萝卜的当夜，就下了一场灌透的白雨。

胡萝卜如期出苗。等待幼苗破土的父亲，天黑了还蹲在地畔，望着一苗苗新芽。月亮陪他无数个夜晚。我陪他 10 多次在田间匀苗拔草。那些时日父亲突然出现的笑容，掩藏不住的欣喜，仿佛在种了几十年地的田土里种出了金子。

他站在地里看萝卜叶一寸寸长的时候，多少月明月黑的夜梦中，他似乎看见了一片绝对在望的丰收。过了霜降，我们连续掏挖了半月，这六分地的产出背到集市上卖了 600 元。种菜的第一桶金给了父亲信心。村里人都来我们家向父亲讨教，想跟上父亲学种萝卜。父亲的秘方是多上粪土，长得最大的胡萝卜，父亲收藏了它，供乡邻们来参观。那年我家的胡萝卜普遍长到两寸多长，一根萝卜能拌一碟菜。

第二年，父亲多种了九分地，乡亲们每家都种了一大片园子，等待收获……

入冬后，一地地萝卜挖回家，堆成山。家家户户背到集市上去卖，结果连续几天都背回来。父母各背一背篓，我和哥哥背上半背篓，等到日落西山天黑散集，来来往往的人来来往往，眼看着街上卖萝卜的人比买萝卜的人还多，谁都说自家的萝卜甜透心，但就是等不来买主。连续几集，我们连一斤都没有卖出去。

天黑彻时飘起了雪花。人去集散的街市只剩我和父亲了，欲收摊时，市场旁边林业站的一位职工从楼上喊住我们，买走了 10 斤，得以让我回家的背篓变轻。经过十字街口的商店时，父亲主动给我买了两斤橘子半斤花生。

我怎么都没有料到，这曾甜透心的胡萝卜，因为丰收的泛滥，却伤透了人心。

那年的萝卜多成了害，除了送亲戚，我们憋着反胃的感觉，吃到了翌年割麦时节。那时候没有冷库也没有电冰箱，为防止萝卜变坏，我们不断地开窖，掰芽，下窖，再开窖，再掰芽，直到芒种，天热得能把地烤焦时，我们只好腾空满窖，把萝卜倒在耳房子地上，堆成几堆。那半年的朝夕三餐，我们把萝卜大山吃成了小山，把小山吃到仅剩下几袋子。被回暖的地气渐渐烘蔫的萝卜头，祖母又腌咸菜，或用水泡胀，蒸煮上吃，炒萝卜菜，吃得我们维生素估计全超标了。

吃萝卜变成了我童年厌烦的噩梦。在正缺营养的年龄，多余的胡萝卜填补不了匮缺久积的困境。但生厌之余，我还是从亲人对萝卜的珍惜里理解了它的淳厚。尽管它没能给我换学费，但足以喂饱我。

回头想，那年的胡萝卜是一种运气不佳的蔬菜。好不容易与小麦玉米比过了神气，喜获了丰收，却遭物贱，我好长时间都想不通，父亲说："农民就这命。"籽种撒进地后，剩下的交给天气，能长多大长多大，能不能卖钱，说不定。

当下，象牙白和胡萝卜占据菜市，萝卜又光又长，让人怀疑它吸收了多少化肥。

原品种的胡萝卜，只有老家的菜地还有，已经算得上物以稀为贵了。前几天，在早市上我看见许多小地摊，旁边坐着感觉比我母亲岁数还大的菜农。

她们摊位不大，没有二维码，衣襟和手绢卷着一沓零钱。我看见摆放在她们面前的几篮子萝卜，短小，红嫩，新鲜，表皮透着红光。赤玉般的剔透如圣婴，它特有的迷人形色，十分引人注目，让我想起故乡那片地。

我走过去，决定买些拌凉菜，几个婶婶不约而同喊我："娃娃，买上，两块钱。"她们的摊边冷清，旁边超市里挤满涌出涌进买菜的市民。我仿佛回到那一年家里卖不出去萝卜的心酸，赶了一整冬集市的一无所获，比那年把人吹僵的顺河风还冷。遂蹲下身，拣拾了一袋子萝卜。老婶一边帮我拾，一边对我说："娃娃，这萝卜碎，却甜透心。"

我不禁愣住，"甜透心"，这句话熟悉得如耳鸣如梦萦。老婶说得对，对于她我的确还算娃娃。甜透心，不就是我家里种过的红森品种吗！我像相逢了失散的伙伴那样，沉浸于这种追上了故乡一样的惊喜里。她称重："5斤7两，搭两根，算6斤。"我说："好，先放下，我去取钱。"婶婶以为我不要了，解释说："甜得很，你一吃就知道了。"

另一位婶婶说："饭馆里不用，大师嫌洗切起来麻烦，城里人爱吃黄萝卜。"她说的黄萝卜，就是广胡萝卜。

回到小摊付完钱，老婶要再送我萝卜，我拒绝了。执法人员又来驱赶占道的地摊。她们怜爱地瞅我这个乡下进城来的后生，老婶执意要塞给我，那心思已无关买卖，而是一份情。她们种菜是为了营生，有了她们坚持耕耘最后的田土，才有东西营养我们快将断裂的乡土神经。

后村还在那个地方，但已经没有那时候吃过的萝卜了。世事易变，人事消磨得飞快。曾与我一起赶集卖萝卜的人，逝散如风……

当年远离故土，莫非是为了让我更深地来回望？水逝云待，物是人非。每个出身僻野山乡的人，置身滚滚红尘的淘漉之后会觉悟：顺其自然却不失之于性情，身处平凡却不愧于心地良善，应当是受过了这些寻常菜蔬的教育与感化。

是的，大地孕生当胜于一切教化。朋友，请原谅我每遇见故土风物时，就会控制不住这种热爱与兴奋。我也时常感恩当年那位林业站陌生的好心人。

一缕韭香

农历八月十五下午三点三十八分，中雨骤停，飞机飞过后村。母亲从自留地里，割回一怀抱韭菜。

连日的雨让开过韭花的韭菜，继续蓬发。细看韭叶，比起春韭的短苗肥嫩，秋韭显得细长。

每年清明回家，到坟地看望祖母，上香，烧纸，点烛，挂纸钱，插摇钱树，磕头。起身后，就会发现地角的韭园，探头探脑，正抽新芽。

我走近韭菜地，蹲下身，仔细端详韭叶抽胎，一瓣瓣韭芽，像雨露初润的草尖，从韭根上发出来，点点斑斑的绿意，渐渐伸长，变宽，让人喜出望外。

愁肠百结的心，瞬间如焦渴的泥土得了一霎甘雨，又如飞散的小鸟迷路后重回树林，欢叫扑腾。

没有什么能比菜园给我以宽慰。索性坐在田土上，像儿时抓起一枚土块扔向遥远。黄土漫山的地里，菜秧草族郁郁青青……

母亲在城里的日子，韭菜顾自生长，不割不换茬，就长得慢。

这片韭园的根系，一部分是姑母家里带来的韭根，另一部分是山坡上剜来的韭根。祖母领我们，把两种韭根混栽在自留地西角。随后，这些韭菜，自然好像带着大野的奇香。曾经多少年，这韭园为我们一家人的粗茶淡饭，为上顿下顿的酸菜面，提振了食味的鲜香，为调理寡淡的茶饭做过功不可没的贡献。

漂泊在外那些年，我与韭园断了隔三差五去割一镰的关系。

韭根很快变老了，甚至停止了生长。没有办法，祖母只好从老根上掰下幼根，耘草，翻土，整园，闲了就剜几瓣栽几苗，全部移栽成新根。韭菜芽有新有老，又发了10年。

母亲去河西那几年，父亲忙田地家务，无暇打理菜地，韭园荒了，韭菜学着草的样子长得又细又长。母亲回村后清割了园中杂草，翻松了板结的园土，剪栽了韭根，施肥，浇水，保暖，一片炕大的韭园再度绿芽青青。

母亲的辛劳，决定着长出一片像样的菜园。

这些年，我自后村去，不知后村事，我回后村来，乡事亦不闻。想不起韭菜被割过多少茬，换过多少代，但它们至少是孙子成群的辈分，像我在家族里，已经有翎羽们叫爷爷一样，我能不老吗？

人上年龄，心就念旧。母亲懂我的欲言又止，又相信我永远不会忘记祖母的手擀面。在缺油少肉的无米之境里，祖母何以弄得一锅香气喷喷的酸菜面，确实不容易。相比同类的葱葱蒜蒜，韭菜立的是头功，除了冰天雪地，其余时节它改变了我们清汤寡味的饭食。祖母用腌肉抹几下热锅，再把红辣椒和韭菜切段爆炒，加入已被油盐腌制透亮的腊肉，炒好盛盘。

再待洋芋煮烂面条煮熟后，烩上葱花炝煮的酸菜、新炒的韭菜。简朴的生活，一下子扬起浓香，在腾腾热气里溢满院落。如果要做招待木匠或亲戚的饭菜，或者过年节下宽心面，烩制臊子汤时，先是义火卤煮半个时辰，出锅时，把牙长的韭芽剁成沫，撒在汤里，就给缺少青蔬的饭食，漂起馋人的绿鲜，让人连面汤也要喝个碗底朝天。

后村兴云起雾，已认不出我。他也把所有亲邻乡伴，变成走失的故人。

那时祖母活着，酸菜面是主食，韭菜臊子面或韭菜洋芋馅饼算是改善生活，韭菜鸡蛋或韭菜瘦肉包的饺子，则一定是隆重的编排。

我碗中的韭菜，还来自那片韭园。这韭菜味大概还是那样的韭菜味，我们照旧吃着，可吃着吃着，亲人就走了。

他们不打招呼，咽气时的前一顿饭，还是韭菜下饭的酸菜面。

现在我侥幸瞎碰进城里，住进鸟笼似的洋楼里。得闲时，常怀念童年饭食的素淡，也仿照祖母的做法做饭，但不论如何精心细弄，即使凭记忆如法照搬，终究做不出当年的味道。其实，韭菜还是从家中韭园带来，酸菜也是妻子按传统做法炮制，但童年茶饭的香味一散永散了。为此，我开始在内疚中抱憾，惭怍于没有在祖母健在时，对她说一句感谢她偏爱我这个最小孙儿的话，我们就永永远远诀别了。

这些年，半夜写作不下去时，又学着练字解闷。正月里大雪纷飞的星期日，时值正午，白雪骤降。我在写字，听儿子诵读杜甫《赠卫八处士》："夜雨剪春韭，新炊间黄粱。主称会面难，一举累十觞。"忽想起半路上的朋友，就连忙铺纸蘸墨抄誊一遍。晚饭索性吃韭菜，进超市看到没有见光的韭黄被人疯抢，遂到无人搭理的柜台买回一把韭菜，和一碗肉丝下料酒清炒，作为佐餐小菜，竟香得过瘾。

今晨大雨如织，早点吃的是漂着韭叶油花的酸菜拌汤。随口问刚起床的儿子："你读的《红楼梦》，读到第多少回了？"他随手翻开，书签所在的篇章正是第十八回宝玉作诗环节，我随意誊抄，就抄到了"一畦春韭绿，十里稻花香"。

这首《杏帘在望》是黛玉为宝玉补作。我试着用西狭颂碑体临写，而宝玉当时恭楷誊写，但我感到，自己有意钝直压住波挑的笔画，形如一枚枚韭叶。

誊完一看，满纸上，果真有一畦新韭发芽的羞嫩，令人欢喜。

更早的《礼记》记述过：庶人春荐韭，配以卵。可见韭菜炒鸡蛋古人就爱吃。还有南北朝周颙在《山家清供》中说春初早韭，秋末晚菘。看来这普通不过又随处而生的韭菜，被历代文士所崇爱，算得上一道揽魂的家蔬了。

在母亲的菜园里，我独爱韭园的一畦春雨足，翠发剪还生，爱它的一雨几寸，几寸一茬，又爱它的一茬一剪，再生如初生。

夜深了，一轮圆月从凤凰山升起老高，忽想起去年中秋母亲包的韭菜馅饺子，不就是时光的轮回吗？此时，书桌上飘起一缕岁月才有的鲜香。

玉米的兄弟叫高粱

梨花雪白时，夏家堎人开始点玉米、种高粱。

玉米播种面积大，是庄稼人精心耘籽的粮食，高粱播种面积小，随意撒种在田角地畔生硬的红砂姜土里。玉米占据梯田肥土好风水，是禾中贵族，高粱长在梁顶荒坡地角，可有可无。玉米主要当口粮饭食，好比亲生骨肉，是人们打心眼里在乎的庄稼，高粱打碾后卖给酒厂，好比远嫁重洋，算不上数指靠不住。玉米享尽宠爱，高粱自甘落寞。

一到初秋，玉米蓊郁成林，比人高的秸秆，齐篷篷顶着万簇天花，粉白透红，像列阵的士兵，集体给大山献礼。雨后的金阳格外灿烂，照耀着翠得滴油的玉米叶，繁茂的玉米树挨挨挤挤，抽缨挂苞。我猫下身，收拢胳膊，钻进绿森森的地里，去采摘野生的西红柿和黄瓜。

饭后黄昏，大人背着麦衣，绕玉米地生火起烟，驱赶野獾。婶婶们纳鞋底，胳膊上挎着摘瓜摘豆的竹篮。伯叔们圪蹴在湾地大石头上，一边望着挂满星星的夜空和黑灯瞎火的村庄，一边轮换着抽旱烟水烟和盘算一季的收成，深邃的夜空上星星眨着眼睛，玉米地畔的烟锅明明灭灭，人们边乘凉拉话边看地。夜深后，我们绕着田地，透开一堆一堆被灰锈住的火心，压灭随风跳跃的火苗，以保证拉起的烟火能撑到天明。

我们抢着看青的差事，其实是给自己争取一次夜游。

如果日头正当下山，晚霞瞬间便铺满了天，给一山庄稼披金挂彩。走进玉米地，先要踏进边坡坎塄上的高粱地或麻地。高粱种得很密，叶窄如马莲，玉米叶宽厚；玉米昂首挺身像将军，有正统风范，高粱哈腰低头如管家，随风巡逻。无人务作的野高粱，担当着进入玉米地的门神，挡着地角地边，不得接近和侵犯玉米。直到玉米成熟砍收后，细长密麻的高粱才有了天地，空荡荡的旷野上，高粱重新站直了腰，好像之前的养分都被玉米独占，现在让给高粱了。

高粱谷穗由小到大，由浅红变深红，裸晒在坡场，独享无遮无拦的太阳。日头越红，晒得越猛，高粱的穗头就弯得越低，秋风吹过正当收完玉米的原野，鸟儿坐在谷穗上扑腾，沉甸甸的穗头便压折了腰杆，乡亲们握着弯镰来收穗了。

晌午饭时，从地坎抓两捆晒干的玉米秆，靠坐在上面吃烟、喝水、啃干粮。朝地角去找才出缨子秸秆细红的玉米，砍断后啃甘蔗一样咂甜味。在口渴难耐的山腰和劳动的间歇，能咂一口甜水是多么滋润呀。北方的孩子都尝过，这营养不良的玉米秸秆充当着他们的甘蔗，劳苦的夏家埫人称之为吃"芋"，其实按方言，应当叫吃"味"，咀嚼的是秸秆饱含水分的甜味。吃"味"的人，一边吐渣，一边顺便想想啥时候把付了一半彩礼的媳妇娶进门，啥时候媳妇生的娃娃长高长大来收这玉米高粱，啥时候积攒的玉米高粱能粜来一座一砖到顶的新瓦房。女人不想这些，她们盘算的是晚饭吃玉米面馓饭还是高粱面搅团，今晚的鸡窝里到底能收几只蛋，最计较的是全家老小越冬的棉衣从哪里着落，是拆旧还是缝新，叮嘱掌柜的无论如何趁天色把这些秸秆背回家，玉米秆立起来围成院墙，查堵秋凉后将来的寒风，有的用来封洋芋窖裹水缸裹树做冬藏的保暖层，有的当烧饭烧炕的柴火，有的做蒸笼里用的锅箅。剩下的高粱莛，扎成捆摆放到棚架上，农闲时用来扎笤帚编凉席。

玉米高粱收尽后，满圈的鸡收到一份邀请函，扑棱棱飞出圈，公鸡母鸡踱步到秸秆围严的院边，伸长脖颈啄食遗漏在秸秆上的小玉米棒子和青叶，飞到放农具的棚架上，啄打碾后的高粱穗。场院里，鸡过上了夏收时的生活，分享着丰收的福利。

直溜溜的玉米秆，被我们制成长短不一的"冲锋枪、小手枪"，伙伴们扮演地道战，演狼牙山五壮士。有时候用剥净的玉米核垒楼房，造天桥，搭长城。玩腻时，选两截长天花的玉米秸秆，一截略粗，用小刀浅浅地剥起秸秆的一段表皮，将另一截略细、表皮光滑的秸秆"十字交"穿入，蘸上唾沫，便可拉出咯吱咯吱的声响，在儿时的乐队里，人人都有这样一架"琴"。

又细又圆又滑的高粱莛，表皮质地比玉米秸坚韧。当我们绕着场院里几十簇玉米秸垛捉迷藏，玩得满头大汗后，便歇坐在草垛旁，用高粱莛的白芯和外皮，通过曲圈、穿插和组合，制作成眼镜和手表。春天时，我们把高粱莛破成纤长的篾条，做风筝骨架，托起的风筝身轻如燕，能飞到对面高岗，飞过土塬山梁小河池塘，惹得我们满野追逐，跳坎爬坡。躺在麦地里放线，幻想有一天自己也能飞起，虽然不知道远方什么模样，但那颗放飞的心曾比风筝飘得还远。

雨雪封山的日子，人们掸去高粱莛上的尘土，拿出绳卷铁丝扎笤帚扎刷子，莛秆经过铁丝用力捆扎，紧系上麻绳，圆莛被压扁，金黄亮泽。笤帚有两种，长把的用来扫地，短把的用来扫炕，一家人一年到头得备十来把。一根根高粱莛几经捆扎，变成一把把扫土掸尘的精美器物，让人惊叹这门手艺。然而看似简单的粗活技艺，除了费力气，工序还很繁杂。高粱穗要均匀铺开，手柄要包得光滑圆润，流程要慢，细节要精，不能赶急图快。如不经师傅传艺，是不容易扎成功的。

农村害鱼口病（淋巴结炎）的人，还用剁高粱莛的办法治病，病人坐在门槛上，木板放在长着疖肿疮毒的腿上，剁莛人边剁边祷。滚刀把高粱莛剁碎，莛芯飞溅得越远，预兆疾病痊愈得越快。缺医少药的乡村，有人真用此法治好了病，让我深感神奇，直到我学医也没弄懂原委。

新一茬高粱收尽后，婶婶们放下鞋底针线，剪一堆高粱莛，用笤车搓好细麻绳，做蒸锅用的箅子。二三十根高粱莛先摆成方形，按锅口尺寸旋成圆，然后夹上龙骨，再用几道线绳把莛串起来，蒸箅子就扎成了。我常常在祖母揭开一锅蒸开花的馍馍后，把冒热气的蒸箅子放到窗台上晾晒。箅子吸满蒸汽，又烫又重，我快步跑着，边吹边换手。然后，坐在门墩上吃糯软的馍馍，便有一种美意涌上心头，日月之光和雨露之饴滋养着泥土，泥土生长着五谷，五谷养活的人都幸福。

从电影院看过《莫欺少年穷》以后，我偷偷溜到果园，坐在茅草房担空的床板上，双腿甩在空中，望着流云发呆。我找来一截铅笔粗的高粱莛剥去外皮，截一截比手指长的莛芯，用火柴点燃，夹在指间学抽烟，一个人听风呼号，看燕子高不可追，便坐在树杈上不靠谱地瞎想未来。

空气仿佛凝滞，太阳炙烤田野，玉米高粱努力拔节，抽穗，扬花。玉米被悉心呵护，高粱独自生发，季节轮转到瓜熟蒂落，汗流浃背终有收获，心里的石头才算是落了地。

年少时心高，也曾不把高粱当兄弟，但它毕竟全力对我好。我要向高粱学习：在无人问津的山冈，遇见劳苦人鞠躬，相逢好天气醉舞。头举50天的穗实，为丰稔的秋天当配角，在大地展开的画卷里充当一个偏旁。

逝水流长

10多岁时喜欢做梦，一心想逃离蜗在十万大山中的小村庄，去看外面的花花世界。抱着这念想，我不断梦见自己已拔腿抽身，从齐腰深的茅草路上奔跑下山，搭乘拖拉机，坐上班车火车往远处去。

在后村四起的风里，我睡在树叶烧热的土炕上，梦高楼大厦的异域都会。太远不敢想，幻想的省城从没有去过，却像电视连续剧那样，接续和覆盖着我的梦，那种被魇的梦呓，虽然折磨人，我却不愿醒来，说不上不知从哪里凭什么入梦的黄河城郭，深广无极。

我沉浸于骗人的美梦，关严月光漏入的窗户，防止月亮搅醒这好梦。童年里大黄领着我无忧无虑跑，当我离乡时大黄跟着我摇尾巴。

我终究离开了大黄，去追寻我遥远未卜的金色前程。梦醒的一堆碎片里，我又极力搜索和背记梦中的浮现，心冥思苦想，虽然夏家堎不是天堂，但却是明里暗地让我可交付身心的地方。

当父亲替我办好农转非粮户关系的一刻，我的行囊里装着户籍迁移档案，让我从此持上外地号码的身份证。学生时期坐班车从省城过天水回成县，一路把黄土高原甩远，眼前叠现出一排排青山。越往陇南走，风光越青翠。2018年3月，成县机场通航，一年坐几回飞机，得以在起降的那两分钟从高空俯瞰，山如群龙，水如玉带，丘陵盆地的草野披罗纱，村镇藏掖在山窝，田地里五谷茂盛，蓝色的水库如宝石，穿山越岭的高速公路像腾舞的银蛇。飞机一落地，草木的馨香沁人心脾。空气中饱和的水粒子，沁润着人的每一寸肌肤。

若从鸡峰山下的十天高速路过，路旁的大牌子写着"您正在穿越鸡峰山自然保护区，请勿鸣笛"，原生态赋予生物多样性的气息，自古感化着这方水土上的人与自然相处。雨水多的成县，隔几年就会阴雨一秋，雨下得厉害时土坡泥石滑塌，多少树根拦不住。每一道沟岔涧谷飞流奔溅，回响不息。

一个地方经受灾害的洗礼，会启示蒙昧，迈向文明。

从碌碌的世场跑乏了，山脚根的庄北大路，让做不动活的老人们，不顾满路的粉尘，走走停停，停停走走，曾经孔武的他们对后村的是非好坏熟视无睹，年老的脚步吓不息庄稼地头的流萤蟋蟀，白发苍苍的他们背搭着手闲转，就像云缝里的一滴白雨钻进晒热的土坎，瞬息就被洇干。

其实更多的陇南人是这样生活的：他们拴于土地，终年扛锄头背背篓上山种地，春天播玉米，夏天收小麦，秋天先收玉米再收黄豆荞麦，白露时种麦，也种着满山的核桃、花椒和苹果，打野菜、挖药、养蜂，有自留地当菜园，他们少有变化而循环干着一茬茬农活。每天出入于山林，背着朝阳上山，又背着夕阳下山。离开土地四处打工的人，顾不上泥地的产出了，拼命于流水线、矿山、码头、货场、火车站、项目工地，当他们有天再往回走时，村口的大树不见了，木头竹子土瓦盖成的房屋被夷为平地，一座座暗净又亮堂的小楼拔地而起。进了庄里，房前院后的苔藓不薄，路上没有人影。土生土长在这疙瘩的我这个碎娃，反成了贸然探亲的闯入者。高高低低的楼房瞅着我，那没有烟火气的水泥建筑，在砍光树的秋风空院里，格外冷清，荒寒，孤独。

彻底走远的，看不见也追不回……

脚踩在虚落的枯叶上，走向通往春天马桑坡的路上。脚踩过泥泞，太阳照晒水潭，向眼药草山菊花笑得金灿灿的坡场去。

手脚寒冷的人，需要后村的土炕。胃口不好的人，需要火盆旁的烤黄馍、罐罐茶。霜降过后的阴天，需要新玉米面搅一锅热腾腾又烫嘴烫心的馓面饭，就着葱烩酸菜、辣子炒豆豉和清炒洋芋丝、凉拌萝卜丝，连吃两碗。这是乡村生活的标配。

现代人离乡进城不稀奇了，小镇有人当教授有人出国有人娶到了外国媳妇，成为博士的游子越走越远。凭窗西望，我眼前的单位搬迁了，正轰隆隆地拆楼，打桩，开发小区。我能看得到街道人流，但又随之压抑，这拆掉的几截矮楼将变成日后的戳天大厦，心里不禁一暗。这隔寸光很快将会失去。环境的改造把我习惯眺望旧城的目光收存起来，什么都看不到。城里难混被人愚弄时，我想念山风的凉快，冬天的火塘。四季直来直去，人心直来直往。

城市大路笔直，自山通河，贯穿成网，宽绰而灰黑。城市变身的速度很快，一片麦田先盖成一个单位的瓦房，一片瓦房再盖成一条街，一条街盖起了一排楼，一排排楼组成了一座座小区。街面门市开张的开张，倒闭的倒闭；客来客往，离乡还乡。滨河路上的桫椤树、银杏树、栾树，集体表达着深浓的秋意。正修建的公园两岸新栽了桂花，13年前城市拓展到最北端的良种场，那里的18棵银杏树已经参天；似乎在昨天还有菜摊集市喇叭吼的老盘旋路，作为旧城棚户区被绿植围墙圈起来，还剩一些没拆完的断壁。热火朝天的拆迁和建设之下，是万千人家的搬离。

属于他们共同的巷道地名将被修改。

出于乡间生活的余悸，心儿不绚烂却养成了坚固，做梦都幻想出逃，所以没有乡愁的概念。那家家生活状况不相上下的后村，五黄六月的割麦碾场，天干地燥的尘土飞扬，暴雨如注时的屋漏院垮，老鸹在村边忽然凄惨地悲叫，道德败坏的人仗势暗整的人最终输于算计，想不通的人天黑后去沟坡树林喝农药，死亡的讯息，曾让我心痛。

断绝就从那时伊始，坚定中有悲壮。好长时间，我不想后村的美。虽然之前写过许多乡愁牧歌，也出于怀旧，把将近十年时间的心交给夏家垴，一边保持着对过度工业化、商业化的排斥，一边为乡村致以挽歌，但从小留下的隐痛无法平复。

社会发展到城乡没有边界了。村里人网上购物不比城里人少。农村办起的作坊工厂，流水化智能化水平不亚于南方生产线。乡与城被互联网连上了原本不相匹配的端口，说普通话的不一定是城里人，讲道理的并非是乡下人，朴实的并非是老实人，狡猾的未必是聪明人。人人都身处宽广但不乏险恶的江湖。摄像头与智能手机，让生活细节详尽备份。

城里人也有乡愁，比如我们的下一代在多年之后，想起的是上学走过的马路，斑马线红绿灯，是公园放过的风筝，骑过的旋转木马碰碰车，人工草坪间的塑胶步道，是爆米花图书馆电影院游乐城……

他们有形的记忆会多于无形，而我们童年物质的匮乏，形而上的精神幻想或许更多。乡村受制于人文传统地理交通，可组合的资源与能创造的财富有限，业已消失的口头传唱和手艺制作无人传承；而城市由陌生人汇聚，有庞大优质的公共服务体系，让三百六十行可以没有种地这一行，但其他职业应有尽有。乡里人千方百计进城，县城的人还想去省城，落户省城的人还想去北上广，北上广的人还想出国。幸亏世界够大，否则梦想太多一定装不下。

在乡村，是一家一户下苦耕耘，产粮油烧柴草；在城市，是为千家万户提供菜单服务，做配给赚佣金。乡里人添双筷子端碗饭就成了亲戚，城里人住对门隔道墙却不是好友。乡里的老人，都不爱门关起来的家，他们嫌客厅没有敞院，乘凉没有树荫。

山花在城里的公园不长，落叶在秋风中回不到树上，善良常常无人抚慰，愁闷总是没有可解的良药。有时候就听汪峰的《河流》，什么就都释怀了，廓清了，放下了，其实梦和理想是一个东西，好比一个人还有乳名。

乡里人不善伪装，但哭笑自如，城里人心细敏感，却深藏不露。

我和朋友们登上梁山，观瞻县城，四面云山的包裹里，如积木垒高的大楼一天天鳞次栉比，感觉比土石柏树垒高的山顶还高。

遥远的鸡峰山缓缓沉入黄昏，南山人家升起炊烟，街巷灯火盏盏点亮城市，车水马龙声中，有师专学生军训的呐喊声，有身边树林的鸟鸣啾啾。飞过县城上空的航班闪着红眼，与高楼上的警示灯遥致问候。

成县，名字本身就好。有句祝福的俗语是"想啥啥好谋啥啥成"。为官一任的东汉太守马融、李翕、耿勋，唐代裴守贞，清代黄泳，还被这片土地记载和传说。抗金名将吴挺与他的母亲，都安息在城郊的康家山前后。无意亏欠和愧对的，是本意美好的约定，却因为"安史之乱"与唐蕃之争的交加，让一岁四行役颠沛流离的杜子美，辗转抵达写信慕往的乐土而扑空，遂离城索居凤凰台下龙峡草庵，朝拾橡栗，暮挖黄独，这种遭遇折磨一个人的同时，也成就了他的创作拐向家国哀思沉郁顿挫的风格，而自成县去成都，从县到都，成就了他崇高的诗圣地位。

土著的城里人常说这河东全是稻田，清代县令黄泳从四川把水稻引种到成县。搬迁安置住进高楼的人，常去拆掉平房小楼的根基看看。那里有他们悲欢离合的酸甜，有着生活千变万化存留的模样。

　　滔滔河水还这么蜿蜒曲折，顺河而去的故人，他们留恋花开旷野与风云雪雨。我不焦虑，也不着急赶路，任俗心聆听平凡努力诚实下苦人的心声，我敬佩他们付出的尊严与汗水，体会他们放眼看透的舍弃和胸襟。

晶莹的梦

核桃熟了的季节，成金就会失魂落魄。

一种斩不断的思念源于 20 世纪 90 年代。那是灯火通明彻夜收公粮的粮站，如今仓库还在，院子空旷，足见农业断代后的屠羸。

他们初识于这座粮站改造后的核桃加工厂。每到核桃上市，小镇整条街都是交易市场。工厂收来的青皮核桃，为防霉变，急需招零工脱壳取仁。成金以每分钟剥 4 个核桃的技艺，成为一名临时小工。厂房里的核桃堆成山，工人们砸破坚壳，将核桃仁剥出来。加工厂以所剥的完整果仁计量付酬。

几百人坐在厂房敲敲打打，果壳开裂的声响，胜过隔壁厂房里机器的轰鸣。一些婶婶们边干活边拉家常，大家扯开嗓门，讲着昨天谁家婴儿满月碰拜大，谁又藏到门背后想当拜大，谁家的三姑娘出嫁，要了 18 万元彩礼，议论猪肉涨成了天价，当年小猪仔两元钱一只没人要，全都赶到了集市边的坡上，还扯着谁住院谁打工谁家拆了土房要盖楼的话题。扯闲话的声音，像吹喇叭，响得高。劳作的人们，双手粘满青皮汁液浸染的油污。

戴金耳环穿花裙的计工员在称重时，见成金还没等她用计算器算出数前就口算出工价，便拉着成金在歇工后算账记账，每隔十天半月，帮忙给工友们发工钱。这样一来，全厂人都认得成金，也都看上他的攒劲。

在几百工友中，成金年龄最小，但他不惜力气，闲下来就帮叔婶们扛着核桃仁去过称。他知道弯腰劳累一天的他们，已浑身无力。每次发钱后，这些叔婶们悄悄给成金塞钱，几块的，十块的，一些被成金发现，一些成金不知道，或许他们打听到一些事情，以成金帮他们提麻袋为由，在设法鼓励他。

多少次，成金也偷着瞅墙角的女孩，偶尔与她躲闪的目光相撞，又闪电般羞涩地低下头，继续剥核桃。

成金心里，如被电灯照亮。

他感到一种同龄相怜。他想：她是为何来打工？

多少个傍晚，她一直最后一个离开厂房，看成金一眼后走出厂门。成金从她水灵灵的眼底，感受到精神振奋的激励，和命中相连的知心。她用无言的目光，为成金加油。慢慢地，成金知道她是高一学生。第五次结工钱时，她依然最后一个从墙角起身，跺跺腿脚上的渣，平绒的红布鞋干干净净。她脸上自带青春的光，两手斜插在口袋里来领钱。当成金疾步赶路回家，穿过月下的十字街口时，她从火烧店的拐角里穿出来，递给他用麻纸卷着的热腾腾的两个火烧。

他们说话了，饥肠辘辘的成金没多想，就抓紧了火烧。

他觉得不对，又把一个递给她，然后狼吞虎咽吃起来。

她笑了，眼眶噙泪："我不上学了，女娃娃，家里供不起。"

成金望着她，想说"谢谢你的火烧"，但直到吃完也没有想出话来表达。

还是她先开了口，打破了街道深沉的夜色："我要去外地学理发，我一个女娃娃，读高中太花钱，再念书，拖垮家不算，庄里人还会说我不像样。"

成金像个傻子，只是听着。他不明白应当劝慰还是去阻止，或者去祝福。在人生的十字路口，成金清楚，自己根本没有做选择的权利。

头一回面对一位朋友道出的心声，不是词穷，而是无言以对。

这是出于同命相怜的阶层，油然地接近与信任。

时间如水一样流逝。转眼成金升初三，功课紧张便不再进厂打工。直到有天课后，同学王小五显摆他的发型，弄得满教室飘着奇怪的香气，并口若悬河地推荐"港屋"发廊，声称老板是广东学成回来的，发型设计时髦个性。

小五悄悄拉过成金，贴着耳朵说："宋晶回来了。"成金如被雷击，一时惊闷头，不知该喜该忧。两年多没见过一面的人，无人提起的名字，突然闪现出来，让他顿时蒙圈，满操场转，又心跳如鼓。

放学后，他直奔到那地方，果然有一家新开张的发廊，旋转的红白蓝筒灯闪烁着，卡拉 OK 音箱里刚刚唱罢《大花轿》，接着唱《羞答答的玫瑰静悄悄地开》，成金站在门外，不知如何去面对归来的朋友。

"理发吗？我们有新发型。"一个小女孩招呼他进屋。他忘了当时比铅重的双腿是怎样挪进屋的，但他明白不久他将离开小镇，所以下定决心来见她。

突然间看到成金，她首先叫出了名字，然后边打量边说："黑了，瘦了。"泪花翻出眼角。他也打量她，她比过去洋气了，个头更加高挑，一头披肩发顺滑光亮，黑亮的双眸温柔似水。

她拉成金去吃陈家的卤肉拌面皮，他不搭一句话，但强烈地感到她这一去的成熟，两个酒窝浅浅呼动着微笑。吃完饭，成金得知她快结婚了，开发廊的装修费就是未来的姐夫出的，他在广东打工，管理工人食堂宿舍。

此后，成金有意避开她，周末偶尔去上一次。也许是经管生意的原因，她职业的笑脸与热情虽有礼有度，但不乏闲散男人理不理发都往发廊凑，一些人以理发之名，坐半天不走。成金有时去，她忙着理发，但总让他等一下，她有话对他要说。

她给他碗里夹肉，笑着说"姐姐是女的，胖了不好看"。她询问他的学习，叮嘱他"宁可苦一时，也不苦一世"。她大胆地讲出自己其实是知青的女儿，讲她刚成婚的新家，刚出店去的是丈夫的妹妹，很懂事，她给钱，她从不要。

成金感到她把他当成了弟弟，才对他讲这些贴心话。再后来，她一有好吃的饭菜水果就留一份，叫成金去吃。他馋疯的吃相，让她开心。

成金十天半月就理发，在那年月奢侈得令全校学生羡慕。大雪封山时，滴水成冰，她送他毛衣围巾，那是他第一回收到礼物，听生日快乐歌。

翻过年，他如愿考到省城的学校。她为他在川阳饭馆备席送行。她举起杯说："出去了就变成一个人奋斗，不管遇到啥苦，一定要挺起腰板，站直走正。难过的坎，一定要迈上去。"她唠唠叨叨许多。但成金没说话，一些话在嘴边，又咽回肚里，讲不出来。

成金总是得到她无微不至的关心，也切身感到那种对他只身在外的左牵右挂。坐班车到城市后，他陆续收到她的来信，他有时回信，多数时候看了不回。他还时不时收到她汇来的钱。出于渐渐走向社会的自尊，汇款单放过期了也不去取。

他想：他们没有血缘关系，花人家的钱没有道理。

他彻底断开与她的联系。但他记着一句话："谁要是有良心，咱就一辈辈地好。"

直到有一次，X 城热如火炉。成金跑到树下拆开信，看到隽秀的字迹上有泪痕，芳香的信纸上滴过眼泪。虽然信中全是关怀的叮嘱，可他还是预料到出了问题。

暑假回家，成金第一件事就是去看她。然而他只见到了店里的那个小女孩，她告诉他："谁知，晶姐离婚了。走时交代过，如果有叫成金的小伙子来找她，把这封信给他。"谁知，晶姐的丈夫与工厂后勤科长的女儿成婚了。那晶姐去哪儿了？他如被劈头泼来一盆冷水，愣了半天。打开信看："我要去上海了，一个在广东美发学校的同学在上海干得好，愿意收留我。我这辈子最得意的，是有你这个兄弟。"

世事千变万化，月光的柔情太阳不一定全部理解。成金最终没能去上海，10 多年也没见上晶姐，不知她生活得如何？

负疚伴随他这些年。在集中拆除土房的行动中，当乡干部的同学专程来找他："举家无人的房子必须拆。"他又多方打听，仍无讯息。

繁华起来的小镇已忘了她。只有这座房，目前还是证明。望着在拆的房子，成金努力回想着，突然想起了什么，遂冲进屋去，木椽打在他后背，昏迷过后，他又连夜到废墟中去找，没找到什么。转身离开时，依着清澈得可以畅饮的月光，他看见一张被尘灰模糊却依稀微笑的照片，和压在箱底的一叠书信，他连忙拾起抱在怀里。那是已被隐匿的过去，包括当年自己的任性不能偿赎的悔恨。

往回走时，一条刚被挖掘机推开的新路通往山脚。房拆院空，瓦解了烟火浓醇的乡村，许多人下落不明。绣满门窗的蛛网，散架的屋檐废弃的仓库，紧锁着门。

不见晶姐的这些年，成金孤独成疯。多少的一言为定不得已沦为谎言，他心戴镣铐想满天下去寻找，有时候梦重不醒，那座工厂、石板路和十字街，那油香酥黄的火烧，生着炉火的理发屋，那段岁月里遇到的良善，还有这世间一双闪动着的明眸甜甜的笑……

却道当时是寻常。他的心像块旱渴的田，面临无法弥补的苦闷。在小镇的发达里，淳朴与真情随着人去而空洞。自从一条条路变得宽敞后，一座座村庄锁住了过去从不用掩的院门。荒凉的地方，晶姐再不回来也好。彳亍过天涯，略懂了此情为何物，才知道故人难寻。

小镇上吹来瑟瑟的风，秋天一望黄黄，人被山风放了鸽子。成金老了，他是流泪走过小镇的陌生人。

岁月知道北街的荒凉

从小五变卖了北街的木楼，我就预感到一种空无着落。

路过的地方没有朋友了，这条路将变背。

少年的我们，坐在小五家麻花店对面，孙宝林家理发馆的屋檐台上。那块地方在漫长的10多年里，一直放着一张水蓝色案桌，是从事刻章生意的杜先生的小摊，摊不大，却是小镇极有文化气息的店面。杜先生个头魁梧，步履稳健，上街时头戴一顶有系绳的草帽，遇见熟人会停步、半转身、弯腰点头问好。到了他的案桌前，他先轻轻取下草帽挂在墙上，再从衣兜里摸出眼镜，用衣角拂去尘土，吹一吹，然后娴熟地戴上，再顺鼻梁往上耸一耸。

有人说，他比书房里的先生还先生，如果那身着装换成一袭长袍，过街的气势就如进士举人，飘散着儒雅的书香清风。人们对他的敬仰，真不亚于长期在小镇坐上席的说礼教书先生。

他摆妥小摊后，就顺街去逛了。来生意时，满街人从上街往下街喊："杜先生，有人刻章。"天麻麻亮时进南山拾柴的人，纷纷背着松柴，一群群穿过北街，他们把搭拐支在身后的背架子上卸下来，气喘吁吁地传话："杜先生，有人刻章。"他依然慢腾腾地走，不慌不忙，遇见熟人打招呼，不减少一个动作。所幸他是垄断行业，胸有成竹，漫不经心，不把这生意当生意。他缓缓落座，详细询问顾客的姓名都是哪个字，同音字更要问清楚。这时候，太阳正照彻北街，人们仿佛约好了时间来赶集，忽然一下，齐刷刷涌满北街。

他挂在前案用以遮风围挡的白洋布上，写着"刻章"两个斗大的红字，空白处密麻麻地盖着他曾刻过的印章。那年月土地刚刚承包，再不体面的农民都有一枚私章，不是手头有多少生意，而是契约所需。这让杜先生不用招揽，坐等都有生意上门。

杜先生刻章的印模是白梨花木，雕刻前渗油后变成褐色，工具是自制的锋利锯片，刀刃斜长。我们放学后，簇拥在桌案前，蜂一样吵闹，辨认那片白洋布上的篆印。同学们争论不休，杜先生不赶我们，还给我们讲："古代的三点水，是三条河，牛和羊，都长犄角，这些，老师讲过吗？"慢慢地，我们像杜先生的小徒弟，在小五家玩耍时，轮流给杜先生送午饭。

他的午饭简单，经常是小五家的麻花和鸡蛋醪糟汤，三根麻花是从沸腾的油锅中刚捞出的，还带着菜油煎炸的热香，蛋花芝麻漂在雪白的米酒中，香气腾腾。

大雪下彻时，小五和王婶留我们进屋，在麻花店的锅炉旁烤火。街上人少起来，是大雪封山的缘故，欲出山的人又被雪堵了回去，杜先生也没来赶集。小五家的王叔教我们拉二胡，他拉《山东小调》，但我们喜欢听的，还是会唱的《十五的月亮》《信天游》《南泥湾》。雪花纷纷，洒满街道，对面屋檐下杜先生刻章的案桌上，也落了很厚的飞雪。小五偷出杜先生寄存在他们家的家当，我们用印油在作业本上按手印，根据指纹的线纹，数谁的手指头上箩多簸箕多，线纹回旋成闭合状的叫"篇"，意谓福大，线纹回绕成散乱状的叫"簸箕"，意谓福浅。白成祥说杨白劳就是给黄世仁这样按手印的，我们方才停下调皮捣蛋。

小五找柳树坝摆摊的算命先生看手印，我们跟随。先生捋着山羊须，对我们一帮熊孩子说："你们是碎娃娃，麦才透土树刚发芽，哪有命可算呀？我这个老头不给娃娃算命。"小五央求算命先生，先生下细瞧了瞧，笑着说："油里油手的娃，大人盼你早日成龙，子承父业，就怕你，心野呀。"

我们似乎听懂了意思，笑小五有那么大的两层楼，羡慕他家街头油汪汪的产业，不缺吃来不缺穿。我们在木楼阳台上玩耍，看交上腊月后拥挤在街上水泄不通的背背笼人群。他们卖买和买卖，跟年集。

这条最早不堆麦垛的街巷，时而撒有遗落的麦穗、荞草或牛粪、羊屎蛋，迎送着来来往往的季节和人们。

年关上市的猪肉粉条、白菜萝卜、豆腐荞粉，摆在临街的屋檐台上，那些席垫、背笼、笤帚、板凳、衣柜、高低柜、写字台，这些新物件新家具，过年前要置办齐全。卖鞋卖袜、卖吃食耍货的叫卖声，要价还价称多称少的议价声，酒楼饭馆的猜拳声，响于巷尾暖年的鞭炮声，大肉米饭、饺子摊、麻花店溢锅的肉香油香，让小镇沉醉在活色生香的烟火气中。小五家的生意，一集比一集食客云集。

小镇是四山合抱的盆地，周围被山坡田野和乡村包围。南面是鸡峰山西延的南山丛林，有红嘴山、孟家崖、鹰嘴崖、天寿山、关山，西边是黄土堆成的东泰坡，北边是浑圆如盖的大山。

缺柴烧的寒冬，人们远到十几里路外的南山砍松枝，胆大的人直接剁树劈柴，毁得满山林里是白晃晃的树茬子。拾柴出林后，顺深巷般的山谷，第一眼望见小镇的地方，叫白崖台，岩石如削，断崖粉白，拾柴人聚堆歇息。一锅烟后，分别回到叫石门沟、洞沟、后沟、桫椤沟、宕沟的村寨。在长街老屋面前，我们常常在一盏路灯下逗留，那里是一条北街仅有的明亮。每当卖油茶的邻家，飘出烙熟面炒杏仁的香味时，我们就该跑回家了。

夜晚的天变得很冷，路过手电光晃动的自来水房，溢满路面的水结成冰。我摸黑往回跑，街道上的人在打麦场去扯烧炕的麦草，边走边唱社火船曲：九月里小荞荞花红呀，十月的柿子摆出门，十一月学生关学门，腊月里年货摆出城。放寒假了，我与小五们渐渐隔开，大家各自过年。他隔几天来找我，手拎一捆马莲绑成金字塔般的麻花，架在我们家柜上。

溜到村外的盘山公路上去郊游，到芦苇茂密的小河峡捞鱼捉蟹，藏进公路下的涵洞里烧洋芋，一人抱一个石头坐着，烟熏火燎里小五偷偷讲："算命先生的话有道理，但我不想继承家业，我想到外边去。"我说："好，长大了，我们一起到山外去。"他立誓不做生意，他说他们家的中堂上就写着"但觉眼前生意满，须知世上苦人多"。

后来的时间如流水，小镇新修了穿镇而过的公路，又建了楼房商铺新农贸市场。从此，东南西北的街市全部搬迁，人去街空，清静得走路能听见回声。多年后，王婶在我的婚礼上对我说："小五的路就让他去走，你帮我再打听，叫回来把门前的破卡车开走，我今后再不管他了。"她说出放弃的话，其实是她不安的心疼和牵挂。那一刻，在闹哄哄的酒席间，我突然明白何谓兄弟。我发誓要找到小五，因为猝然年老的王婶在日月最美大酒店的喧闹里，转过身一遍遍擦眼泪。她一见我，就想起没有音信的小五。

我看到了一个母亲活在世上的孤独。

一个母亲从空间上失去儿子的孤独。

一个母亲从视线里丢掉儿子的孤独。

悲剧如暴雨，不知道要落在谁身上。这雨呀，偏心向己，不偏不倚地，首先落在了没戴草帽没打伞，为追寻一位姑娘而奋不顾身出远门的小五身上。

当时，小五在云南一座矿山，承包了一个作业面，带领着一帮采掘队。他刚刚花光所有的积蓄，安葬了矿井中被突水事故夺走生命的工友，那是他的采掘队副队长，一个十分精干的四川老乡，情急之下跳到井巷，救人到安全地带，自己却被水淹。小五被处罚，矿山收回劳务承包权。小五前往深圳，住在深南大道的桥洞下，找到一个建筑工地落脚。那时的他身无分文，搬完早上应搬的 3000 块砖头，已经饿软了，像三伏天栽在地里的菜苗快蔫死。他保持清醒给老家发电报报平安，镇邮局工作的安玉娟，确认电报是小五发来，知道家中情况的她，遂给他立即回了电报：速回。

安玉娟跑去小五家看老人，手中拿着电报，但没有说啥，她请来医生为小五母亲把脉，去医院买药，小五母亲还没来及问玉娟最想问的话，在玉娟刚刚做熟一碗鸡蛋面时，人就走了。玉娟走在大街上不顾街坊四邻看，淌着一股股眼泪。

小五奔丧回来两次，我不知情。我未参加王婶王叔的葬礼，没能最后去看他们，没能在他们想要对我叮嘱要紧话时，站在他们身边送别。我曾是他们的骄傲，她相信小五有我这个朋友，一定走不错路。我想象他们母子分离的情景，与天下所有子欲养而亲不待一样，肝肠寸断。最令小五难过的是，王婶还给小五留下积攒的 2300 元钱。

也许人到老年都需要依慰。大雨如注大雪封路的往年往日，王叔给坐在门口做针线的王婶拉二胡，有时候王婶一边揉面，一边望着不断线的房檐水说："换个曲子吧。"王叔拉《山村变了样》。

小五在闯天涯，他为过上体面生活在背水一战。他们明知失去亲人就失去故乡，却无奈地据守城市一角，把所有的苦和累加装给双腿双手，面朝钢筋水泥玻璃幕墙，身入人海人潮，费尽那比挖地要费不知多少倍的气力与心思，忍着坚硬与创痛，挑战排斥和淘汰，挣扎着创业。

我常常想，故乡不是失败者的收容站，远在他乡的人，也不一碰壁就投降。一个人不论活在哪里活得好不好，是用体力还是用智慧，是在原乡还是去他乡，都不该被欺骗。路的前方还有路，人生的幸运就是努力付诸的汗水没有白费。

13年后再见到小五，是在刚通航的成县机场，我去接他。那天太阳格外柔和，故乡还记得离开怀抱展翅飞远的孩子。他在航站楼前抱住我，身后站着一位端庄大方又面熟的姑娘，脸庞白净、秀气，身材苗条、挺拔，举止文静、端庄，黑溜溜的眼睛如牡丹花籽。我转动脑海，喊出了她的名字——玉娟。她微微一笑，是迟到了许多年的笑。我明白，只有一个人内心有光时，才这般脱俗而没有一丝倦困。我不知小五这十几年又经历了什么，我们像各奔东西的山鹰，守望的早已不知是哪片天空。好在生活让我们牢记30多年前的那份温热，从不冷清。

太阳朗朗，青山碧碧，巨屏般的鸡峰山脉，一直绵延到天寿山，成为秦岭以西的一条尾巴。夏家塆峰峦如聚，数不清多少山岭沟壑。回家的路穿过县城，再向西行，穿出深长的西狭隧道，那里亲人在等着我们。一路上，小五目不转睛地望着窗外流动的村舍、草木和风景，风细细微微的，有些小时候的劲和味。我问："确定不回来了？"他望着我踟蹰一阵，低声说："父母不在，人生只剩归途，我在夏家塆已没有家。"

我觉着他有些悲伤,遂打开车载音乐,是汪峰质问人生的《河流》,"这么多年我,竟然一直在寻找,找那条流淌在心中的河流,我知道也许它不在任何地方,或是就在我心底最疼痛的故乡"。

一场数十年不遇的暴雨,把山谷采石场堆集的沙砾与炮灰,夹杂着山洪和成的稀泥,含混石灰渣土膨胀的泡沫,白花花地卷出沟渠,把水塘里的鱼全冲到街道。

一条无名的小河,汹汹涌涌地流。

暴雨骤停,狂风交加。在川雨饭庄,我们见到小五的亲戚。亲戚介绍买房子的人叫夏明辉,他是低我们两级的同学,在山后面的祁水村,做贩卖席垫、牛羊的生意,现在是响当当的有钱人,变稳重了。

他们村撤销了水磨小学,两个女儿要转到镇中心小学念书,手头宽余后,他们谋得长远,想在街上置地盖房,将来好给女儿招婿。夏明辉备了酒席,一人发一包黑兰州,出手阔绰。小五不抽烟,他说:城里没有抽烟的地方,只好戒了。

在饭庄等候的还有玉娟的弟媳和妹妹,他们将随小五们一起去北京。

深圳的烧烤店交由玉娟的弟弟经营了,在粤港澳大湾区,先做游商,再摆夜市摊,到后来开烤肉店,辗转过惠州、江门、珠海、深圳等几个地方。

小五当年学做生意,住过群居的工棚乱哄哄的大棚房,住过外地人集中的城市郊区,这些地方流动人口多,城管管得也不严。后来他丢下建筑工程项目副经理的职位白手起家,小五知道,比深圳时代更新更大的大湾区,将是与美国纽约湾区、旧金山湾区和日本东京湾区比肩的世界四大湾区之一。他从内蒙古订购牛羊肉,前来光顾的老乡和广东人越来越多，又代理某个品牌啤酒，一天开始，他从早起采购到凌晨三点打烊，每天只睡 5 个小时。

他适应了不眠城市的晚睡。这次回来前，他们加盟了供销各种烤肉产品的餐饮公司，为的是再干几年能在北京落户。

他计划买辆冷链货车去送货，玉娟承接下一个快递公司在一个区的送件业务。他们从奥林匹克公园游玩回来，打听过四环外两居室的二手房价格，少说也需要 300 万元。他们下定主意在北京奋斗，就是誓死漂泊，也要把四环外的北京新房拼到手。到时候，他们就结婚，迁走小镇的户口。看着他们不到长城非好汉的闯劲，我从心底里敬佩他们。

从饭庄出来，小五看见街面上房屋成林。而那木门木窗的形色，越看越熟悉。亲戚说你们走了，旧木楼在那里空着，屋瓦破损漏水返潮，房子有些倾斜了。干部们动员不住人的房子必须拆掉，还原为农田，我们担心你回家找不到家，更不能眼看着你失去这份宅基地，我们谎称联系不上你，勉强保留了下来。后来小镇改造，来了一些专家和技术员，他们看上这座房子，说：这房子就是小镇的历史，古镇建设就按这座古居设计，从而满街换上这样式的木门木窗。

小五回家的这场交易，是正如热锅蚂蚁的他必须射出的绷在弦上的箭。钱是硬头货，他急需一笔资金流动。他在变卖协议上签完字压完手印，心上却莫名地涌出一种自毁前程般的恐惧。他感到自己不仅出卖了自己，还拔掉了祖先的根。

夏明辉打了一个电话，一辆挖掘机带着推土机来到房前，几下子就掀翻了屋顶，伸缩自如的挖臂伸向背檐的木柱。小五擦去手指上的红印油转身说："这下完了，是我彻底把祖先卖了。"他用衣袖拂了拂眼角，不知道是灰尘，还是泪花。

我拍拍他的肩膀："人不是都要走远吗？这是你说过的，实现了，还不好吗？"

小五喊住了挖掘机，钻进还没拆塌的堂屋中，从上堂的灯壁后找出祖先牌位。他抱着裹着红布的木头，想起了许多这些年被疏忽的事情。想起了当年的伤心处、难肠事。如果母亲活着，这会儿就在屋檐下的阳光里，筛拣着糯米，她裹头巾的身影，正被灶头煮麦酒的火光照亮。

挖掘机轰鸣着，推土机配合着，让他不得不离开，向后梁上父母的坟地走去。

夏明辉和他握手，他点头示意，怀抱祖先牌位，生怕掉落。我无言，他不语。

我说："这不是背叛。"

他说："不是背叛，是什么？"

对于土生土长的家园，我们自此再无颜面去说，去思念！

我们铭心几十年的记忆，已经在拆除中销毁殆尽。童年在这儿吃过的麻花、醪糟，已经在这座百年木楼化为废墟的一瞬，统统掩埋。

风抽剥着树，抽打着北街胡同。我听见灵魂的鞭笞，盖过了风的鞭笞。风声萧萧，横扫我们时，没有什么是情有可原，这凛冽的旋风，刮起草尘纷飞的漩涡，然后去吹左邻右舍紧闭的门板，一些发出快要散架的声响，像在摇头，在哭喊，在诘问，在声讨……你们凭什么遗弃老家？

是因为王婶这些老人家离世，把一条街道的欢闹带走了，还是我们这代人的生存，已经无法共生共息而不容许千篇一律的方式非得背井离乡？抑或是村镇衡量成败的标准，是金钱主宰一切，人们比谁挥金如土，比谁住别墅开宝马，比谁讲排场手笔大，比谁气派和阔绰……

故乡和他乡，谁还顾及内心真正的渴望与追求。安身立命之下，不是迎合对付就是顺水推舟。人都惯于四海撒网在浅水处捞鱼，没有几个人能对一个家族一辈子的名声去苦心经营，人们普遍缺少长远的信仰，最在乎的是先要过好眼下的光阴。

那些流汗而诚实的劳动，会被人视为无能。一些道义良心淹没在技术功利投机关系的洪流中，亦清亦浊，人云亦云，看河大水涨者多，跟风者比低头拉车的多。

小五熟谙这种规则。一个从夏家垮游走过北上广的小农小商之子，看电影、进酒吧、吃西餐、打高尔夫、去健身房，在夜色迷人的江边看珠江看长江。

那从不熄灯彻夜不眠的街市，谁舍得浪费时光去睡觉，最疯狂的投入叫通宵达旦，最忘情的拥抱叫死去活来，但筋疲力竭的小五辗转反侧时，犹能看到毛年草满场满院地摇曳，听到牛铃归圈的哞声，嗅到野花馥郁的芬芳和雨后泥土松软潮润的气息，不止几十次地梦见山道上奔跑的少年和羊群，飘满后村的细缕炊烟和浓稠炕烟。这些挥之不去，也放不下。

他常梦见自己沿着石板路走。这次回乡的1600多公里路途上，从天空飞越大地，他一直在思索，在反问，人都在寻找家建设家，可他此行是卖掉老家，断送归路。

人都需要老家的安慰，但他马上将失去老家了。覆水难收，甚至没有资格挽回了。他背叛了养活自己长大的房子，和养育自己自食其力的小镇。那些依偎过的低矮、土灰、破旧的房屋，在曲里拐弯的北街，墙挨着墙，门挤着门，过年的对联两家人只能贴三联，下联人家作另一家人的上联，但他们不骂仗，亲切温和，你来我往。他们心地善良，淳朴敞亮，穷着苦着，却笑着爱着。

我们愉快地谈话，一句话就是几辈人或者几十年。我们看楼盘遍地的山中小镇，如雨后春笋焕发着生机勃勃。我们说这一万多人的小镇已经找不到一架牛车。家家门前停着汽车，没有吆牛下地的人，也不见打铁的铁匠和背杠头上山的人。一切都像风一样飘忽，又像雨濯洗掉我们的脚印。

回忆能平息罪责。那些在变化多端中湮灭的东西，或许并没有湮灭，而是以另外的形式，在家园连根拔起后隐存于心。

如果王婶她们全今还好好活着，那小五会走哪条路？这个天黑得很早很深的夜晚，其实才是太阳落山的 7 点多钟。如果在 30 多年前来到晌午的老街，我们会遇到满街驴车牛车正往这里聚集，那些人间世情的爱与愁，厚与薄，说媒相亲的人先在街上碰头、暗中照面、私下约会，盖房定亲赊账的人先在街上观察行情打听风声谋算好日子……顺着清真寺一进入北街，就会闻见沿街醋坊的醋糟香，蒜苗炝锅的酸菜香，柴火烧饭的炒菜香，还有荞粉面皮摊的油辣子香，徽面饭搅团粉鱼的薤白香，炖鸡烹兔的煮肉香，扯面扁食的葱香汤香面香馅香……

我同样无法控制地频繁想念和照见旧日的街道，每到逢集赶集日，大月份隔一天一逢集，小月份还会出现农历二十九和下月初一连续逢集的连集日。那时街道简陋，农业和贸易还分得不清，许多人半农半商，背集子在土地里劳作，逢集天经商做生意，吃不完的菜就背到集市上卖，用不着的物件也带到市场上交换，成山的粮食在小学门前的粮食集上粜，你用二斤黄豆换一斤豆腐，我用十斤小麦换两个锅盔，你用一碗樱桃换一把菜苗，我用几棵白菜换一筐蛋柿或萝卜。

到了夕阳西斜收摊时，一斤花生换一堆菜蔬，那些常年卖铁货、收山货、卖吃食、卖旧衣被和收头发换针、旧鞋底换鞋的人，疲惫地等待天黑散集，装驴车，唱小曲回家。一天的生意是大是小，挣多挣少，并不是最要紧的，要紧的是，在这十里洋场上的奔走和快活。走光了人的街市，临街的门全部打烊，一片片木板堵住门面和商铺窗户，最后剩下的是菜叶，烂果子，烂背篼，破鞋破袜子，还剩下驴车踢踏起的尘土，和随风飘荡的、顺街吹来的北街人的炊烟味。

一天的沸腾就此而至。卖豆腐的人挨家串户唤卖，卖麻花、锅盔、卖火烧的人留下一扇窗眼，坐等奔忙一天没吃饭的人。他们还饿得饥肠辘辘，这是他们赶夜路需要的干粮，是他们走亲戚或赶集，必须要带给儿女们的吃食。

日复一日，始终平平常常做小本生意的小五家，厚道，好客，麻花格外大，菜油格外香，米酒醪糟稠，蛋花足量多，白糖任人调，多少年来食客不减。赶集人如不吃一口，感觉就白来一场。

吃饱喝足后，赶集人满载而归，背着夕阳爬上大豁垭，消失在陡路尽头的树影里。街道上最后关门的小五家，沉浸在烟雾拉下的夜幕里。

一段距离，有时候好比几个世纪般遥不可及。

一些念想，有时候动用几十把剪刀也剪不断茬。

生命如同一道结果守恒的乘法算术题，一个因数乘以几，另一个因数必须除以几。谁都很难对故土发生的情缘世态去篡改或翻版。王婶，坐在暮色垂落的街头，裹着头巾揉面，搓麻花，煎油锅。冬天黑得越来越早，她收完摊，就凑坐在靠近放油锅的炉旁取暖，卖剩下的麻花，给小五纳鞋底。她看着我路过，手里提着火柴和食盐，立即喊小五给我拿手电筒，然后硬塞给我两根麻花。我还要走几里夜路才能回家，为了抵饿，我常常在半路就吃光了它。

多少次，我看见母亲给王婶钱，她坚决不要。母亲只好在农闲时给她搭帮手，在小镇唱戏时，帮王婶把油锅抬到戏场上。这唱戏的集市不经谁组织，人们就集体转移到戏场了。我几次梦见王婶常年不休忙碌的身影，始终低头劳作着，她的头巾虽然已不鲜艳，但与有着1000多年茶马古道历史的小镇比，与戏台上唱着3000年春秋的人物比，无比慈祥。

我不知道王婶的娘家，也叫不上她的名字，但她是地地道道的好人。走穿已经面目全非的北街长巷，她的一生是我一眼就能看清，却要我怀念一生的人。那放麻花的方盘已被油浸透，煎麻花的油锅还是泥炉土灶的模样。她没有对我们说过一句道理高深的话，却让我铭记她的恩情。她从不挑剔抱怨的温淑性情，非常认真地与这烟火浓酽的人世相处。

每个人的福报都是自己造就的。际遇新世纪的小镇，有多少人英雄不畏气短，有几十年的老街还在那里。只要老街还在，过去就依旧好好地活着。记忆从我们告别时一直停下不走，前去远方的车马和飞机，像被钉在了原地而全部停发。

一切似乎都没有走远，小五也没有走远，聆听悠长的马铃声，那成群的牛车驴车，潮涌在街道上。他们和它们不认识现在的我们，不知道我们的孩子叫什么，但犹能亲切地呼唤我的乳名。

三十年河东三十年河西，我们确实离开了夏家塆。随着即将而来的中年，小五彻底成熟了。对于结拜过磕过头的兄弟，友谊的干净和光鲜，稚嫩、活泼、单纯、没有杂质、裂痕和瑕斑，不掺杂功利。对北街的底细，我们不会生疏。人群一见如故，不用介绍，就知道该对谁作何称呼，属哪门亲戚。

生活歧路百出，跑过江湖的小五，到头来还是忏悔。与几十年来无所事事的闲人对视——我们低下头赶路，生怕遇见熟人。

我们敬佩长年累月坐着的闲人，别看他们没出过远门，而以乡村街市为中心，但在方圆几十里地，却过出了我们一辈子都不会有的坦然。

半路上回头，我对后村的来龙去脉了解太少，将来也不会有更多。我无从考证故乡的新生，但哪怕关掉灯蒙上眼，一些事物依稀伫立在那儿，对我示意和微笑。小镇，曾被称为昆仑乡，山脚下立过一块"昆仑山林业保护区"的石碑。凝视这些山水，以及远古的地名和遗址，夏家塆的辉煌好像还没有确证的编年史。

遁入深秋迷蒙的雨烟水雾，穿过小镇四周的高岗，从齐腰深的草林里慌张地寻路。我看见新新旧旧堆起的坟茔，看见小五家的王婶裹着头巾，迎风站在虚空。我想起祖母的死亡，那是过完 2006 年春节的正月十一日夜晚，我从城里赶晚班车回到家，祖母已经两三天不进食了，正在吊盐水。坐在炕边，我一边剥橘子一边听祖母说话，似乎没有任何征兆，用完药，祖母要我们去睡。天很冷，连狗也懒得叫。子时，伯母进院喊醒我们："快点，快点，你婆要走了。"跑到祖母跟前，任我怎么呼唤，她已经不回应我了。伯母和母亲给祖母穿上寿衣寿鞋，伯父和父亲从耳房中，叫人抬出在祖母 72 岁时做成放了整 20 年的棺材。在场的人，面如土漆。

按照先生吩咐，正月十三日凌晨六点，大悲调的唢呐和满天扬的雪花交织，一路撒纸钱点烟火，丈二的黄土又深又厚，土漆的柏椁糊着丝绸，接纳祖母曲折一生的痛苦与刚强。平凡生命的结束是草草的，奔土如奔金。祖母的功德，如今吹晒在自留地柏树丛中的碑刻上，我们年年来山脚下跪祭。那抔如鼻梁般隆起的黄土堆，深掩着列祖列宗流落后村所历经的艰难困苦、中落兴衰和家园重建。

童年的小树遮过了院，它们老态龙钟，摘果子需搭长梯子。紧接着就有祖母、王婶、杜先生不打招呼离世，有像小五的千人万人铁了心去闯，有我们这茬人脸庞变黑胡须变白。我想他们不指望有远大前程都不行，断绝掉远走他乡杂念的只剩我。

送小五上高速时，车中的 CD 唱着"我第一次离开家，送我的是你，我第一次有成绩，最激动的是你，我第一次绝望时，呼唤的是你，我第一次懂事时，夸奖的是你"，这从灵魂里抽丝般的歌唱，让我们集体沉默，小五的眼泪决堤般滂沱。

几年后他在北京落户，但他说乡魂没有居所。我说你说的我不懂，他说"有钱没用"。我思忖再三，体会不出干多大才算大业？但我深知他从年轻就被放逐，吃过我想象不到的苦。离乡的人都不容易，若是老家能养活梦想，谁还逃离？

他深夜发来微信：雁来音信无凭，路遥归梦难成。我回复：你我这辈子都注定无处安身。从他开二手货车跑运输算起，我记着他前挡风玻璃上就写着"我将为我吹过的牛逼奋斗终生"。

我把诺言存在备忘录，像儿时藏于墙角。我们从此将愈行愈远。

人都是过客

夏家塆的每一天，用柴草煮饭烧炕，由柴火供热。

风干的柴草在吸风的灶膛炕眼火塘火盆中，哔哔啵啵燃烧。火苗红彤彤蓝莹莹地跳跃，火焰欢笑。

这起灶烧炕的后村，火塘旁终年坐着煨茶的老人，他们体力不济，儿女不在，清清瘦瘦的外表下，精神矍铄，筋骨结实，得益于煨茶。

他们还是少年时，天一亮先到山泉挑水，然后生火，帮爷爷煮茶。火是老树盘根，茶是云南大叶，茶壶是铝皮打制，茶罐烧自沙坝尖川窑，家家户户的偏厦房里，火光辉映，白气腾腾……

一天的日常就这样开始。光景好的人先开上了拖拉机。冬天极冷时，发动机打不着火，一遍遍摇车，柴油机常噎死，那种吃力摇动的闷响，把后村吵醒，鸡鸣犬吠，此起彼伏。

老人望一眼天运的拖拉机，照旧停在快垮的石棉瓦窝棚，红漆车头盖散架，轮胎瘪趴在地，摇把儿挂在山墙，油渍浸透的草帽挂在烟囱上。儿媳妇去上海已8年，在保加利酒店布草。天运听过媳妇城里的故事后，心魂按捺不住，净想着一天能挣200元钱，晚上睡席梦思，还能依落地窗看江波塔影的夜景，便连夜梦见自己坐上火车，等不及开春种完玉米，就抛下老小丢下拖拉机，逃也似的追奔上海。

卸掉车头的拖车丢在院角当狗屋。雨淋雪冻锈成一堆废铁，车头烟囱上挂红的布褪掉了颜色，那份吉祥还绵延着这座院落。院边的樱桃树，枝丫展出院墙四五尺。常有母鸡卧在树杈上一脸红晕地"咯咯蛋、咯咯蛋"。小孙女从被窝里跑出来，揉着惺忪的睡眼，从麦草窝里收刚下的鸡蛋，递给喝茶的爷爷。爷爷把热蛋拿在通亮的火光下一照，好像是双黄蛋，然后滚敷眼窝，疗治迎风流泪的眼疾。

孙女冷得缩身，跑回屋，踏进门槛，又探出头问爷爷："今天要来客吗？火咋一直笑？"爷爷说："赶紧关门暖着去，你瞅这霜厚的。"孙女说："鸡蛋煮熟了，您吃。"爷爷说："给你留着，你吃上长人彩，我吃上是装（充）皮胎。"

孙女回到里屋炕上，墙上贴满奖状。她推开窗对爷爷说："我妈妈今天发工资，中午汇钱来。"爷爷端起茶盅滋溜抿一口："那过了晌午，我们上街割肉吃。"孙女接着说："我还想买几本书。"爷爷一边喝茶一边笑着，火也欢笑着。

爷爷的话虽这么说，但他从未用过留给他的银行卡，天运两口子也从未收到过老人取过钱的银行短信。对爷爷来说，由她养大孙女，是儿子外出打工后，必须履行的理所应当的职责。

天慢慢亮开，亮出越来越亮的灰白。老人听着鸡叫的响动起身看，几辆车错前倚后出村，车灯划破鱼肚白的傍明，这是往常天运开拖拉机走过坑路的时间，车声渐行渐远，车光逐渐模糊。

不一会儿，一束束车灯在山腰转弯，从高山射向打麦场，穿过高树，照到对面岗坡，这时车已上十八道湾了。

那是多年前儿子天运与邻村吴光宗家抢亲的山腰口，一辈子与人无争的他，那次豁出去了。吴家是街面上做大生意的响当当人物，有名有望，天运比起吴后生，人家天上他地下。

亲家丈母娘过世早，婚事由其舅舅操持，定好的娶亲吉日半道杀出个程咬金，吴光宗把 1 万元彩礼显摆在众人面前。天爷呀，那年月谁见过那么多钱。送亲的队伍渐渐散开，眼看着这门亲事黄了。

这时，天运父亲爬上山挤进人群，对吴家的送亲队伍说："我们这箱子也背了，羊也拉了，香也烧了，先人也敬了，不就 1 万块钱吗，如果非要钱，我们认输。"说完盯着她舅。她舅躲进人群，奔着脸。人们议论："不能光看钱呀，那吴家娃嗜赌如命，金山银山有啥用呀？"送亲的人又围拢来，话搭话说："送吧，娃她爸住天运家看病大半年了，全身瘫着，但心里明镜似的。"

媳妇接进门，天运不光有使不完的力气，干啥都精神焕发。那天闹完洞房，村里后生们都散去，有光棍趴着听墙根。他们面面相觑，听录音机里唱"没有花香没有树高"，他们拉住手的两颗心贴在一起。早年上学时，在后山路上，天运远远地看过她，许多小伙子跟在她身后献殷勤，但她胆子大、不理识。此时此刻，他们头一回坐这么近瞅这么清。她羞答答地眼噙期盼，天运也望着她，一双睫毛弯弯的大眼睛储满泪珠，他感到心疼，吻了吻如湖水涨溢的泪眼，忍不住搂住她，当他们双臂环抱胸口紧贴，两颗僵封的心被爱的热流融化，她长长的睫毛扑闪，眼珠儿比水还清，她下巴笔直，红润的嘴唇好像两片带露的花瓣微微初绽，她的长辫乌黑，脸蛋粉如桃花，水灵灵的双颊耸动着酒窝，嘴角扬起甜蜜。

第二天醒来，他们看到火盆里的油茶已煨好，火苗连声笑，墙上的帽镰不见了，父亲上山去了，他们坐在火桌旁吃早饭。忽地，斜风刮进屋，吹开灰堵实的火心，松木柴的油脂被引燃，飘起红色的火焰。

三个火柴头簇成火炬，轻快的火焰在舞蹈，内焰烈烈，枳黄灼白，外焰熊熊，灿霞飞红，火光雀跃，火声欢呼，煮沸了胖肚子挺在火旁的茶罐，煮开了茶壶嗡鸣的水。

都说浓酽的油茶比酒香。多少年后，全村人还在称赞天运父亲当年的举动是多么伟大。他甩掉刚喝薄的清茶，端着烧热的油茶罐，把花椒桂皮、杏仁藿香和核桃紫苏，丢进滚油一炝，加入熟面再炒，香溢小院，五仁油茶让孙女边吃边夸。

十雾九晴，火笑迎客，祖辈晚小都应验过。火笑时噼噼啪啪，一定是干透的竹篾苇条有些返潮，远处的孟家山泛着绯红的霞晕，估计远路上的亲戚今天不会来；火笑时扑扑滋滋，是烧得正旺的泡桐秆高粱秸柴头沁出水珠，炙火烧得柴屁股流油，预计会有说春人化缘人头发换针的货郎客，将挑担带货载着锅碗瓢盆衣裤鞋帽来游村串乡；火笑时呼呼嗨嗨，一定是风息星定，晨起有大雾，晌午晒破肚，天空整齐地铺排开鱼斑云，预计有远亲贵客趁大太阳会来。茶薄了，退掉火柴头，火立即停住了笑。但不论火如何笑，他算不出天运们啥时候回来？也许火笑声只盼迎来客，儿女们不是客，所以根据火笑声不能判别。

天运两口子走后，他常听见孙娃们藏在被窝偷哭。逢年过节时想，大病老病时想，一千多个日头滚进西山，全家人也没见上一面。

火抽噎着笑，战栗着笑，火光映亮他前额的五道皱纹，深如溪渠。

他吃力地咳嗽着，火苗跳跳蹿蹿，烈烈狂烧，眼看着燃尽了，仿佛在笑话他。

窗外吹来野风，吹掉了檐角的冰棒子。他扶住炕沿下地，索性把昨夜退埋灰中的火柴头，往火心上一攒，再用火竹透透火心，火光瞬间彤红，火焰跳起了舞，屋子一下暖和起来。大孙儿推开虚掩的门，风一进来，火笑更亮。

几年时间，泥草混堆的后村被水泥浇铸。烂泥里大大小小的牛蹄窝，长长短短的脚印，被大河里运来的砂石填没，挖掘机搅拌机从四处轰鸣。一辆辆闲放在院里的拖拉机，在人们撂荒土地不赶集后，已没有粪土粮肥拖拉。世事变了，小路的尽头大路朝天。

一夜间让人扬眉吐气暴发成"富翁"的，不是谁牛拉车务好了梯田，不是谁碰运气在满月酒席上当了拜大，更不是谁拾麦穗搂树叶挖药材所得，而来自河里淘金、他乡打工和承揽生意。

天运家的拖拉机是全村第九辆，除了家用，还有偿地帮乡邻拉粪拉土、拉沙石拉砖头，夏天收麦秋天收玉米，逢集天粜粮食买化肥农具。那时四轮奔忙，但给谁家跑活都是座上宾，主家尽力招待，茶足饭饱月亮上来后，挣来的钱和装满车的山货，让日子一天天殷实。开上拖拉机的人家，逢一四七、二五八、三六九的周边集市，在鸡叫时集体出村，去纸坊、苏元、沙坝、化垭和康县等地串乡赶集卖杂货。一拖拉机小百货拉进后山的村村寨寨，乡邻们便扛着粮食、药材、野菜山货来换东西，10斤小麦换一个暖壶，20斤玉米换一双解放鞋或白网鞋，3碗黄豆换一个搪瓷盆……从后山回村的拖拉机，还顺路捎几捆好柴火。

夏家塆是秦岭向西挥舞的一袂长袖，天然的美，不知让人从何说起。

在陇南，有200多座这样的小镇，保持着先天的土生土长：譬如一捆药材，一怀抱鸡蛋，几只鸡兔，从乡村半路收来，在街面上倒出，就生出钱来。有时候遇见小汽车路过，人们簇拥而上，提着山货，隔玻璃窗兜卖，汽车只要停下，就一定有一单好买卖。

于是，许多毛头小伙不待毕业，便子操父业加入二道贩子队伍，凭吃苦干成了企业家，穿西装打领带，脑筋转得飞快。

天运对自己人下人的命运非常清醒：一起长大的伴，一方面保持了泥性淳朴，一方面耍心眼说话戴有色眼镜看人，他们口袋里装着红塔山、黑兰州、海洋，见什么人发什么烟，是应当看起还是敷衍，应该炫耀还是收敛，心里打着小算盘。

一瞬万变的江湖造就人，要想活得好首先得聪明。无人不信"狗眼看人低"，自有其妥当的合理性。农民工劳累一天倒头就睡后常做噩梦：打麦场被人盖成房了，满村老屋被拆大树被砍，无人看管的旧房土房被泡垮了，医保社保费又涨价了。

天运从上海坐飞机回村安顿老父亲，他见人该叫啥叫啥，该让娃叫啥就让娃叫啥。在村里他没有同辈，父亲将是最后一批看门人。

莫非后村的严冬将至？他带老父亲看病住院，媳妇电话催："啥时候带娃们来？大娃要上的技校，董事长已预约报了名，碎娃进公办小学，缴两万元借读费，一来就念。"他们商定，读完初中的儿子，和这学习常考第一的女儿，这次一起到上海。媳妇还常说：人到上海才知道啥叫天外有天，她就算倾家荡产也要供俩娃上大学，不输在起跑线上。

我看到他们决心离乡的斩钉截铁，又钦佩他们为下一代不屈奋斗的悲壮，真正堪称伟大和刚强。

为了减轻拖累，天运打电话叫来收废品的同学六儿，当年 15000 元的拖拉机，没挣够本钱，就当废铁卖，六儿人情人意给他 600 元。他在街道置办了一桌酒菜，请村长和留守父辈们吃席，意图委托大家照看好老父亲。在小镇车站，他碰见从山西挖煤回来的同学，掏出苹果手机让他扫微信。他问："挖煤吃力吗？"同学笑着："吃力啥呀，盯住机器就行。"一边说一边不停地干咳。天运愣了愣，心想过去的夏家塆还是好，那时候固然穷，但人有良心，都很实诚。可再老实的人，出门一回咋就变了，猛一下巧舌如簧了，庄稼地不去了，娃娃亲反悔了。失信忘本如炕烟窨屋，甚至像做过一场改头换面的手术。

夏家塆彻底不长庄稼了，后村的半片房舍两年没飘一缕炊烟了。

若是早年的双抢时节，后村绝无闲人，八九岁的儿郎也要干活，那路上路下颠颠步跑的，是抢天气收麦打菜籽的人。

天运坐在老父亲的火桌旁听故事，他越听越听不下去，越听越得出走。他若再不走，就连后村可能也将看不起他……

给他频繁打电话介绍工作的乡邻，纷纷在城里当快递小哥、摆地摊，开着不是自己的三轮或叉车，卖尽体力搬运货物，做一个贴膜师傅按摩师傅剪树剪草坪师傅，在黑咕隆咚的地下店里用不标准的普通话做微商当销售……

他理解了媳妇的初衷：没钱是贫血病，有钱没有像样的家抬不起头，耽误啥也不能耽误下一代。

打工回村的农民，疆场不是土地，尊严不是粮食，大家比挣钱拼房院摆阔绰。家家热衷盖楼房，先生立好向，挖掘机掏开庄宅，新楼房从一级级土台上拔起，互相比赛谁体胖谁个高。没有人回来打扫房院，查老鼠打过洞草籽扎过根的瓦沟；没有人为墙皮脱落，踩一摊稀泥去粉刷，更没有谁担心篅里的粮食会蛀掉。这些碎没节子的事情，没人顾上。

后村的子孙们提前实现了祖辈的望想，他们闯天涯终于不用挖地下苦了。接下来的后辈儿孙熬不住，一个个全溜了。

后村没啥贵重物件了，一天天被尘封蛛网和风霜侵蚀，无人打理的家院冒不出热气，就连剥落的春联门神春牛图、树皮墙皮，也不喜欢这无边空寂。倘若人都还住在山村，天就不至于这么黑，仅那院头棚下烧水煮茶的火光就能照明，只要有脚步声，就有人给你打手电拉亮灯，火笑混同沸水响起哨音。

30年前，天运家常围满茶客。他家柴草多，土炕整天热和。大雪下彻时，院门被推开再关上。人们盘腿上炕，炕眼里埋一背篓落叶，炕面一天到黑热腾腾，大人娃娃们簇挤在被窝里，串门的人脱鞋上炕，母亲婶婶们纳鞋底，拣豆子，到饭时搅一锅馓面饭端到炕桌上，佐食是萝卜花芥茄莲混腌的咸菜，让满屋飘香。

接新媳妇的那道弯梁，是条被村人和牲畜踏出绵绵土的盘山路，树长满陡坡。天运和我曾斜并脚跟踩出像拖拉机轮胎般的辙印。通过泥路或雪地，从刚刚抽出的足迹里判辨牛羊是否回家，牛车有没有陷坑，下山的父母背着多沉的东西。

山谷有眼冬暖夏凉的泉水。路坎垮了，豁牙张口，游窜的花猫野狗不小心掉下去。没人挑水的土路无人修补，还有残垣断壁陈年柴火，挂水花的红辣椒。

日子过得飞快。昨天才从冻土里苏醒的麦苗再上山看就起身了。油菜在清明还头戴金冠，谷雨一过，荚里就长满籽。玉米立秋时正嫩，处暑就老了。荞麦刚一扬花，养蜂人的帐篷就扎到了柳树坝。

天运家院子不知堆存过多少年的粪土上，长着绿油油的西红柿蔓，吊着很繁的青柿子，风铃般迎送着十天半月见不上一个的路人。有人跑过土坎，身后踏起黄尘，朝这刀背窄的埂路冲来，跳过路豁牙。蝉鸣如嘶，有个少年手拿几缕彩线，满庄找寻开门的人家，以集齐七种颜色的花线，生一盆硬柴火，煨上烧酒，煮锅鸡蛋，请来辈分高的长者，把筷子立在一碗水中，把鸡蛋用花线缠捆，烧水煮熟。然后倚在门口喊小名："狗娃吆，吃馍馍喝汤汤哩。"婶婶低声应："回来了，回来了。"这是为受惊吓或快要放命的亲人禳解、蒸胎、叫魂。当火笑出声，全家人作揖，磕头，算是唤回了丢失的魂。

神明有灵的夏家埝，照常有人毫无前兆地咽气；割过多少遍又放火烧过的野草，春风里又返青。

我在抖音里刷到过天运。不知他还能否想起我们为了求证火的若干笑法，曾冒险制造过几起篝火。地坎野坡被点着，一开始是鞭炮响，风一鼓劲就狂笑，干透膛的枯枝毛草、马桑秸秆、松枝柏节，见火星就烧亮。我们还试过把几堆蒿草，在公路下的涵洞里点燃，把菜秆麦秸在田野上点燃，火肆无忌惮。火势一大，我们惊慌失措，连忙浇尿泼水埋土。我们发现，风劈断的树枝和积于地的烂叶，点燃后只起狼烟，形不成火焰。但出坟送葬时，点在路口照明的麦草，要烧得噼啪作响。

人生一世草木一春。农夫对草，有三分不爱七分敬重，不爱是草扰庄稼，敬重是它们是野菜中药、牲畜食料和割压成山的柴火。夏家埝人命里属土，他们在火盆旁长大，火笑中生死，火灰化成为土。后村多云，许多人都像云一样飘远了，后村多风，许多人都像风一般被吹散了。远在天涯的天运，在南京路上开旅游火车，他每天接待天南海北的人，渐渐顾不上后村土地里的生长与倒茬，在钢筋水泥浇铸的都市，他没能再目睹旺盛的草族来临……

八月艳阳下，草顺石墙和坎塄疯长，长在屋顶瓦沟和院边草垛，长在房檐滴水的檐渠，丛丛簇簇，无所不在。乡路本没有草，只是路没人走了，草才理直气壮比人高。草不管长到谁家门口，都没有人笑话。它们多少年没挨过镰刀了，以为镰刀老死了，其实是放牛割草的人离世了。牛卖了，圈垮了，院门别上栓子挂上锁子。草得逞了，没人来踏它斩它割它了。场院里满坡上，遍野的草疯了。

秋雨织密后,黄蒿艾蒿、水蒿野菊、刺蓟、车前草、防风、蒲公英、槐树椿树梧桐树籽,被风吹一地。菜长不过草。草顺路蔓延,很快占据土院,蹭着山墙向房顶长。爬过窗台时,它摇头晃脑,看见挂在半墙的锨锄,在地上落着一片锈红。草当了一家之主,爬上屋脊,开满花。

偶尔回村奔丧的人,满庄敲门打窗,来到土屋草院。他像被远方退回的一包邮件,找不见送他出去的族亲,心里叫着四爸五娘,挡住他的却是守房看院的蜘蛛网,不懂人悲伤无所事事绕花飞的蝴蝶蜻蜓,回应他的是扯破嗓子的秋蝉。他找不见亲邻,更不晓得用何法安埋亲人?

风水先生唢呐乐师在哪里?吩咐封棺的长辈做孝衫的裁缝在哪里?喊大小盘子撤席出12席饭的执事在哪里?抬亲人归山奔土的庄亲伙邻在哪里?命运不济的人,像野火由风操控。若是他的爷爷或早年的玩伴亲朋在,拖拉机、锅灶、火盆都还起用,乡庄就还温存,遇事情也不会这样冷清。

他挨家挨户磕头,请伙子,人们见他:"回来就好,没啥到我家来拿。"亲戚们对他说:"办完事情来这儿住,吃啥,让你姨给你做"。

他瞬间一无所有了。他将是亲邻和后村的客。

年老人频繁离世时,赶着霜厚风高的节气。后村看起来灰头土脑,人寡烟薄,到处光秃秃的,一眼望见的远山高岗穿着焦土色棉袍,送别逝者。

风从梁上刮过光秃的树,把碎土和草籽拂起,满庄撒。风搜寻着没关严的门板,闯入没堵实的院墙,搜刮着院落门窗的灰尘与草籽、麦粒、玉米粒、豆籽、麻籽,然后旋风卷扬,把枯叶、尘土抛向空中,撒在泥院。被雨泡胀的种子,随后长出蒿苗。

天运经常打不通老家的电话。许多鸟儿来赴春天的约会,在檐棚安家，也把不知道是南方还是远方叫不上名字的花籽、草籽衔回去，随筑巢的泥巴掉在院里，就有奇异的花草长出来。

可它咋长这么好呢？

树身上发出草芽，这是风把种子灌进朽空的树瘿里，青杠木棒长出黑木耳，锯成截的白杨树抽出一拃长的嫩条。

后村一刻不停地在生长。

后村太湿润了，空气中有水分和粪土的发酵，就连窗台的落尘瓦缝的泥巴，也长出草芽。雨季的院子生出苔藓，由薄到厚，由浅黄到深翠。俯瞰后村，像老裁缝正给一件穿旧的绿呢大衣打补丁，给所剩的青瓦土院披上块块绿毯。

那是一种传染式的荒枯，47座人去屋空的院落里，金甲满地，苔藓封路，细心人给门板蒙上布，截堵尘霜。过去的后村住着700多口人，100多把镰刀，没让1000多亩山地长过草。就连土坎坡场上的蒿草，也在伏天搜割干净。

天气一如既往地好，风和太阳很好。可惜我碰不见天运，遇不到柴垛中抓松鼠的伙伴突然钻出来。庙梁上没有唱戏的热闹，荒草封堵了我赶牛车拉柴火的路。

山风裹着扬尘和草籽，我背转过身。戴火车头帽子的宽叔刚走完上坡路，正满口喘气。乡亲们在谋生的半道上，与牛羊驴马一起散佚，不知所向。天晓如黄昏，谁也说不准当怎样过活。无须说话，入夜的风给我托梦。那是和仲一族在西汉水一带开山导水的创业梦。后辈不知道和仲，却知道庄稼怎样种。

太阳光大，蒸不干细水长流的河；父母恩大，解不开血缘地缘的亲。曾经借油盐还米醋借面还菜，借钱可以还粮食，果木熟了随意摘，面柜满时打开挖，门从不上锁，所有人在一片山上风吹日晒，走亲戚。

遇上嫁娶生死，人们不请自到，磨面榨油，搬桌借凳，劈柴挑水，垒灶支锅，蒸馍洗菜，拆葱剥蒜，争先恐后当劳客置酒席。

坐席要随礼，人家女儿出嫁你搭100元，明年你们新房落成人家又还礼。庄中婚嫁不断，生死无常，酒席经常举行，有些人家事情稠，但谁对谁不计较，同饮一泉水就算不清这账。他们打死都不敢忘操过的心帮过的忙，即使忘了，全庄人记着。

一个女子出嫁，满村人上门喝喜酒，娃娃们领羊钱，亲邻们穿着熨烫展贴的压箱衣裳去送亲。一个儿子成家，先天晚上就派人背箱子，去引亲，搭彩门，糊窗花，闹洞房。一个人死了，不论是谁，大家都惋惜，背转身抹眼泪，糊灵堂，打墓，烧纸，敬香，奠酒，不忘送葬时给路口点一堆麦草火。一个婴儿出生了，要提油盐罐去道喜，送新衣，挂红绸，大家看天上的星宿又亮了一颗，地上的山里娃多了一个。一连串吉祥话，连夸娃长得心疼。同岁的伙伴，他们读书或做生意，打工或跑江湖，在高楼深巷煎熬出比老家似乎更甜美的生活。

转移户口的53个人，他们的光鲜，没有谁是摘树叶那样摘来。天运的女儿有次回来我没认出来，但她见我还叫"二爸"，她早已不是身穿花袄脚蹬棉鞋的小兰了，而是上海一所外语大学的教授。可惜她爷爷一辈子未离过乡庄。

她带着她的孩子回乡助学，当她走过村路走向家门口时，她已无家可归。跪在祖坟前，她想念爷爷煨茶的火盆与火笑。她眼角湿润，耳畔响起黄亮的柴火细烧慢燃的声音。为纪念与爷爷的那段生活，她回城后写下《跳舞的火塘》寄给我。

失魂的乡村容不下游子。当我也不会再为此道歉时，我把离乡当成对此时此地的投降。在天运，小兰和散布大江南北的后村人眼里，不论异乡是酸菜，还是酸菜和醋汤，都飘着夏家塆过年时煮烂的肉香。

他们往深山里架电线，在井下掏炭，在电子厂流水线制鞋厂车间，他们骑着电动车送外卖，在大街上扫马路，在酒店的后厨洗碗，他们是服务员，是家政保姆，他们在银行门口当保安，在火车站的货场装卸，他们搬送沉重的煤气罐，他们跟着工程队修路建桥，他们在高高的楼盘里当泥水匠，他们在城市的游乐园里操作宇宙飞船和摩天轮，他们扮演着商场的巨型迎宾娃娃，他们工作在深夜的酒吧，他们跟随出海的船去捕鱼，他们收割一戈壁的棉花……

生活怎样捉弄人，他们都觉得外面漫无边际得好。能生存和安顿身心渴望的地方就是好地方。北上广璀璨的夜空与山村的星，一样迷人。

拍抖音种地的是网红，撇开世俗的是城里人，光阴好过的不守家门。城乡在接续孕育，开车跑和火塘旁煨茶的人，一样在世间扰攘与终老，一样水响磨转，子来女往。留在夏家塆的人，掐着指头能数清。

被大山哺养，又从半成熟的少年期就离村的人，恰如马桑坡上的风，把天空最好看的那朵云吹不见了，也带走那湛蓝的心事。传统快解体时，无人开渠疏沟，小溪照样在山谷流淌；无人擦洗天空，白云依旧在蓝天漫步。世事不允许我们将童年找回，就回乡去看看栽下的树。

逆溪爬上高山，我们不过是虚有故乡的流浪者。

梁山点灯

开成什么样才好看呢，蒲公英思量了又思量。就等风一来，白绒絮心花怒放，集体告别母体顺山野飞。这是一场卑微草本盛放又涅槃的花事。

那些花儿

蒲公英

开成什么样才好看呢，蒲公英思量了又思量。就等风一来，白绒絮心花怒放，集体告别母体，顺山野飞。

这是一场卑微草本盛放又涅槃的花事。

山沟里的洋槐花开成一片片雪堆时，坡上的茅草绣成绿毯，路旁的防风、车前草，一低一矮，芽儿青叶儿绿，迎风摇摆，渠边的水芹菜、眼药草、款冬花，葱秧般水嫩，叶茎里储满透亮的水。还有鱼腥草、夏枯草、豆豆花，都已起了身，正是最蓬勃的姿态。黄蒿、水蒿、白蒿、艾蒿，谁不服谁，各自成丛，抢着肥沃的田土、温润的墒情。我从叶叶秆秆仔细辨识它们。

在它们之中，蒲公英白天使劲开花，晚上闭瓣休养，待第二天日出回暖又打开花盘。祖坟的那墩高岗上，你往后村细瞧一片金花，另一片绵绒的白花便跃入眼帘。风吹拂蒲公英花海，它们应接不暇，扑面而来，如大地妈妈要带孩子跑。

走出村院，有时想不出去往哪里。不管哪一片草地、路边、田野、河滩、渠畔，到处是吸引人脚步的花草，其中就有蒲公英。

它瘦瘠如针的种子，被风吹到哪里，哪里就满野茂盛。十多瓣一拃长的叶片，从根部向四周匀散，叶柄、主脉和花茎略带紫红色。花蕾起初如雏菊，花茎自根心生出，直而空。随后，金色花萼一丝丝展开，宛如秋野上朵朵笑着的小向日葵。

10多天后，枯萎的金花变魔术一样，从同一花茎的顶端，悄悄生出蛛丝状的柔毛，里面裹着比针鼻管还细的果实。慢慢地，伞一样撑成一朵朵又圆又白的绒球，擎举在草地上，随风欢舞，播孕新生。这细微到几乎看不见的种子，每吹落一个绒球，春天就长出几十株小蒲公英。可爱的孩童们轻轻折断花茎，捧一束玩耍，他们无忧无虑的开心像怀抱整个春天，笑声如铃。夕阳西下时他们聚在梁顶对大野许愿，一口气吹散全部花絮，飘落入泥土，顽皮而蹦跳着回家。

一株小草，一枝花梗，它平凡，是从春末到秋初，常年花谢花开；它珍贵，是先开一次金花，再开一次银花，不辜负太阳。蒲公英明白，活过这一世，冬天必定要衰枯，薄如纸的瘦叶，努力供给着花萼，不论开成黄花还是白球，用心完成两次生命之旅。不论叶花还是茎根，它们入药的功效亦各不同。

在草的疆场，蒲公英甘作没有花香的小草，亦消世人的热毒肿结，疗疾治病。蒲公英想，是草就不离土，它将叶子顺地铺展，吮吸地气生长；它控制花梗个头，不抢庄稼的阳光；它想，既然要开花，就要开得灿烂，小些也无妨；若要解世间病弱，就要向天而生，端撑起金盘银球。

面对掐断它花秧揪走它花球的孩童，它们喜欢天真的心把种子吹远。

海棠

老家的土坎上长着两种海棠，一种是灌木，春天开艳丽的花，秋天结拳头大的香果，叫木瓜；另一种是乔木，春天开苹果花一样的粉花，秋天结一树坠弯枝头，如山楂大比山楂甜的水果，红里透黄，叫海红。

这些年，在渐渐生疏的后村，童年爬过的海红树已经没有了，水果树仅剩下樱桃了。它的同族木瓜，作为赏花花木，家家院落多有栽植。秋后，木瓜由青变黄，风干后放入家中，清气四溢，还可防蛀除瘴，这是木瓜自有的清气与神气。

《诗经·卫风·木瓜》有诗曰："投我以木瓜，报之以琼琚；匪报也，永以为好也！"可见木瓜不仅是寻常吃食，还是投报馈赠的珍品。先秦至今都种海棠，也是种下看着美、闻起香、可食味的春华秋实，这是世人争栽移接它的原因吧。

核桃晒满谷场时，木瓜长老。小的如鸡蛋，大的如抱拳，摘下储放月余，水分失散后，果实变空变黄，馥郁芬芳的香气令人神清气爽。

现在所见的海棠多是盆栽。园艺师巧剪妙修，把自然生长的枝条统统剪去，留下一盘老根抽新芽，发新枝，开新花。布满瘤疤的老树桩苍气横秋，显俏显幽，枯木逢春的意境，让海棠成为极致的镇宅盆景。

这些海棠享受了崇高礼遇，缺啥补啥，天冷了搬进温室，春来了摆院晒太阳，营养的充足，让花儿开得更符合主人的心愿，有的绯如胭脂，粉如桃花，有的丹如云霞，白如梨花，有的红白相映，各种嫁接生出了名堂诸多的品种。

海棠花有的先开花不出叶，有的花挨挤着叶，叶衬花放，树老花艳，洒尽芳菲。14岁就当神童、官至兵部尚书的晏殊写《海棠》，有"昔闻游客话芳菲，濯锦江头几万枝"的佳句，称道的是成都锦江两岸的海棠花。如今锦江妖娆，早已掩盖了旧年海棠的盛景。天府之国名目繁多的奇花异草，让海棠自惭形愧。紧随其后的苏东坡也写过《海棠》："东风袅袅泛崇光，香雾空蒙月转廊。只恐夜深花睡去，故烧高烛照红妆。"意图在春风沉醉的月夜点亮高烛赏花，不能白费花事。

最近一次见童年见过的海棠，是在 2016 年深秋。在西汉水边的黑沟村，我沿山林在毛毛雨中漫步，沟深弯多，雾岚缥缈，偶尔见人戴草帽挂竹杖在山道上独行。顺山缠绕的路头沟底溪流飞泻，烤烟房上爬着山药攀墙的青蔓，竹林掩映中，七八株木瓜树长在院边，寂然世外，木瓜格外肥硕，一丛丛树一簇簇果，野趣横生。

回想小时候，似乎只摘过它的瓜，却没看过花。果实对少年的诱惑，绝对压过花的风头。再加上那时山花儿太多，实在看不过来。苹果树、樱桃树、桃树、梨树、李子树、杏树、柿子树，它们次第开花，不粉即白，让我确实想不起看花，而关心的是啥果实可以吃，几月能吃，从没有在乎过什么花何时开、有多好看。那时施肥浇水，心想的也全是放满棚架的甜果。

我怀念院子的两棵苹果树，搭鸡窝开粉花的树上是花牛苹果，有鸟窝开白花的是黄元帅，年年果实累累，但花朵怎么开，我确实没观察过。

以致时至今天，我仍是个粗心不堪的人。是因为从小就淡漠了，应当最令人遐想的一种水果的童年。当我动手去摘时，它们成熟得甜蜜又芳香。为此，我曾认真琢磨过水桃花、洋槐花、核桃花、泡桐花、樱桃花、梨花，也特意琢磨过款冬花、油菜花、荞花、桔梗花、覆盆子花，它们都在房前院后的田野上。但水果的花与我们最亲近，一开花，我们就跑去看，仿佛睡梦里都已闻到了成熟的酸甜。

泡桐花一开像吹小号。油菜花、荞麦花又开得最烂漫。作为庄稼，它们用千朵万朵授过粉的花苞，结出饱满的荚果瘦果养活我们，也引来追花游徙四方的养蜂人，扎篷酿蜜。核桃树最懂人心，它们觉得吃核桃要等到七夕，先开出毛毛虫一样的花，掉一地，焯水后炝油凉拌。

款冬花最淡定了，它从三九寒天破土顶蕾，其花入药，然后长出如小莲一样的青叶，等到红草帽一样的覆盆子一熟，我们就用这叶子，穿一根麦秸，做成"果筒"，盛装摘来的野果。

那槐树长刺，白花最香；桔梗花最有意思，小孩钻进药地，去捏那羞于全开的花骨朵，放出嘭嘭的炮声。

忽然明白：如花在野，就会被这清香之气涤净。

乡 魂

玉米垒满窗台，挂满树梢，一座村庄的屋檐，倒悬着收自田野的"黄金"。后村暖阳杲杲，天空旷远，谷场里在"祭神"。

汗干力尽的父亲说：天冷了就放飞鸟群，开春它们就又回来了。羊皮鼓铁环铿锵齐响，麻鞭绳甩动在祈雨的法场上。庙会在村庄间转移，会长从共同体成员中轮换，列祖列宗世代以这样的集体礼仪膜拜自然。

传神唱戏的传统从一个人出生算起，延续着农耕光阴的烟火。走过五湖四海和守在后村挖地的人，把收成丰歉和生活欢悲，都给轿子里的神磕头时念叨。

山坳里麻雀翔集鹰在齐聚，嶙峋怪石像魔兽。秋收后人们结伴赶庙会，老一代人围坛祭祀迎神敬天：万物有灵皆欢喜，心中无欲自安然。

一颗颗石榴缀满枝头，早开的野菊花从高山向低坡开放，有的蓓蕾初绽，有的绚烂似火，只待一场透雨金阳便让整座山秋花烂漫。

天一凉，草木进入枯季。少年问一丛丛小黄菊：在这片父亲种植不出理想的土地上，我的种子会不会发芽？

风过处，燕南飞，徒留树杈鸟窝，一片冥寂。

走进搭茅草屋的半坡，烟熏火燎的屋里炕烟笼罩。

哪怕外面的世界金窝银窝，却没有这地方让人心瓷实。这里茶炊飘香，饱经沧桑的人没有忧伤……

从盘来盘去的羊肠小道走来的少年，喝山泉水长大。他明白脚下的土地，只生长小麦、大豆和玉米，人只有靠辛劳从泥雨里拾取。天晴了，妈妈笑了。连雨天，祖母用七彩纸剪"扫天媳妇"挂在墙头。而一入秋就野得没边的我们，会受到出草丛入洞去的菜花蛇的惊吓。父母为被吓的孩子"蒸胎""叫魂"，用各家要来的七彩花线缠鸡蛋然后蒸熟，让孩子在唤语中应声进门，吞吃鸡蛋，意味着把吓破的胆魂缝补起来。其实那时候，我还不懂鸡蛋的营养能给人补虚。

后村人的一生是一个压变形的圆。种地，打工，娶媳妇，盖新房，生孩子，送娃念书，生老病死，有些人把心事寄托给老树奇石山泉，有些人信奉寺庙的佛爷神仙。举目地形奇特的山冈和山环水抱的土梁，都建有小庙古寺，凡有人居住的地方就有土地爷庙，凡树木翁郁庄稼茂密的地方，一定有烟火飘摇的村落。

旷野开始黪朗，羊皮扇舞敲破天的打鼓声，依着弯峡，在村头舍尾回响，鼓声缭绕，不绝于耳，穿山的唱腔掩住流过小镇的河声。

许多的觉悟，肇始于这隆重的风俗礼规。在山顶看，连绵的山峰如一条盘龙，让整座山体的中心自然悬空，村里人叫"旋坑"，有人说这是一口聚宝盆。

也许正是得了这山脉的灵气，才有布满神秘的礼俗代代相传，盖房要吃绕梁馍馍，吃完喜宴要给远客装"盐水"，娶媳妇要给送亲的孩子们发"羊钱"，外孙满月娘家人要送"油盐罐"，人去世后要在送葬经过的路口"拉火点灯"，最终带进坟墓的只有一碗五色粮食。

小 院

　　窗外飘起纷纷扬扬的大雪，我想起在索池乡工作时的小院了。

　　说是小院，其实前身是一个单位。2000 年年尾分配到乡政府上班，单位大院没有宽裕的住房，领导关心我们，为了安全，我们被安排到乡政府隔壁一条沟渠边的旧拖拉机站住下来。

　　当时踌躇满志又欣喜满怀，不料却到了偏远乡下，心里有种说不出的沮丧。那时想：没进城不要紧，但住进这么个荒园，为此陷入苦闷不想说话。记得有一天，立春已有些时日，院子里两株水桃树已有些星星点点的花蕾，墙角有伸进院的几株老核桃树，正鼓出茂盛叶芽。

　　我一边等房门钥匙一边环视小院，心里挡不住地生出失望的冰凉。但心想多少年的读书还算换来一只生存的饭碗，大不咧咧的鸿鹄之志就偃旗息鼓吧。我掐断内心熊熊燃烧的火苗，让自己接受面前的一切。同事们帮着我，很快收拾好房间卫生。

　　立在门前对视荒秃的小院，斑斑点点的新绿，已从伸展的枝条里抽出来，悄悄萌发。石桌的酒瓶堆下压着的青草，绿融融又调皮地打量我这个陌生人。

　　这时，我没理由不相信春天，不热爱这座荒园。人生如此，其实很好。我以前没有想通。园里野树野草很多，五间土墙青瓦的房前，杏树、桃树、李子树，随心所欲地生长，东一株西一棵，显然不是栽种的。只有压在院墙下的几株海棠，看起来有被人强行弯曲过枝条的迹象，告诉我们这里住着一个闲人，或者退休干部，面对寂寞太久，实在没有什么事情能够打发时间，而海棠可以让他排遣孤独，让他曲出他自认为好看的美来。但从弯盘起来的造型看一点儿也不美，执意被扭曲的东西少了自然的风采。园外老乡家的院边还有一株大梨树，个头高，枝丫稠密，枝条向天而生，像举起来无数双手臂，有风来时在空中欢舞。

院子里长得最多的是一人高的荒草，一看就是去年无所顾忌地疯长过，一些花蔓攀上窗台，挂在小树上，一些横搭上院墙。

顺着房门到院门口的 20 步距离，被踩踏出黄泥光亮的小路，有的路面陷进去垫脚的瓦片砖头，说明这间房子住着人，有的长着苔藓，门上挂着锁，蜘蛛结着层层叠叠的网，说明屋空已久。满园荒芜里，仅有的绿意，是几丛根茎繁茂而柔软的迎春花，绿油油的茎条引人注目，严寒并没有打败它，不禁令人眼前一亮。蹲下身观摩它，不由有柳暗花明的喜出望外。对野树野草来说，我突然而来的凑趣，对它们没有多少意义或期许。我想，它们已经看惯了，铁打的营盘流水的兵，这里的人来来去去，也许没有谁真正爱过这座荒园，没有人在此开怀。

翻过二月，雨就多起来，水库下游的麦地起身，堤岸渠坎上草芽吐绿，封冻的小溪渐渐听到流水声，迎春花开满山坡，海棠像梅花，像玛瑙，像红灯，点染在绿叶抽出的枝条。院边的水桃花在几个太阳和两场雨后就开成一片汪洋，李子花含苞待放，如储放枝头的积雪，杏花白中透粉，随风飘来馥郁的馨香，花瓣落满一地，梨花最后圣洁登场，给这座荒敝古旧的小院增添亮色，"喜上院头"，遂让我心生欢愉。顺着小路分隔开的院子细看，满地青草透土了，就连角角落落的枯草也生机盎然，精神抖擞，向阳的草地上，提早开出金色、白色、蓝色的花，一些开得稠，一些开得稀，一些在阳光下开，一些在雨天开，一些一开半个多月，一些一夜间就凋谢了，还有一些早上去看时还是花蕾，到傍晚就全部吐蕊了。

我期待将有一种好事来临，来自于小院里无数生命的复苏之兆。果不其然，开春就分配来了三个女孩四个男孩，让小院顿时奔放起来，我不再感到苦闷，用白纸糊了房间的墙，心情也变亮堂了。我认清了自身的分量和并不努力。

命运把我打发到此，我因为年轻辜负了天意对我另外的厚爱。

每天晨起，我绕小院散步，以表示对它们收留教化我的感激。尽管我熟悉乡村，但之前并没有真正看懂花事，并不懂得了解生活。

在花草簇拥中，小院如量身定做，水库是故人知己，让我拥有心旷神怡的安宁，每天都能提笔写作。到了秋天，这些树还是没有结果。花开过了，太阳一天不少地照了，最终仍是一场空。可喜的是，在100多天后，我惊喜地发现，当初迈进门来的满地荒凉从眼前溜走了，经过了春和夏变成了一座花园。除了野生的蒲公英、紫苏、防风、车前草、水瓜蔓、鬼针草、曼陀罗外，不少的花种和菜种，是阿荣从城里买来的种子。我们开荒，锄草，把所有的草根拣出来，把泥土翻熟，打绵，拌细，开辟出一片菜地，翻锄，施肥，浇水，然后种上西红柿、黄瓜、辣椒、茄子、扁豆，种上菠菜、蒜苗、萝卜和葱。

西红柿从一拃长的小苗长到分蘖，长到小青铃、拳头大，慢慢就有味了；黄瓜扁豆需用竹子搭架，黄瓜开黄色的花，扁豆开紫色的花，悬吊着大自然的神气与富有；辣椒茄子结得最繁时，青的青，红的红，紫的紫，接连给我们新鲜。

我们用竹子扎篱笆，种一排玉米当疆界，中间是菜畦。

我们搭伙办灶，分工做饭，园里的菜蔬集体分享。面下进锅时摘一把青菜，米饭蒸熟时拔一棵白菜、萝卜，摘架上的黄瓜炝拌。来同事朋友时，摘西红柿当水果。我们用树荫当凉棚，煨热的水烧酒陪我们度过连个商店都没有的贫乏生活。园子的春天欣欣向荣，夏天骄阳爽风，秋天雨水涟涟，冬日白雪皑皑，菜园的四季从没有亏待我们。我半夜爬起来写诗，一些变成了铅字。我感谢这座园子给我幸运和馈赠。

遗憾的是，时间的马车被赶得飞快。我顾不上去走复杂的进城路，也不再考虑遥远的未来，一心俯身菜园，沉浸其中而陶然自乐，倍加投入而万分着迷。我深深地爱上了这座园子，爱上了在上帝关住一扇门时，又推开敞亮的另一扇门。

我感激它给我们的启示：荒凉要靠自己改造，花园要靠亲手栽植。一个蝉鸣四起的正午，我光着膀子在院墙上写下四个大字，给这座多少人住过又走了的园子起了名字——甘漠花园。朋友说：即使心是一片荒漠，只要信念的种子不朽，就一定能孕育出甘甜。一个地方，可以让一个人从荒废中奋起。到现在，我还时常去想，我们这几个年轻人，曾在一座废墟上规划一座果蔬飘香的园子，也算是一个伟大的梦想和行动。

住在窗外就是菜园的宿舍，与自然为邻。这个大不过10平方的小房间，粗糙的水泥地面已经破裂，纸糊的墙壁和苇席制成的天花板，泛着经年度日的烟黄，两扇木格子嵌玻璃的前窗，有几格糊着白纸和旧日历，窗户上没有安装玻璃，穿巷的风破窗而入。我连忙拾起掉在地上的一张农技推广年画，把窗堵上，房间的光线暗了许多，但这么冷的天，应当先堵住风，再解决光的问题。房间前窗朝西，夏天热，但冬阳令人惬意，透过窗户静候出入的来客，静观菜蔬的生长，黎明下的雪，飞落小院的鸟儿。

明媚的太阳照着这排瓦房。一天的下村入户和工作之后，满身疲惫都能在此如释重负。

那时那般热爱小园，可能是将植物的生机转化为了自己参照人生的感受。看着草长莺飞，雨露莹莹，瞅着野花次第开放，望着核桃树荫盖过半片院落，就不能无动于衷。此情此景饮几杯小酒，怎不惬意？我从石凳上起来，看着脚下草地舒展，我并没有踏倒它。

一阵凉风进院来，吹得门窗吱呀作响，房门院门全部敞开。一天一月过去了，一年出头了，没几个人来找我，经过的班车不见停靠。风算是知己，是勤于登门的常客。我想过一生不会就这样结束吧，又害怕人生就这样耽误。我竭力保持一种超凡脱俗的定力，花和草，树和风，都没能让我降服。我决定到自然去寻找灵魂的出路。随手把一枝绿叶拉到面前，绿叶上有清晰的脉络，如人生的路径。在我放手的刹那，它飞弹回大树对它的袒护里，分明对我执意抓住它，极不情愿。

倔强的树鼓励我起身。挪步院中，困惑顿时释然。我把拽进屋的那条藤蔓从书桌上拿起来，取掉压在它身上厚厚的词典，又把它从窗口放出去，小心翼翼地放生，我觉得我从善了，扼制生命的心放下了。其实，来陋室的这条藤蔓，在短暂的几个月间，任我怎样揪它向屋内生长，它的枝头永远向着窗外。我本不该这样无情自私，更不该就此沉沦。我顿悟了，在正度青春的年华，人生不应当惧怕冷落和暴晒。

新梦想发芽后，一种魔力驱使我像园里的野草，见光见水就抑制不住地生长。我消除了误解，感恩身边的朋友，也意识到年轻就不能退缩和消沉。我重新设计出逃的路，悄悄报名参加成人高考。一个个黄昏里，我倒数着希望将至的日子，计算与小院厮守的时光。

2002年9月，我告别小院，踏上再次异乡求学的路。我将攀缘窗台上的藤蔓顺势放下来，放回小院的草地，将叶芽摆向朝阳能晒到的墙。写有时间和地址的录取通知书，催促我远行。心疼我的人和我心疼的人，送我出乡。

临行前夜我盘桓院中，不肯回屋。满院的草在风中似乎对我喊：去，去，去。月光下，凝视着小院的花树菜蔬，我起誓我一定要回来，谢谢小院对我的接纳。

此后的小院保持过多年的繁茂，但剩下的朋友陆续调走。

20年岁月如流，我想念陪我数载的小院和友人，怀念伸向园子的树荫和接入陋室的藤蔓。

无法割舍

上有老下有幼的年纪，会有许多无法割舍。经小镇北上，走过清真寺，穿过成荫的柳树、算命先生摆摊和赶集人歇脚的坡路，往山脚去。

这是我曾设法逃离的起点。出走多年，我没能割断与其血缘与心魂间的牵连。坐在树荫遮蔽的小院，我感激父母绝不让我砍树的倔强。几年前的此时，父亲正穷尽其力在祖上留下来的宅基地上为我们建造新房。一次回家，望着小小院落被树遮来挡去，遂不顾父母阻拦，提起电锯就去锯树。我的行为，受到父母的制止和责怪，甚至不留面子地呵斥我放下武器，不要当"凶犯"了。

扔下电锯回到城里，看见父亲昨天进城寄存的一筐樱桃，我瞬间为自己的莽撞而羞愧。父亲执意留下来的四棵树，其中两棵是樱桃树，两棵是柿子树。它们在春天绽放花蕾，在夏天葱翠，在初秋金黄，在冬天抱雪。算这些树的年纪，它们都是在我们兄弟长大的同期所栽。虽然树龄超过了20多年，但那些一如既往的花开花谢，从未因某年的天寒而越不了冬。每个春天，四棵树又枝繁花茂，每个夏天，小院又浓荫如盖。

回想樱桃树刚挂果的那年，我已在邻乡参加工作。有天回家，看着尚未成熟的青樱桃，纷纷零落一院。我预感这棵树可能生病，或将在短期枯死。围着小树我仔细观察，没看出什么毛病。百思不得其解时，父亲指点，拿出一把锯，将那些青果零落的树枝锯掉，其实，当时我对锯枝救树的做法心存怀疑。

最终，如父亲所料，这棵树活过了四季，活到了今天。也许正是当年那一锯，保全了树的性命，也得以让我在多年后写下《樱桃甜美》，让父亲在知道这篇文章发表后，还被一些中学选入语文试卷而高兴。

樱桃树是家中元老，但锯与不锯，究竟是不是这棵树起死回生的原因，弄不清。只是盖新房时，我以树木挡路为由去砍它是极不妥的。

人生应该如何取舍？并不好说。古人言，有舍才有得，我以此劝慰自己——如果那棵树当年不锯病枝而枯死，我们就没樱桃吃了。我观察锯条在扯出锯木灰时，千牙万齿地割锯，父亲也看着可惜，但只有忍痛锯掉病枝，才能拯救整棵树。

此去经年，每每坐在院树下乘凉或吃饭，就想起年少时强烈逃离的贼心。在乡村一贫如洗的年代，我虽不怨憎什么，但日思夜想叛逃。在骄阳与冰雪中下地劳动，我从未感到过严酷和沉重。我感恩这片土地，自小就给我注射过坚韧的强心剂，让我具备对抗磨砺的精神。

这些流汗流泪的体验，让我早知世间的苦，并对处于泥土刨食的人群从骨子里怜惜。而且，在我后来走的一道道弯路上，因为经见过苦难，便没有再怕过事不如愿的坎坷。失去与缺憾，教给我的远比得到要多。

博尔赫斯说：人应当把所有东西，包括不幸视为对他的馈赠。王阳明说：人为了生存要追求一些使自己身心获得安全的东西，诸如金钱、名利和地位。

走过几段波折的歧路后，我清楚了什么是身外之物，也明白有些路注定非走不可。譬如我经年累月在夜晚对着荧屏写作，其实是不甘的心在一条道上想走到明。假如当年我贸然砍掉树，或者不听劝阻与父母对着干，在这麦蝉嘶鸣太阳如火盆的伏天，哪来这院尾的清凉？

亲人在上。院里的天竺牡丹、金钟、芫荽在开花，葡萄上架，蔬菜满园，这些不起眼的草在院落同生共谢，即使朝阳不来，也有余晖可照。我敬仰天下农民扛锄抢挖的劳苦，感谢父母对我成败荣辱从不在乎的包容，在他们眼里活着就好，老家就好，儿女团圆就好！

这无法割舍的，哪份不是爱？我请最好的画家朋友，画下老家的瓦房。

时光给故乡宽慰

故乡在秦巴大山中的嘉陵江上游,是出秦川入汉蜀之孔道。《县志》称"西陲之藩,有一水三河之利,铅锌、黄金之富,山川兼南北之美,人誉为陇上明珠"。

1997 年,我 15 岁,第一次离家。在对山山寨寨的认知里,家乡极其美,美得心旷神怡。在乡村长大的人如有根的树,不管走再远,俗世养就的心儿便再拔不出泥土,何时凭吊,老树都立候村头。

离乡时三回首的,回家时第一眼望见的,都是这树。

在我们家的土地承包合同里,还有属于我的一亩一分田土,以及风吹树籽天然衍生出的大树小苗。土田虽已撂荒,但我经常会去看它。在林权合同里,也有属于我家的一片坡,位于山巅,长着密密麻麻的洋槐树。三台坡,层层叠叠长着三台树,恰如一个"森"字。在此俯瞰沃野中横贯小镇的公路,心就会跑出山外。

后村如一只有砂眼的气球,又如缺青壮年的老人国。只有从腊月八过后,人影又一天天多起来,填充一年的空洞。回乡的小伙子帅姑娘们美,为乡村添了活力与喜气。一到晚上,四面云山归眼底,星星月光唤亮灯。小镇夜市如昼,河街喧腾,人声鼎沸。虽然寒风吹彻,但张灯结彩,商铺繁闹。

走在回乡半途的人是幸运的。市井如牢笼，异乡的羁押、拼闯和乞讨漫无尽期。年年此时，归乡的人，许多买不到车票，一些没有假期。

中国人对春节的团圆之情如一棵参天大树，枝条展向天空，叶子被风吹散，根扎在原乡。据铁路部门预计，春运将有4亿多人次出行。这场被称为世界上最大规模的人口迁移中，夏家塆有过万人。不能回家的人，继续沦落天涯。他们寄人篱下，蜷在出租屋包一案扁食，怀想老家年夜饭的红炕桌，一遍遍从梦的舷窗思念。

童年的庭院栽过一棵石榴一棵林檎一棵桑树，还长着一怀抱粗的老椿树。树是祖上所栽，石榴花在麦香里红艳艳，林檎树挂着核桃大的青果，桑树在二月发新叶，母亲摘桑叶养蚕，我们摘桑葚吃，高高的树梢上有鸟垒窝，树干上有花媳妇、知了。

秋后如果来亲戚，祖母派我们上棚架，取下竹篮里的干核桃，捧出飘着果香已绵甜的黄元帅苹果。

2006年正月，祖母待我喂她吃下两瓣蜜橘的当夜，照她的话我刚去睡觉，她就突然咽气离世了。2008年汶川地震，百年老屋散架，只好拆掉重盖。父亲把旧宅基向后退了九尺，在老屋上盖起砖混平房。拆房时，父亲保留下了旧屋的门窗门槛门墩，几件木家具及纺车油灯。父亲想：这些家具是院里的树改成板子做的。树是先人所栽，闹饥荒的年份，叶芽树皮救过一家人的命。我清楚他珍爱旧物件，对那烟熏得陈旧、手磨得油亮的家具多有不舍。他睹物思亲，挂念着先辈在这世场，规避不开又久经折磨的曲直与是非。

孩提时，父亲下入冰窖挖沙，在10多里外的南山收药，用常人不为的劳累拼凑着翻盖旧房，修屋补漏，加固檐台，一座座小房把家垒成长城。对于被家庭成分毁一生的人，他已无语挣扎，而与现实和解。

读中学时，父亲领我们在三伏天，把麦茬地连翻三遍。商业兴起的后村，其实少有人如此拼命。日复一日，父亲是最早上山的早到者。有时突降暴雨，我们藏在大石头下避雨，待彩虹一出来，刚刚饱饮的庄稼地畔，听得见玉米抽穗的声响。回到太阳下，看庄稼苗长胖长高了，又接着翻挖草根锈实土壤板结的坡地，那种坚硬，震得人胳膊肿胀。

岁行不可追，我放下锄头不劳动太久，疏于农事太久。但父亲仍然一刻不歇地做活，一下下让镢头吃进料礓地，直到一天的日头最终沉将下去，直到油菜花泡桐花陆续被夜幕笼罩，父亲才回。

2017 年，父亲将平房加盖为楼房，并将土坎降坡填平低院，保留下院门口繁枝相挽的樱桃树和碗口粗的柿子树。父亲认为好风水得靠树木。新院落成孙子出生，他栽下枇杷、桂花和苹果树。他说儿娶媳妇女出嫁时，树可打家具做箱子。

中专毕业后我在乡镇工作，感觉理想甩我八千里。无所事事时一个人沿西汉水游荡，为怒放一江的迎春花写诗；骑上桃树，坐在安塄村的石碾盘上，看鸟儿从头顶跨江越岭。又凝视一树樱桃花落英缤纷，花瓣一天便落干净。我细数花落的旋舞，一瓣花落地，大概需 10 秒时间。

陇南人在风习上常给爱哭闹和毛病多的孩童找一棵老树当拜大，认树为父，给树烧香，祈求荫佑，这是农人敬畏天道的厚朴。看家护院的花树，陪伴蒙童换牙长个。《小雅》里说："维桑与梓，必恭敬止。"果树乃父母所栽，可供我辈赏花吃果乘凉，能为后辈遮风挡雨。

我为求敞亮，鲁莽地差一点砍掉院树的举动，幼稚又荒唐！我忘了父亲栽树的本意，忘了果树的恩情与荫泽。与人同生的树，在平常日子里就是父亲的伴。这些树见证了一座院的喜怒哀乐，听见过我们放声的哭笑，看见过离多聚少，知道我们遭遇的家世与时运。

家人的种种福报，树最先察觉。太阳与露水的朝冷午热，树心领神会。月亮做着树的朋友，鸟儿在树上沉迷黑甜的梦乡。

老家树多，我家屋前树也成林。在樱桃树高过西房檐，又与我齐步而立时，我住进了百尺高楼，从此便失去了能坐在树下的那份惬意，而只剩展长脖子的回望。人一旦停下亲手的耕耘，貌似脱产的人生其实失去了与自然为邻的财富。我的斗室没有树能扎根的泥地，只有盆栽花朵。好在辣椒在君子兰盆里长得茁壮，结了再结，聊以安慰我。

重回后村时，失约的兄弟太多。残存的大树俨然成为树神，还有婴童拜树认父……只是纷纷芸芸里，不再有打家具的木匠、不再有土炕土胡基青砖瓦的胚模和会手艺的匠人。

日出云散，几十年的似水年华被我挥霍，我与后村的一往情深，其实也并非笔下那些虚情的美意与矫情。直到父辈花了眼背了耳种地挖药，他们还在山里深耕，我才理解人心的荒芜是山寨的全面荒枯。人活着就得劳动，在世上就得操心，这种应当如庄稼倒茬，缠锁着父辈。多少回，父亲在山上劳作时，我不过是个旁观的监工者，充当着随影，但他们一见我，就气力无穷。

父亲十天半月不见我们，怕老天照顾不周我们吃亏或走偏路。他揣测我们正遭着哪种难过，老想替我们设计好运加油出力，便会选一个雨天，走几里山路坐车进城，有时候见不上我，看看孙儿打个转身就回，他还惦记着鸡呀猫呀没啥吃。我呀，常常埋怨这份爱，不顾他汗水涔涔。

人，不过一粒翻跹的尘埃。老一辈人去世，年轻人逃离，后村的人口还将减少。想问路在何方时，《西游记》告诉我有实力的妖怪都被接走了，没靠山的被悟空识穿，一棒打回原形。我感激父辈豁开茅草，给我铺平去远方的路，护小鸟一样保全我们。

春节时，卸下虚伪的皮囊，安置落魄的游魂，夏家塆会多出孩童的欢笑和攀爬的身影，墙上打过的记号，窄小的屋院，是安顿倦心过冬的最好地方。

一棵树小时我们无视存在，一棵树枯后我们才回头惋惜。老天爷眷顾不上的事有很多，但岁月不论怎么把人心改变，我们终究逃不出这巴掌心的原乡。

大雨纷飞

中秋节回到小镇的后村。我撑着雨伞，抱着女儿，安安稳稳地坐在房檐下时，身心感到妥帖。

好比野坡上的酸梨，在熟透时落地。

推门进屋，迎面看见摆在上房的祖母遗像，她一定也看见了我回来。小时候，亲人一直极力操办的节日，填满了幼时回忆。供桌摆在院中，油灯明亮，香火冉冉。

皎洁的月光沐浴着我们，姐姐、哥哥玩耍着砂锅石头水的游戏，打破黑灯瞎火。那份隆重，除了平日稀缺的月饼点心那么香酥外，还有苹果石榴那么甘甜。月饼点心是街道上买的，苹果是大伯家院中的树上结的，石榴是院边长的。

两座院落浓荫匝地。可惜苹果树连结几年果后枯了，棚架上再没有储放到春节时的黄元帅。祖母责怪我们，树是被我们骑上爬下压死的。趴在虚空的石榴树，花开如焰，随暴雨连土坎崩塌。父亲不惜花一笔钱，砌四米高的石墙。石榴树连根带泥挖出来后，两年未能移活。

前些年，我一意孤行追我追不回的故乡。那奔跑过的无遮无拦的敞院，现在砌着高架有摄像头的院墙，我随时可以远程调阅。雨不停地下，想起祖母用竹竿向天空挑出纸剪的"扫天媳妇",说：老天爷，你收云，日头出来好出门。村邻们冰锅冷灶了，许多院苔藓铺地，蛛网闪着雨珠。去儿时的场院、老屋、水泉转一转，摸一摸斑驳的木门，翻腾旧农具，打开霉尘的箱柜，找出有过亲人汗渍的物件，依檐观雨，如织的雨线如天空的泪。

雨大雾起，就像同胞的俩兄弟年老后，于更声起落的半夜，说些互相提醒和宽慰的话。明明年纪高了，却还坚定地说着命中大吉的卜语。当岁月把经年的磨砺，累加给比父亲还老的父辈们时，好在剩下的柴草，还能烧热雨夜的炕。

如同我眼瞅着举家的集体出走，却还要挽着侄辈，给他们深挚祝福。

其实我明白，青壮年大量流失，变迁留给后村的精力明显不济，一如下过半月还不停歇的雨。

事实上更严峻的消亡，比我担心的为时提前。担当主力的男人去打工，女人陪儿女在县城小镇念书，儿女考上大学时，父母也就耗尽了，夫衰妇老。

向晚的雨脚打在屋脊与花台。己亥年春，与相邻的北街、瞳庄、贺沟、水磨等村庄境遇一样，一把年纪的后村，被雨泡垮的危房残墙，土房耳房偏厦圈舍，都在拆危治乱整治村容中再见了。土山土岗包围的后村，水泥建筑拔地四起，土房旧物被清除一空，乡村从面容上被收拾得处处崭新庭庭亮堂。旧庄基上种上了花草蔬菜，摇曳着繁丽的花儿，这是推平泡软的墙土正使出肥力。走出土屋瓦房的人，住进24厘米厚的平房、楼房里，明亮了，却失去了冬温夏清，滴檐水不滴旧窝窝了，后辈子孙对老家的情就浅了，如一条山溪被截引，又如小树被移植。

父辈们的记性越来越差，快到嘴边的话，常常不能完整地讲起，说错了年份与季节，有时甚至还叫错我们的名字。

但日子依旧，上山挖地和进林打山，赶乡集和串亲戚得在天黑前完成。有时候饥肠辘辘，有时候打着饱嗝，即使擦黑摸月回来，也保证走不错路认不错院。这个由百十户坐北朝南房屋参差构成的古村，被东山岗上的那座庙梁护佑，又被身后的大山支撑，被两道坡岗左拥右抱。这个家家都会纺绳酿醋造豆腐的家园，装着我全部的珍惜。而今蓝色的门牌号码，只是一种籍贯与院落的对应，户口簿上登载的主人，有的从父辈就远走匿迹，但愿他们在别的世场过得好。

走远的人吃香喝辣，像雨后万物欢生的一山黄土地。

经过几座房院，除了风吹柴火垛，听不见任何响动。蚯蚓到处弓着身，翻松小路敞院，打通地下避雨的暗道。瓜秧在为季节打上结绳。我没想过，夏家塆有一天，会徒具虚名后供我瞻仰。遍体创伤的村庄，几度被水淹过后，有些人心也被泥浆过，他们是常在人前说话的聪明人。

独自上山，乡野外观上貌似完好，山山水水也依旧好看，四野金黄的万寿菊长满沟坡。可当我顺沟进庄，旋风卷着落叶，片片楼房瓦屋在占家看院，草木瓦松在站高放哨。

望望当年比自己个子还小的树，看看门前这截黄土路，凝神细想，它们在速变的故土余生，像留守者拼命为继，让我生出一种无以言说的欣喜与悲凉。我打开手机，录入荧屏的，尽是空寂与风的呼号，冷雨扑墙。我如蚂蚁躲在泥洞缩进墙角，等云过天开。

冒雨还乡，磕头上香，有点像夏家塆信神的人提着公鸡来还愿。我的回家，也不排除这种凭吊的心理。在这个上古祭月和万家团圆赏月亲友思念的佳节，青柿转黄，金桂飘香，光阴不明不暗，生活不咸不淡。月亮应当圆满，但连绵不歇的雨搅了天涯共此时的期盼。月亮被云遮蔽，点着香蜡的屋院，在细雨中飘着炊烟，仍旧是乡土的根烟火的根人间的根。

小狗开心地住在草垛，山药豆长在檐墙下。来不及收的玉米荒在田里，尚未熟裂的核桃挂在树上。

故土于我，是亲人和黄灿灿的麦粒所养，它让我育壮根系，又年年季季不吝惜地给我馈赠。每次短暂停留，后村都提醒我：后村不是我的了，但那里的小草大树，蚂蚁生灵，秋韭菜园，它们的生息一如往常。

只是我没有郑重地善待和珍惜它们，听不见它们为我叫苦对我喊疼，以至于它们不见影迹了，我才从长等慢待的雨中找寻。

雨还将连下六天。霏霏秋雨是大地眉开眼笑后，又从云端洒落一地的噙不住的泪。太阳将扶起泥地里的人，山坡的荞麦开成了雪。

人生如锯

木匠正在锯木头，电锯声很大。木头很硬，是多节的崖柏。如父亲在乡下的生活，比石头沉重，比铁坚硬。锯子划过树节时，锯声变得尖锐，有打过金属面，回声颤响的钢音。

我的心紧缩，颤抖，如三寸的木头，找不到出身的树，木讷地怔在原地，痛苦得难以平静。这是一个有闰月的双年份，习俗说宜合木。新冠肺炎疫情封闭下的村子进不来又出不去，让人提心吊胆。正月初一下午进城后县门乡门就封了。

从传到手机上的远程视频"回家"，春风刮过院子，两棵樱桃树团团簇簇地开花了。靠西房的花儿开得最灿烂，门口的果树含苞待放。

母亲说："门口冷，花就开得迟。"我焦急地盼着疫尽花开。

县城一解封，我迫不及待地回家去。在日头朗照的院子，我搬来童年坐过的板凳，它是伯父从康县带回来的，我们兄弟姐妹各有一个，还有祖母编给我的草篮，它装过野兔和鲜花，装过酸溜溜和灰灰菜，装过祖母手巾焐着留给我的卤毛豆和烧洋芋。几次翻盖房院，细心的父亲一直收藏着它们。

我坐在树下面，潼潼提着盛满尘土的草篮满院跑，里面装着玩具、薯片和积木，我想念祖母了，潼潼对着上房的照片叫"太奶奶"，我哽咽无语。这是祖上的大瓦房在地震后翻盖，9 年后父亲又将低院填高将高院取平，盖房两座，用青砖铺院，立大门一座，而让我们的家有了院，有了避风的墙。

锯子吃力地锯着，仿佛切入祖世几代的艰难竭蹶。院东长着的两棵柿子树，品种是尖黄柿，近年结得很繁，个大，香甜。它的年岁意味着我们走远的时长。樱桃树下特意留了菜园，房顶置了十几个泡沫箱，母亲种着葱蒜、芫荽、青菜、辣椒，饭下到锅里了，随吃随摘，新新又鲜鲜。

叶子终年在落，只是落得少时不被看见。一棵树掉头发，像年迈的亲人出医院时的虚弱。我突然有种说不出来的心堵，是因为我懦弱的逃避，罪责般愧对……

我岂能阻止过去，又以何应付当下，日子将父母推向了晚年。夕阳正照着西房的卷闸门，把铁皮镀上一层红铜。木匠满头大汗，刨床的电机声刺耳。它要让全村人听见，叫来一庄人围观。

纸烟和白酒，让喝热茶的来客尽说好话。他们如父亲一样，都将直面最后的归宿。他们脸上的褶皱，不因电锯声而蠢动，对于生死，他们疲倦得不在乎了，更不怕这提前定制的安身之所。我请木匠为父母"破木"，做未来黄土下的"老房"，心存敬畏。这比我对土漆的害怕还不适，但父亲的坦然，让我的神经习惯了麻木的接受。

一阵风进院，飘散起刨床吐出木花的香味，含混着果树开花的芬芳，和锯条磨过木头烘出的木香，让我看见父母正在世间变短的陌途。我不禁流下了泪，为我受尽磨难的亲人。

心归旧路好还乡

多少年后还住在夏家塆，哪儿也不去。城里人来旅游，打听我保护的大地自然博物馆，看墙上写着耕云种月，院门写着烟云供养。

起初，没有人看起一个农民有啥境界，他们出于对都市的厌烦和对乡村的好奇，来寻找追随花香流浪的养蜂人，来观摩这是怎样与众不同的原生态。

又怎么因堆堆叠叠的黄土和石头迷死个人。

放在院边的半截白杨树长出木耳，贴着泥地的树干抽出几十株尺高的嫩苗，这是雨水太阳的功劳，是生命顺其自然的神奇，是万物互相滋养的孕育。

夏家塆最好听的词语叫"有了"，新媳妇怀上娃，叫"有了"，满堂喜气，连家门口的风都笑着，她隆起肚子走路，把一家人的骄傲写在脸上，传宗接代续香火的好消息用不了几天，满庄人就分享到幸福。还有粮食够吃了，手头有钱了，盖新房买车了，也叫"有了"，"有了"是摆脱贫穷，遇上喜事过上了好光阴，"有了"的时候，酒席就快了。

最虔诚的待客叫"煨上"，串门的人来了，亲戚来了，特别是姑舅姨来了，会手艺的先生匠人来了，请到炕上盘腿一坐，茶罐往火盆旁一煨，茶香弥漫，趁热品饮，提神解乏，没有比这更惬意的事了。到了寒冬腊月或下雨农闲时，人们不约而同去独居的牙叔那儿喝茶，油茶、清茶、面茶，七八个茶罐摆满火盆周围，来一茬人，喝薄一罐，换一茬人，再喝。虽是粗茶，但没有比这更好的人情味了。

最豁达的口语叫"没啥"，你家的牛把他家的麦啃了，没啥，谁家的牛不吃别人家的麦；你家的树长到了他家屋檐后，没啥，谁的树不都趴在院边吗？碎娃娃谁把谁搡倒了，没啥，谁都是那样过来的。借去的粮食借出的钱一年半载还不上，没啥，谁没有个难过的时候？借走的架子车锄头农具弄坏了，没啥，打个钉子补个铆修修就好了。只要不是天塌下来的事，都没啥。那地里的活还稠着哩，哪有心思计较？没啥，是农民百啥不记的人生观，是一种境界。

小时候，听这村那庄的老一辈人讲大山的神话，有人说山体是空的，肚子里储满石油，20世纪70年代就有地质队住在后村勘探过，于是在坡上放牛的人，在草地上不敢使劲跳，害怕一脚踩下去掉进油缸里。也曾想象和探究过山上的泉眼，去发现有没有油渍渗出来，如果真有，那煤油灯就可以彻夜放亮了，然而好梦易空。

人生不走的路得走三回，第一回是闯荡，第二回是郑重，第三回是愁念。

山西那深深的煤窑在召唤，新疆那辽阔的农场大片的棉花地在呼唤。院头炕大的毛年草招摇着狗尾巴样的花穗，不知是挽留还是欢送？沟沟坎坎的黄土地太折磨人了，一茬茬深耕广种，四五亩麦子换不来一台彩电，种10年庄稼抵不住二道贩子一桩生意的净落。抛去田间耕作花掉的工夫，种子化肥赔上，所有劳力流汗不值钱。从土圪堆里刨土坷垃吃饭的人，指望不上一粒下地万石归仓的奇迹。

小满的媳妇离家出走了，她害怕房漏雨，害怕遭人歧视，害怕眼看成熟的庄稼被野猪毁没，悄楚楚地走了……

秋叶红时大地起风。待一村汉子统统离乡，主宰收成的节气、天气把庄稼给敷衍了，耽误了。从此，加开的火车越来越挤，无座无票的人站着也要去远方。

城里水泥浇筑的街路烧着脚心，头冒生汗。其实世场就没有好干的事，种地的收多收少要看天的脸色，职场的有戏没戏要让老板认可。城里的机器不认人，只计算产量，无情却有理。从 10 多年前开始，大山里的劳动换不来乡民们的好运程，男女壮年纷纷南下，在没有黑夜的生产线上工作，剩下空房空院空山空沟。

姑娘嫁到千里外的厦门后，不得不远行去参加女儿的婚礼。穿上她邮来的新衣新鞋，拿身份证刷出车票，这是第一次睡在火车上，手里汗涔涔地捏着一张纸条，上面记着女儿叮嘱要在婚礼上说的台词。火车忽然穿越隧道，这时担心小偷出现，不时打量车厢里走动的人，望着火车把一座座城市抛在身后，紧捏住裤兜里娃她娘缝着的红包，里面揣着四季粮食卖下的钱，还有亲戚们心意沉沉的随礼。

从西安坐上飞机，感觉那机舱就像背篓，被一股巨大的气流吹上天。这头一回在天上飞，流云像风卷烟雾，飞流过机翼。阳光熠熠，透过弦窗俯瞰，褶褶皱皱的大地上山峦连绵起伏，土地像琴键，曲流如飘带。这千里旅行从此颠覆了已过半辈子的人对遥远的认知。亲情牵连的地方，遥远变了释义。

迎着地平线的夕阳在海风里散步。坐在公园长椅上，没觉察出水土不服。公园里的树枝丫密实，不比山林里的矮。园艺师正在按造型修剪花木，它们不是森林，却被万众观瞻。徜徉在无际的海岸线，沉醉在都市花海，不由地做起了梦。"海日生残夜，江春入旧年"，不知归雁能否捎去什么？

靠在麦草垛旁睡着后，狗来陪我，用尾巴刷我的脸，猫用爪子挠我，让我连忙起身，一溜烟飞跑，这时腌肉入油锅爆炒的香味勾着魂，我钻进锅巷，勤快地帮母亲架锅，往灶膛里添柴、扇风、生亮火。烧热的油锅，加入花椒、葱姜、白酒煸炒，切成片的一块香喷喷的腌肥肉，和上洋芋片、被霜打过的白菜瓣，凉水发泡的粉条，油煸豆腐片，干红辣椒丝，胡萝卜片，出锅时切几丝青翠的蒜苗，浇一勺陈醋，油烟的香气便溢出灶房，飘到村庄上空。饥饿的肚子咕咕叫，便迫不及待地掀起锅盖。全村人就被勾住魂，打问谁家的酒席快来了……

我从结满树莓的刺架里钻出来，从墙旮旯跑到坎塄下，从崖窟里跑到草垛中，跑进放着风车的土仓库，躲进厢房，漏进屋的夕阳里，数千粒尘埃凌空旋舞。那道山梁与草坡还记得我，那座土台上的院落，那轮照到山墙上的落日，还熟识我当年映在墙上的影子。影子，你好！

制造幻影的是，吹过家园的从不停息的风，下个不停的绵绵不尽的雨，埋没屋顶的纷纷扬扬的雪。除了这些，还有清霜让我想起架在夏家塆山顶的月亮，如钩如盘分外明。我沉醉于腌肥肉炒蒜苗的肉香，馍馍蒸熟揭开锅的麦香，圆扁食咬破焰的鲜香，炝菜碟炖排骨的椒香，以及挂面的筋道、老醋的酸与油泼辣子的辣里，回味萦绕在酒席、年夜饭和罐罐茶里的醇香，想起儿时燎青麦穗的味道，洋芋埋在火炕里烧软烧熟散发出的绵香……

怀想这些时，已漂流城市许多年。在后村与远城的反复间，仿佛上天编排好来回的行程。生活在如借来的地方，出入高雅的酒店食堂，混迹街肆的排档小摊，再无从吃到夏家塆日常的土菜，所幸五湖四海，自有不同的舌尖乡愁。

一道看家菜是新媳妇、婶婶们娴熟的待客之道。与后村断炊后，我连梦到的那份儿也缺这少那索然无味。也许真正的人生况味，从一拔脚就散佚在最早体验的滋味里。它以某种特定的形态气息，不会散淡不被稀释，我不能没有它。

大山其实不贫瘠，春天里竹笋和蕨菜长满山林，夏天里树莓和桑葚挂满枝头，秋天里橡栗和板栗落满坡场，冬天里柿子和软枣缀满树梢。闯荡回乡筋疲力尽的人，又坐回墙根晒太阳，他们白发苍苍。时节过了霜降，我的望想还没有坐实。县城往十几座城市通了航班，循着轰鸣朝东山坡望去，飞机划出翎状的云尾。这天上的铁鸟，哪一架载着孩子呀？

是不是要等到临老临终，这驾云的飞机才会载着亲人回来？

长长的冬天来临，玉婶在山道旁的河渠洗萝卜，孙子在正月里定了亲，她打算腌晒些萝卜，给娃娃们办酒席时吃。后村秋收待尽，麦地渲染出一山谷的葱绿，挨着山坡，依着山冈，从张家场到牛家院细数密查，多少成片的房舍挂着门锁。

镇上的中学建起宿舍食堂，乡村小学每天发鸡蛋牛奶，后辈们不再背柴烧炉租房做饭。几棵祖辈手里的树，不知被哪个贼砍伐。压成山的柴没有人烧。夜晚亮灯的人家寥若晨星。

归乡人向树多的地方走，就回到夏家垮。一年比一年多的小楼，压得村庄喊疼。凡是景况好的人家，一定有人在远方谋生，攒劲人都送儿孙去镇上城里念书，母亲跟着做饭陪读。终年不停的顺河风，顺山坡灌入村舍和沟沟坎坎，那些极少数没有离乡、无力外出而只能种地劳作、又不会走江湖做生意的人，那些失去力气年纪大的人，站在村口树干空罐的药木树下，望着盘梁的水泥路上闪出人影来。

送快递的车直奔进村，他们送来异地儿女给一家老小准备的穿用。微信群里收缴着庙会的戏钱，酒席上飘出红川特曲的香味。我们立的立着，蹲的蹲着，坐的坐着，抽烟的抽烟，掀牛的掀牛，扯二胡的扯二胡，爱唱戏的唱戏。有人端洋瓷碗满村溜达，这种消闲的吃饭方式不约而同，是一村人每天的赶场和交际。

他们如同打麦场上闲摆的碌碡，又如残屋旧院里的拴牛桩、瓦砾堆。

好在无人收割草野的后村，还有人走动，野菜野果还透出芬芳。

记忆不会磨灭真相，我感恩玉米搅的糁面饭糊糊把我养大。曾经背柴火在学校附近租房住校的同学，烟熏火燎中把面和成糊状，从碗边用筷子夹面鱼儿。那时候谁不想方设法逃出山沟，后来考上学校去外地，离家时把庙神泉水灌入瓶里，再把夏家墕的土捏成泥人，一水一土，是垄是洼是涯，尊崇五行生万物。

越好的事情越需要时间磨砺，就像当年背井离乡用了一年做出决定，一出门就是10年。为什么又回泥壤中来，是应谁的许愿？风再次吹过盼念不绝的泪眼。新一代出发，就意味着老一辈返回，如同落叶必须在寒冬前归根，他们故土难离。

七十二行，庄稼为王。离乡人退着向大山告别，绝不草率。我把后村保存在手机定位里，把九盘弯路再走一遍，不让它们在此后的睡梦里唤我的魂。

小镇10年前整体脱盲，10年后形同空壳。是不是人有了文化和思想，就不和小镇过了？我把变故说给水和云听，呼啸的风谅解了深沟。

我多想找回正在消失的村庄？此刻，我先去找供养我的泉水，散养我的草坡，给过我欢笑的小河和洗过澡的池塘……

远方已远

那时从兰州到西安，上终点站是青岛的火车，绿皮火车极慢，车到徐州，掉过头再跑。那时一心向往远方，自以为奋斗就有前程，特别在乎每一步深浅之行。

那时其实不懂何为旅行，刚有手机，没见过大海，更不知道唯有大海不悲伤，但却有无限随意挥霍的梦想。

那一年，三峡大坝蓄水，非典型肺炎SARS肆虐全球，"神舟"五号载人飞船成功降落内蒙古四子王旗主着陆场……

那时心比天高，不想世事有多深广，头脑简单如白纸。

有人对我说，你比傻子还傻。我真的傻。比多少年前在乡镇工作时，还傻。

那时岁月，已年年岁岁千真万确地流逝，已不等不待流逝过5681天，如同水一样的流逝。我挡不住，又无从寻回。

那时海水自有海水的胸怀。轮船远渡运载，几十辆货物沉沉的康明斯汽车开进舱底。我乘坐在三层普通舱，上甲板，远望升起于烟台往大连的海空明月。

那夜的海风，自带咸气。

那时滋味不是滋味。海面上，风轻轻吹，每一缕风，温柔细腻。那时正当青春，以为天下之大可任由我去。那时自卑，愚钝，还不晓得未来的饭碗，需靠什么技艺。那时别多会少，眼泪易流，却不用面对生活的千辛万苦。

那时不知何事秋风悲画扇，不懂谁是人间惆怅客，更不知来如飞花散似烟，篆纹灯影一生愁，隐隐体会深山夕照深秋雨，谁念西风何等微凉！那时住民勤街，省城兰州市。从广场西口钻进胡同，有炒米线、麻辣薯片，有三元钱一碗的地摊拌面。眼看着煤气罐燃起的蓝焰把饭烧熟，在搅匀滴上酱油的刹那饭香四溢。

朋友，那时有一碗筋道的拉条子便心满意足美滋滋。流浪者孤身逆旅，幸福说来就来。那时校园不大，隔条会宁路就到了兰州医学院。

那时有 10 元钱，能撑过一天异乡的生活。

那时胡同拥挤，街巷弯曲，但它弯不过我的寻找。左顾右盼，顺街心走，贯穿巷道的风像迷途者。低头走路，不小心会撞到醉酒或哭泣的路人，他们与我相逢，不顾脸上的表情，飞扬的泪水，任由手中挥舞酒瓶，称我"兄弟"，其实，我并不知道，他们的心底，究竟掩藏着多少苦味。那时的广武门，是手机一条街，皋兰路是平民夜市。黄河岸上闲游的，是可能孤寂的灵魂。中山桥头的石碑前，络绎不绝的人在照相。那是天下黄河第一桥，人们路过都会照相。西关什字，人潮拥挤，来来往往的人们行色匆匆。

那时每天爬楼常常挤不上电梯，既害怕喧哗，又不爱冷漠的无语，那种悬挂里机械的升降。我既不斜身去抢，又不愿等下一趟，常一个人走楼梯，一层层往上爬，从未有过气喘吁吁。

我想，那是来自放牛郎野跑而练出的体力。

乘电梯的同事打卡，我也随后进门。我们相视一笑，别无他语。那时的高楼还不高，写字楼其实没有几个人写字。电脑开启和打来电话的铃声中，我蜗居于静宁路昌运大厦 22 楼的角落爬格子。成天对着电脑写软文，用文字卖钱。那一年，我自以为很有思想，跟潮流开了新浪博客。网络于我，被霓虹闪花眼，刺激我追念故乡，开始了大胆写诗的旅程。

那时常去五湖四海云游，每次回兰州，都先去滨河路吃牛肉面。食客们无所顾忌地端着大碗，吸一条到底的拉面，油泼辣子在热汤里荡漾，芫荽给清汤添了几瓣鲜味，看着就香。

在水车博览园的槐林下，看人们下棋，拉二胡，我想起阿炳、王洛宾，心里唱梦驼铃又唱飞天。下午四点常常袭来沙尘，急忙绕入纸中城邦，夜读到书店关门，一个人再游荡回宿舍。

那时皋兰山上只有几座长亭，白塔山树林还不蓊郁，黄河上的羊皮筏子还不吸引游客，上山的缆车经常空着座位，可我没有钱去坐。快近黄昏时，西天昏黄，稍一起风，天色瞬间阴沉，沙尘暴开始暴卷，马路上车厢内的人们，无辜地席卷其中。

6 月，我想不到何去何从。也不知道用什么方式能够找到他们。人生如借，所有拥有都要奋力去还。迷惘时站在天水路十字路口，广场的街角，看人山人海，祝福在远方的异乡人。

那时陷于渺茫无尽的孤独。人生之路好比山中的河，时而宽广时而狭阻，时而湍急时而平缓，时而是镜湖时而是飞瀑，时而清白时而绿莹，时而穿林时而越石。那时的黄河放筏子，萧萧秋风把落叶铺满脚下的道路。秋风呀，你瑟瑟地，可还好！

那时的 12 月，大雪纷飞。正流行《2002 年的第一场雪》，亦流行阿杜。宿舍暖气很暖，8 号楼 726 的窗外飞雪，不待我们听完一首歌，就严严实实地盖住定西路、红山根、火车站和盘上兰山通到天的马路。

成千上万吨的白雪，掩埋掉我浪人般的寻找。从东门穿过会宁路，我找到医学院的朋友、兄弟。周末搭招手停去雁滩找上联大的二姐，去龚家湾找哥哥。兰州的大雪呀，你纷纷地，可还好！

那时开往东岗镇的四路车，掉头开往西关。风沙吹不停。那时的西关什字，去南向北的车东来西往。黄河隔开的皋兰山和白塔山之间，架着铁桥的中山路最短，马路最挤。那时囊中羞涩，面浅不爱说话，有时候又拿狂妄掩盖怯懦。那时没有资本，却经常搬家；那时热冷无常，常光顾东部批发市场和建兰市场，那里商贩、小偷云集，骗子以换零钱或把钱掉地上，引诱人上当。那时路口摆有新疆切糕，请同学看场电影需要提前省下饭钱、备好台词。

此去经年，我如一把汇入大河的泥沙，慢慢被淘洗和磨平棱角，逝水亦辨不出我是哪一粒。老地方亦不记这些远去那些再来，不记那时春回这时花开，而自己业已成为又长老又油腻、发际退后、浑浑噩噩又年届不惑的人。

回首向来，人间如梦。有些发生，永无声息。

那时还心怀理想，以为努力一定拼得到理想——那种不可救药的踌躇满志呀，出于码得不低的纸堆。那时日记写得含蓄，自以为才华横溢。

那时没有成功，就谈不上经历过失败。那时一路四路六路公共汽车，路人甲丙都看我像游魂，恕我天真，那所有人对我的善意，我持久怀念。

往事仍如黄河滔滔。深圳香蜜湖的桂圆熟了，穿过重庆长江大桥的轻轨在山雾中奔跑，摇过乌镇的乌篷船讲着林家铺子的故事，西湖上载我的游轮驶往苏东坡的长堤，恰如纳兰容若说："背灯和月就花阴，已是十年踪迹十年心。"

晒晒夏家塆的太阳

路不好走的时候，就想起夏家塆的小路，那旷野上细细盘盘的碎路，能带我走出迷途。

万丈金阳照耀高山浅河，又无声地拥我入怀。我遇到樱桃熟透后满枝的繁果。杏麦黄黄，葵花盘盘，接连从夏至到小暑前后，撩动我的心。

这是春夏秋冬总有庄稼不停生长的夏家塆，土石堆成的山，风和日丽山花烂漫，草木寂寞而明媚。

太阳数三伏天最热，让我每遇见肩背手提下山的人，就深觉汗流浃背对这些平凡寻常的打磨。太阳从早照到晚，我从小镇街道踏上远上北山的马路，叠碧叠翠的大山就抵到了额前。这是空闲中的一次回家，是走丢20多年的人一步坐在敝院，而模糊的泪眼竟又变换过一个季节。

入伏后豆瓜满架葡萄成荫，田野布满露水。走往崖窟的土路上，从玉米林刮来的绿风，把天空擦洗得万里无云。黑云没有，白云亦没有，如后村消逝的人，他们属于此地却魂飞影散。只有春节，可能召回已经从此下架的怀揣良心的几人灵魂。茂盛之下，是乡村断茬的稀薄生命。

天空下的田野空空如也，比田野孤独的是荒原，比天空绝望的是山岭。无边无际的山沟，以深深长长的缠绕，迎送路过的人。几十万株一年蓬如满天星，白花在风中成一席汪洋，金色的太阳晒不蔫它们。一望无际的一年蓬，一望无际的银盐！泥野小路上远远近近的风，正努力把高高低低的树林摇醒，把草搜刮干净，让风失于无形，呼唤打山的人。

愈发板结的是泥土被砂浆浇铸。土路场院上找不到毛年草和蒲公英。

儿子曾问我："野蔓上长的是小西瓜吗？"女儿指着院头的西红柿，笑着想摘。曾经开花挂果的野刺架，被筑成石墙，再没有乱游的鸡群钻进刺架下蛋。台台旧庄基还是一字向的风水。敬天的香炉丢在院头，送过先人归山的灰烬还在后村上空旋蹈，这是一个人心魂不散的眷恋，像湍流带不走沟中的巨石。房前院后的树，麦黄天的杏子、李子、桃树，六月鲜的苹果树，都在建设中砍除，还有碾场时在水箱煮鸡蛋的拖拉机，锈成一堆废铁，就连屋瓦上的土也被风扬起，被雨冲刷。

我清楚我的无能为力——尽管我曾把黄昏下山的牛群堵住掉头，把一沟渠溪水引向一片刚栽下紫苏的田地，用玉米秸秆围院抵挡风雪，但我终究挡不住新房子会盖到路边去，泉水流不到池塘里就半路渴死，山坡的庄稼被野獾毁占，鸟儿飞过的大树上没有了巢窝，热闹的打麦场荒草比人高。我想起父亲赶着犍牛拉着碌碡，在平摊的麦子上一圈接一圈地碾，碾破麦穗又碾扁麦草，然后翻场接着碾。我们把割来的尖草喂牛，婶婶跪地往铡刀里喂草，喜哥铡草……

傍晚时藏在麦垛的风声和虫鸣里，听父亲扬场时麦粒飞动又落地的声响。麦衣被扬起，把上庄的吹到下庄。喜婶坐在蚊虫乱飞的灯下，对着亮光穿针扯线，她想当兵的三儿子了。没定下媳妇的喜哥愁死人了，她打算回娘家和姐商量，把大侄女嫁给喜哥。6月的乡村，神仙挡不住人想人，挡不住雨多草长日头晒。

终究，我没能遗忘对远逝岁月的刻骨怀念，但我能挽留和改变的有限。我感谢乡村替我的厮守，它保留下了庙会，保存下了村落，保证了旱渴无情里有温良芳润。石榴越晒越红，覆盆子越红越甜，太阳赶不走辛劳的人去凉荫下休歇。

走在正午的田野，我看到一位叔辈挥舞锄头，鞭子赶着羊群，那抚摸过我额头的手结满老茧。

房背后的蚂蚁结队搬家，它们还是我们童年的蚂蚁吗？或者是它们的第三十多代，儿孙满群，奋力向墙基爬去。谁家电视机里传出的声音里，饱经失败的灰太狼说"我还会回来的"。

望着腰佝背疼的母亲，她怕我在这世上要遭难辛，每个星期一的早上赶来城里帮我看女儿，星期五赶回去干农活，给父亲做饭。她常常不管我忙不忙打电话催我回家吃饭，不识字的她并不知道我在这人山人海的城里，一天到黑干什么？

这让我想起蚂蚁的薪传百代，如果是春蚁，在年老后会带着幼蚁沿常规路线外出，老蚁死亡后，长大的幼蚁又会循着走过的路径往回爬。

多少风雨，它们守土不移。还有山冈上倒弯的小麦，晃动的玉米天花，刚抽穗的高粱，它们头挨头肩并肩如过命的兄弟。它们彼此为不计其数的收割呐喊。生长的秘密蛰伏在地里，青苗根须相触，把头放在太阳下晒，交给雨水洗。还想过生儿育女，悲欢离合，弯腰磨镰，以及保留世上不被承认的爱，它们是你的魂。我再没有付出，就无资格要求田园给我如愿以偿。仰望太阳落山，高岗上没有迎风的玉米高粱。起伏的天际线，横亘在人们离乡的半途。

太阳追不上躲起来的人。会看风水又管过寺庙的羊爷，在黄昏到来的时候就给自己掘坟，坟穴挖好后他睡在里面试，望着满天星宿，提前在活着时弄清死后的样子。

乡土，就是这般浩荡又如此狭小？出路，又是这般广阔又如此逼仄？站在路边看一村的夏收散场，我们坐享其成的，最终是父辈们的播种。

在弯弯的山路上慢慢地走，隐忽不见的东西漫上心头。

晒晒夏家塆的太阳，汗就出来了。

成县之美

待到金风送爽，核桃恰好成熟，大地腆着腰身，把喜悦铺成山欢水笑。

秋阳果果，晨色清明。

山山村村的冲淡之美，因为大地被收获显得空旷。秋蝉的嘶鸣声变细，变软，像摇滚歌手慢弹起琴弦，别有柔情。

老农扛竹竿，背背篼，经过半青半枯的玉米林，与弯腰点种油菜和摘一篮辣椒的人打招呼。他缓缓爬上山坡，绕向梁那边的核桃林。那些种了多少年麦子与玉米的耕地，10年间就长成了树林，长过了土坎，枝连枝果串果，太阳下裂着口笑，一群鸟儿上蹿下跳，摇晃枝头。

"再别摇了，核桃掉进草丛就找不着了。"

"哇，快看，我拾了一抱子，两帽壳，还有好几个三串子的"。

果林间，晚开的桔梗花迎风摇曳，如一片湖蓝色的海，美得令人心醉。

绵绵秋雨顺屋檐滴答成线。长竹竿的一头，吊着一个用纸剪制的人，红衣翠裤，叫"扫天媳妇"，从窗棂横挑到土院当空，以祈祷大雨早些收停。

天空放晴，林叶上缀闪着白露，好比扣在心弦上的泪珠。人们脚步急促，身后跟着提篮挎筐的小孙子，阳光一缕不漏地投在他们身上……

"啪，嘭腾，啪，嘭腾……"满树核桃落地了。满坡葛条长壮了。满野鸟群回山了。一年蓬长满山谷和岗梁，万束莱菔子漫过眼帘，婆婆娑娑伸往天尽头。

好山入座，藏着好吃的；河穿林槭，藏着心疼的；草地如茵，藏着会唱的。晚熟的桃杏李莓，缀满数不尽的树枝和刺架。锦鸡飞出草丛，野兔穿过小溪，坚果铺满晒场，唱彻黄昏的蟋蟀。奔跑在山道上的少年追着风，风也追着他……

高山上，低谷里，平川中，一片片田园，一檐檐玉米、高粱和红辣椒，这遍地的美，是大山厚养的吗？

辣子红了越红，茄子青了越青。山坡上的老树枝丫繁茂，松鼠爬在树干。在更远的深林间，一群群麻雀采食着零落的松果。鹭从河上飞过，水波清凌凌，明闪闪。溪流穿越阡陌亲吻过河床的小石头时，荡漾起层叠的浪花。两个少年把书包架在石板上，风翻着书，他们开心地朝对岸打水漂。随意捡一枚鹅卵石，若不是矿石，也是可摆于书房的奇石，色泽纹理通灵气。忆起少年时，我在捡回来的石头上学鲁迅刻"早"字，放在写字台上。

无穷的白云，一团团像棉花，飘过村野小镇，一架架航班银翼烁烁，自县城向西边的天际飞去。红眼扑闪，渐隐渐无……

就在这时，穿行在核桃的故乡，从房前屋后到山岭去，到处传来竹竿敲打核桃树的声音，那噼里啪啦掉落一地的鲜核桃，剥去青皮，破除坚壳，从网上卖出去。直播店主的脸庞，如山花一般白净、粉嫩，又如溪流一般清秀、明澈，一单单快递，送出去的，是大山仙养的奇珍异宝。

毋庸置疑，成县的美是无匹的——西狭颂千年的石头会说话，凤凰台不朽的诗魂传文脉，鸡峰山澎湃的云海放光芒；那汉时栈道唐时莲，宋时杜祠武穆园；那炒菜的麻辣面食的酸，那酥火烧甜油糕埋砂饼；那酒席上的九碗三行子，绵柔的红川老酒，过年的杀猪菜；那新婚的嫁妆箱子，婴儿满月的油盐罐，送葬老人黄亮的麦草火；那随地而生的神木灵草，五谷朱实……

我离成县去，又回成县来。心被乡土的潮气和云彩召唤。我知道，在后村越来越大又越来越深的山坡密林里，荒棘、繁花和马桑树牵着我的魂。我是那半生不熟的马桑籽中，最普通的一颗。

走来跑去，哪里的水土都不如故乡的温润，又比不过这方盆地的安生。她虽有过百年不遇的灾害，但在这复杂地理的秦巴山岭中，算得上风调雨顺，太阳总会适时出来阻止雨水，雨水总会及时降临缓解旱渴。

我们清楚早在几千年前，你就有嘉禾遍地与木连理的祥瑞，有麦浪连波碧、苗花带水香！从 15 岁起，我一次次告别你行往异乡。在远方，我体会过每逢佳节倍思乡的滋味。那种失眠的游子对你控制不住的思念里，无数回梦见祖母，正月初一给天爷献饭，二月二给房院撒灰圈，清明节用紫苏油拌凉菜，端午节在门窗插艾草给我们系五彩绳用苇叶包粽子，六月六晒椒果，中秋夜在院中置桌祭月，腊月八给果树枝挂吃食，腊月二十三用玉米糖送灶婆……

独上梁山，放眼长眺又俯首忖思，秋风敲打我的心门。哦，成县！多像一台时光机，不论世事把人怎样打磨，都认得我的童年；你又像一块磁铁石，不论我是一粒小钉子还是曲别针，不论已远离你还是正挣开你怀抱，都逃不开你的吸附。哪怕我最终被磨砺和淬炼所淘汰，哪怕所有努力依然未成一器，你都不嫌弃我，而把你的魂魄你的风骨你的血性源源不断地赋予我，赐予我，注予我。

让我亦醒悟：我们就是一群为了生活流落他乡的人。岁月轮回，有一天终将卷进我。那时闭眼永别你深沉俊秀的美，相信你定能宽恕我、安放我！哦，我的成县，到啥时候都装满好人与风景。

每个人挑走一担山河

15 岁前，夏家垮遍地开花的是洋芋。

生我的小镇，在西秦岭徽成盆地，群山土梁摩肩接踵，沟道岔壑左拥右抱，恰恰堵住想逃离的人。我在北山下的后村，看云起风追，南山飘着北山云。

一台台屋檐滴水的马鞍架瓦房盖成了洋楼，牛车散架，小河枯竭，老树被砍，乡路上飞驰的车，像钢构的蚁群。家园由红眼摄像头看管：草木芃芃，安宁无匹。

风是雨的头，受过冻的草坡春来醒绿，山花谢了还开，葳蕤与荒芜，我未必全部看清。从小在苦甲天下的陇南，最理解亲人四处抓挖生计的作难，那为了五谷起早贪黑的耕种，证明从土地上穷尽心力，也不能把泥土合成金。

人们纷纷出走，山没办法走，她也不挽留；我回来时，河已涸于半途。这修复了我们的乡土神经：他乡没有问候，却有迷人与新鲜、丰盈和杂陈。小树还小时，我们不懂远方有多远，月是故乡圆。被水泥和钢构的故乡，我们脆弱如一枚孵化的鸟蛋，只是万众出山中的一员……

我走出这片山河，欲哭无泪。本身苦辛的人生，有本事有脑筋有体力的人如金蝉蜕壳，剩下老人孩童守在没出过县镇的田土村野。他们一地鸡毛的生活，如归巢的倦鸟受潮的柴火，发不出理应的响声。成为远方的故乡，座座土院不过是挂有门牌号的虚设，那些遍寻不见的人，满天下四海为生，老家只是尚未连根拔移的户口。我把心交还给山河，把美好无所保留地写进书里。

待飞尘最终落回地上，我凝神搜听推开门板的那声吱呀，不敢坐在门槛而蜷于门墩的我们，深知后人将不可能回到老家那片巴掌大的地方，去过父亲整天与山为伴的生活了。田产和祖业由谁接管？这种放不下又终将放手的矛盾里，我重温那与野兽无异的童年，放眼摄我心魂的大山，养我血脉的小河，壮我筋骨的土路，我心有惭怍，夏家垮山高水长，我却只写了一粒黄豆粒大的世场，5毛钱游逛的商店、电影院和庙会全已散场。但我爱他们！我膜拜这隅山河！

《风起离乡》出版以来，我如铁片附于磁场，近偎故土，微不足道。而写作如解剖，为了故乡在心上的完好，我又不忍打开破解。我写弱者、失败者、受苦的人、奋斗未成的妥协者、离乡路上的生命，但准备不足，落于俗套，感觉只是翻开了薄壤，并没有述清回应故乡的话。

大地春风还想念着想念的人，黄土坡梁还养活着养活的人。他们全力以赴，而我有愧于生活的汗水涔涔。谢谢岁月，谢谢坦诚，谢谢谅解，谢谢我曾不能应对的残酷，和所有发生过的事情，刀光剑影般扎在我心上的明与暗！

立于潺潺的双河息桨歇脚，我想你一定会路过。

回首好山与故人的恩惠，感激人世与命运的宽慰，从心到纸，我满怀歉意。但我不能忘了江子、刘亮程、宁肯、史小溪、杨永康、徐兆寿、张琳、习习、指尖、杨文丰、虞金星、许锋、项丽敏、刘志龙、王文思、李城、王选、许实等老师，这些年给我的文学关怀与领路。

盛夏正往秋天走，再次感谢扶持《山河素履》出版面世的朋友们！

牛旭斌

2021 年 7 月 28 日写于成县梁旗村和平东路